Angela Thirkell

Der Duft von wilden Erdbeeren

Angela Thirkell

Der Duft von wilden Erdbeeren

Roman

Aus dem Englischen
von Thomas Stegers

MANHATTAN

Die Originalausgabe erschien 1933 unter dem Titel
»Wild Strawberries« bei Hamish Hamilton Ltd., wiederveröffentlicht
2012 bei Virago Press, London.

Dieses Buch ist auch als E-Book erhältlich.

MIX
Papier aus verantwortungsvollen Quellen
FSC® C014889

Verlagsgruppe Random House FSC® N001967
Das für dieses Buch verwendete FSC®-zertifizierte Papier
EOS liefert Salzer Papier, St. Pölten, Austria.

Manhattan Bücher erscheinen im
Wilhelm Goldmann Verlag, München,
einem Unternehmen der Verlagsgruppe Random House GmbH

1. Auflage

Umschlaggestaltung und Konzeption: Buxdesign / München
mit einer Illustration von © Mick Wiggins
unter Verwendung der Originalgestaltung
Satz: Uhl + Massopust, Aalen
Druck: und Bindung: Friedrich Pustet, Regensburg
Printed in Germany
ISBN: 978-3-442-54744-9

www.manhattan-verlag.de

1
Morgenmesse

Der Pfarrer von St Mary's in Rushwater sah besorgt aus dem Sakristeifenster, das einen Blick auf das Törchen in der Friedhofsmauer gestattete. Seit er die Gemeinde übernommen hatte, erschien die Familie Leslie jeden Sonntag durch dieses Törchen zur Messe, mehr oder weniger unpünktlich, und die Vermutung, dass sie in der Zeit vor seinem Dienstantritt nicht pünktlicher gewesen war, hatte durchaus ihre Berechtigung. Offenbar war das ein Ausdruck von Respekt gegenüber Lady Emily Leslie, dachte der Pfarrer, dass jeder, der mit ihr unter einem Dach lebte, sich ihre Unpünktlichkeit zu eigen machte. Das galt selbst für die Wochenendgäste. In seiner Anfangszeit als Pfarrer von St Mary hatten die vier Leslie-Sprösslinge noch den Kindergarten besucht. Jeden Sonntag Unruhe und Ärger, wenn die gesamte Familie in das allgemeine Sündenbekenntnis hereinplatzte und Lady Emily Gesangbücher und Schals auf die Plätze warf und im lauten fürsorglichen Flüsterton überlegte, wo jeder zu sitzen hatte. Während des Krieges war der älteste Sohn in Frankreich gewesen, der zweite, John, auf See, und Rushwater House war in ein Sanatorium umgewandelt worden, doch Lady Emilys Lebensfreude war ungebrochen geblieben, und ihr Besuch der Morgenmesse setzte dem entnervten Pfarrer mehr zu denn je. Sie führte die genesenden Patienten zu ihrer angestammten Kirchenbank, leistete unnötige Hilfe beim Verstauen der Krücken, rückte Kniepolster zurecht, legte dankbaren, beschämt blickenden Männern zum Schutz vor eingebildetem Windzug Tücher um den Hals, redete in einem durchdringenden Wispern, das den Pfarrer von der Liturgie ablenkte, kurz: benahm sich, als wäre sie zu Besuch bei Freunden. Irgendwann schien der Moment gekommen, da sich der Pfarrer den anderen Gottesdienstbesuchern gegenüber verpflichtet meinte, Lady Emily um pünktlicheres Erscheinen und diskreteres Auftreten zu bitten. Gerade hatte er genug Mut gesammelt, um aufzubegehren, da kam die Nachricht, der älteste Sohn sei gefallen. Als der Pfarrer am darauf folgenden Sonntag Lady Emilys hübsches Gesicht erblickte, bleich und zugerichtet, tat er während des Gebets den Schwur, sich nie wieder zu einer Kritik ihrer Person hinreißen zu lassen. Und obgleich sie ausgerechnet an diesem Sonntag zum Wohl der verwundeten Soldaten besonders eifrig mit Kissen und Polstern hantierte, so dass sich die Männer ins Krankenhaus zurücksehnten, und obgleich sie mit Holden, dem Küster, ein stummes, dennoch die Aufmerksamkeit der gesamten Kirchengemeinde in Anspruch nehmendes Verständigungssystem über das Öffnen und Schließen der Fenster entwickelte, wich der Pfarrer weder an diesem Tag noch jemals danach von seinem Schwur ab.

Zur Vermählung ihrer Tochter Agnes mit Colonel Graham war sie ausnahmsweise mal pünktlich erschienen, dafür gerieten ihre Versuche, während der Trauzeremonie die Aufstellung der Brautjungfern zu ändern, sowie ihr beharrliches Vorbeidrängen an den Sitznachbarn in ihrer Kirchenbank, um die Mutter des Bräutigams unverlangt mit einem Gesangbuch zu versorgen, zu einem spektakulären Auftritt. Und bei dem Gedanken an den Empfang, den Lady Emily im Anschluss an die Konfirmation des jüngsten Sohnes, David, im Altarraum meinte geben zu müssen, was wiederum den Bischof offenbar nicht im Geringsten störte, wachte der Pfarrer noch heute ab und an mitten in der Nacht schweißgebadet auf.

Rushwater betete sie an. Der Pfarrer wusste genau, dass Holden den letzten Glockenschlag jedes Mal extra ein wenig hinauszögerte, um Lady Emily genug Zeit zu geben, hatte jedoch auch hier nie den Mut gefunden, ihm deswegen einen Vorwurf zu machen. In diesem Moment machte das Törchen *klick*, und die Familie betrat den Gottesacker. Erleichtert wandte sich der Pfarrer vom Fenster ab und begab sich in die Kirche.

Eine große Gesellschaft war von Rushwater House herübergekommen. Lady Emily, seit einiger Zeit leicht von Arthritis geplagt, stützte sich auf einen schwarzen Krückstock und hielt den Arm ihres zweiten Sohnes, John; ihr Ehemann ging neben ihr. Ihnen folgte Agnes Graham mit zwei Kindermädchen und drei Kindern, dann David und Martin, der älteste Enkel der Leslies, ein sechzehnjähriger Schüler. Es war sein Vater, der im Krieg gefallen war.

Im Kirchenportal machte Lady Emily mit ihrer Entourage Halt.

»Einen Moment, Nannie«, sagte sie zu einem der Kindermädchen. »Wir wollen erst überlegen, wo sich jeder hinsetzen soll. Also. Wer geht zur Kommunion?«

Beide Kindermädchen schauten blasiert zur Seite.

»Sie nicht, Nannie, und Ivy doch wohl auch nicht, nehme ich an«, sagte Lady Emily.

»Ivy kann von mir aus jeden Morgen in der Frühmesse zur Kommunion gehen, wenn sie will«, sagte Nannie gönnerhaft. »Ich gehöre der Freikirche an.«

Lady Emily blickte verstört.

»Agnes«, rief sie, eine behandschuhte Hand auf den Arm ihrer Tochter legend, »was habe ich nur getan? Ich wusste ja gar nicht, dass Nannie zur Freikirche gehört. Könnten wir nicht einen der Männer bitten, sie zurück ins Dorf zu bringen, falls es nicht zu spät ist? Leider ist heute Westons freier Tag, aber es kann doch sicher einer der anderen Männer den Ford fahren. Oder würde es ihr nichts ausmachen, mit uns in die Kirche zu gehen?«

Agnes Graham richtete ihre schönen sanften Augen auf ihre Mutter.

»Ist schon gut, Mamma«, sagte sie mit ihrer leisen, angenehmen Stimme. »Nannie geht gerne mit den Kindern in die Kirche, nicht wahr, Nannie? Für sie hat es nichts mit Religion zu tun.«

»Ich bin mit dem Leitsatz aufgewachsen: Dein Wille geschehe, my Lady«, erwiderte Nannie und brachte damit plötzlich einen gereizten Ton in die Unterhaltung. »Ich kenne meine Pflichten. Lass das, Baby! Du sollst Granny nicht die Handschuhe ausziehen, sonst geht sie nicht mit dir zur feierlichen Messe.«

»Emily, ich bitte dich«, mischte sich, einen Schritt vortretend, Mr Leslie ein, groß, jugendlich frisch, grobschlächtig, gewohnt, seinen Willen zu bekommen, nur nicht, wenn es seine Frau betraf. »Was vertrödelst du hier Zeit mit Gerede. Der arme Banister wird schon ganz zappelig auf seiner Kanzel, und Holden hat aufgehört, sein Totenglöckchen zu läuten. Nun komm schon.«

Niemand wusste, ob Mr Leslie in kirchlichen Dingen tatsächlich so unwissend war, wie er vorgab, doch von frühester Jugend an vertrat er die Haltung, dass das Wort Gottes so gut wie jedes andere war.

»Also wirklich, Henry, ob Kommunion oder nicht, ist äußerst wichtig«, sagte Lady Emily ernst. »Diejenigen, die aus der Bank treten wollen, sollten sich einen Platz am Rand suchen, und diejenigen, die sitzen bleiben, lieber einen in der Mitte, damit es keine Umstände macht. Allerdings muss ich ebenfalls außen sitzen, nur da kann ich mein Bein ausstrecken, in der Mitte würde ich ein steifes Knie bekommen. Wenn ich mit Nannie und Ivy und den Kindern in die zweite Bank gehe, können alle bequem an mir vorbei, habe ich recht, Nannie?«

»Ja, my Lady.«

»Wir machen es so: Du gehst in die erste Bank, Henry, mit Agnes und David und Martin, und wir setzen uns hinter euch. Aber denkt daran, Agnes weit nach hinten an die Wand zu setzen, weil sie zur Kommunion bleibt, und wenn sie außen sitzen würde, müsstest du und die beiden Jungen an ihr vorbei.«

»Aber Martin und ich bleiben nicht bis zur Kommunion«, sagte David.

»Nein, meine Lieben? Wie ihr wollt. Schade eigentlich, weil der Pfarrer gerne ein volles Haus hat. Aber was ich sagen wollte: Wenn Agnes außen sitzen würde, müssten du und dein Vater und Martin alle über sie hinwegsteigen beziehungsweise dein Vater über sie und euch beide, wie es jetzt scheint.«

Mittlerweile hatte Nannie, eine charakterstarke junge Frau, die ihren Arbeitgebern aufgrund der Kinder, die sie ihr anvertrauten, freundlich und mit Nachsicht begegnete, mit ihren Zöglingen die zweite Bank betreten und sich und Ivy so platziert, dass keine zwei Kinder nebeneinander zu sitzen kamen. Die übrige Gesellschaft folgte ihnen zwischen den Reihen der bereits knienden Gemeindemitglieder hindurch. In dem Moment, als sie an der Bank mit den Kindern vorbeikamen, rief Lady Emily plötzlich laut: »John! Ich habe John ganz vergessen! John, wenn du nicht zur Kommunion willst, dann geh lieber vor zu David und Martin und den anderen, überlass nur deinem Vater den Eckplatz.«

John geleitete seine Mutter zu ihrem Platz in der Bank der Familie Leslie und schlüpfte danach in die Bank dahinter. Lady Emily ließ ihre Krücke mit lautem Getöse in den Gang fallen, John stand auf und reichte sie seiner Mutter, die es mit einem aufblitzenden Lächeln und der zur Seite geäußerten, aber deutlich vernehmbaren Bemerkung quittierte: »Ich kann mich nicht hinknien, wegen meinem steifen Knie. Aber mein Geist fällt auf die Knie.«

Doch bevor ihr Geist in Andacht versinken konnte, beugte sie sich vor und tippte ihrem Mann auf die Schulter.

»Liest du heute aus dem Evangelium, Henry?«, erkundigte sie sich.

»Wie bitte?«, fragte Henry mitten während des Venite.

Lady Emily stieß Agnes mit ihrem Stock an.

»Darling«, flüsterte sie laut genug, dass es jeder hören konnte. »Liest dein Vater heute aus dem Evangelium?«

»Natürlich«, sagte Mr Leslie. »Ich lese immer die Lesung.«

»Dann sag mir, welche Stelle«, bat Lady Emily ihn. »Ich will sie den Kindern in der Bibel zeigen.«

»Ich kenne sie nicht«, sagte Mr Leslie verärgert. »Darum kümmere ich mich nicht.«

»Henry. Du musst doch wissen, was du liest?«

Mr Leslie drehte sich empört zu seiner Frau um.

»Ich kenne sie nicht«, widerholte er, ganz rot im Gesicht von der Anstrengung, leise, aber doch angemessen wütend und vernehmbar zu sprechen. »Holden markiert die Stellen für mich. Guck in dein Gesangbuch, Emily. Es geht alles aus der goldenen Zahl hervor oder dem Sonntagsbuchstaben oder wie das heißt.«

Nachdem er diese falsche Information gegeben hatte, drehte er sich wieder um und fuhr mit dem Gesang fort. Als er vom Pult aus die erste Lesung ankündigte, wiederholte seine Frau laut Buch, Kapitel und Vers und fügte hinzu: »Alle verstanden?« Danach durchforstete sie angestrengt die Bibel, was ihr Enkel James, gerade einmal sieben Jahre alt, ungeduldig beobachtete.

»Schlag sie doch einfach irgendwo auf, Granny«, flüsterte er.

Seine Großmutter jedoch hielt es für nötig, nicht nur

die Stelle zu suchen, sondern auch alle Familienmitglieder in beiden Bänken auf sie hinzuweisen, nachdem sie sie gefunden hatte. Als der Zeitpunkt für die zweite Lesung gekommen war, hatte sie ihre Brille verlegt, so dass jetzt James es auf sich nahm, die Stelle für sie zu suchen. Dabei beugte er sich zur Seite und fragte Nannie: »Gibt es in der Freikirche auch Lesungen?«

Nannie, die ihren Platz durchaus kannte, tat so, als hätte sie nichts gehört.

Der Pfarrer setzte zu einer braven, aber uninspirierten Predigt an, und James kuschelte sich an seine Großmutter. Sie legte einen Arm um ihn, und so behaglich sie beieinander saßen, war doch jeder mit den Gedanken woanders. Emily Leslie gedachte unweigerlich der geliebten Verstorbenen: ihres ältesten, in französischer Erde ruhenden Sohnes und Johns Frau Gay, die nach einem glücklichen Jahr mit ihrem Mann kinderlos verstorben war. John hatte sich, nach dem Krieg aus der Navy ausgeschieden, selbständig gemacht, doch fragte sich seine Mutter nicht selten, ob jemals wieder irgendwer oder irgendwas vermochte, sein Herz zu berühren. Erwischte sie ihn in unbeobachteten Momenten, war sie jedes Mal erschüttert über seine harten Gesichtszüge. Er selbst dagegen schien einigermaßen zufrieden, hatte Erfolg, überlegte, in die Politik zu gehen, half seinem Vater bei der Verwaltung der Güter, war Martin und Agnes' Kindern ein gütiger Onkel, ging in London auf Bälle, ins Theater, in Konzerte und hier in Rushwater auf die Jagd oder ritt aus. Manchmal jedoch, wenn sie leise und unbemerkt an ihn herantrat, meinte sie eine Maske zu sehen.

Dann gab es noch Martin, der seinem toten Vater wie aus dem Gesicht geschnitten schien und der so glücklich und zufrieden war, wie man es von einem Sechzehnjährigen, der sich für erwachsen hält, nur erwarten konnte. Seine Mutter hatte zum zweiten Mal geheiratet, und obwohl Martin sich mit seinem amerikanischen Stiefvater ausgezeichnet verstand, hatte er, zur heimlichen Freude seiner Großeltern, Rushwater zu seinem Zuhause erklärt. Worte wie Erbe und Erbschaftssteuer schreckten ihn nicht ab. Er wusste, dass Rushwater eines Tages ihm gehören würde, und dennoch besaß er das selige Vertrauen der Jüngeren, dass die Älteren ewig leben. Momentan hatte er nur eins im Kopf, das Motorrad, das er sich zu seinem siebzehnten Geburtstag kaufen wollte, und er hoffte, seine Mutter würde den Plan, ihn über die Sommerferien nach Frankreich zu schicken, aufgeben. Es wäre einfach unverzeihlich, jetzt in dieses grässliche Ausland reisen zu müssen, wo man doch in Rushwater bleiben und zusammen mit der Dorfmannschaft gegen die Nachbarelf antreten konnte. Außerdem wollte er in England sein, falls David den Job bei der BBC an Land zog.

David war eigentlich Onkel David, verwandtschaftlich gesehen, und obwohl Martin seinem Onkel John gegenüber diese Anrede wählte, sah er sich mit David eher auf einer Stufe. David war nur zehn Jahre älter als er und nicht der Typ, den man als Onkel bezeichnete. David war vielmehr wie ein älterer Bruder, nur dass er einen nicht bevormundete, so wie einige seiner gleichaltrigen Freunde von ihren älteren Brüdern drangsaliert wurden. David war überhaupt ein perfekter Mensch, und wenn Martin älter war, könnte er, mit etwas Glück, genauso wie David werden. Er würde so traumhaft gut tanzen können wie David, die neusten Jazz-Hits singen und spielen, er würde die Theatergruppe seiner Universität leiten, würde ein Stück schreiben, das nur ein einziges Mal an einem Sonntag aufgeführt würde, einen Roman verfassen, den nur intelligente Menschen verstünden, und vielleicht wäre er– doch vor diesem Thema scheute sich Martin – umschwärmt von jungen Mädchen. Aber wohl nicht lange.

Unnötig zu betonen, dass die Eigenschaften, die Martin in seinem Helden so verehrte, nicht unbedingt die gleichen waren, die sich Davids Eltern am meisten für ihren Sohn wünschten. Hätte David seinen Lebensunterhalt verdienen müssen, es wäre eng geworden. Doch dank der leichtfertig gewährten Begünstigung durch eine Tante war er seit Jahren unabhängig. Er wohnte in der Stadt, hatte Ambitionen für das Theater und für Film und Funk. Sein Aussehen, seine lockere Art und seine finanzielle Unabhängigkeit brachten ihm hin und wieder einen Job ein, jedoch nie für Dauer. Und wie Martin schon vermutet hatte, verliebten sich die Mädchen scharenweise in ihn. Wünschten sich die Leslies für David auch eine feste Anstellung, so vergaßen sie doch nie zu erwähnen, dass das Haus nicht dasselbe sein würde, wenn er nicht mehr so häufig da wäre.

Mr Leslie dachte zum einen daran, wie geschickt er einen komplizierten Namen in der Lesung umschifft hatte, hüstelnd und geräuschvoll die Seite umschlagend, als er an die Stelle kam, zum anderen an einen jungen Bullen, den er nach dem Lunch zu besichtigen sich vorgenommen hatte, und zum dritten, gelegentlich nur, warum Emily nicht so wie andere Menschen sein konnte.

Was John betraf, so sah er seine Mutter in der Bank vor sich sitzen, den Arm um ihren Enkel James gelegt, und wünschte sich, mit Schmerzen, die sein Herz beständig umgaben, dass es auch in seinem Leben jemanden gäbe, den er an sich drücken konnte, und wäre es nur für einen Augenblick und auf diskreteste Art, ohne jeden Gedanken an Untreue gegenüber Gay, bloß um nicht die Leere an seiner Seite spüren zu müssen, Tag und Nacht.

In der Kirche war das wohl nicht möglich, dachte er und hätte beinahe, ganz Sohn seiner Mutter, laut gelacht, tat dann aber so, als müsste er husten. Zum Glück ging gerade die Predigt zu Ende, und in dem folgenden Gescharre erregte das keinen Verdacht.

In dem Moment wandte sich seine Mutter, James den Arm entziehend, mit der Bemerkung an ihn: »Ein guter Zeitpunkt, sich davonzustehlen.«

John beugte sich vor.

»Das geht nicht, Mutter«, flüsterte er. »Wir müssen bis zur Kollekte bleiben.«

Seine Mutter nickte übertrieben heftig und bat James, nach ihrer Tasche zu suchen. Nach längerem Wühlen fand sie sich unter dem Kniepolster, gerade noch rechtzeitig für den Klingelbeutel. Mr Leslie stopfte einen Geldschein hinein, übergab Agnes den Beutel, die ihn nach hinten an Nannie weiterreichte. Die beiden Kinder warfen ihre Sixpence hinein, doch James zeigte nur lachend seine leeren Hände.

John gab ihm einen Sixpence. »Da hast du was zum Reinwerfen«, sagte er.

»Danke, Onkel John«, sagte James und nahm die Münze, »aber Großvater spendet regelmäßig, deswegen brauchen wir nichts zu geben.«

Nur mit Gewalt hätte er James den Sixpence entreißen können. Die Kindergruppe zog an Lady Emily vorbei und verließ die Kirche, gefolgt von den Männern, nur Agnes blieb bei ihrer Mutter.

John und sein Vater gingen draußen in der Sonne vor der Kirchenmauer auf und ab und unterhielten sich über den Bullen.

»Wie soll er denn heißen?«, fragte John.

Die Namensgebung war für Mr Leslie von großer Bedeutung. Alle Bullen trugen den Vornamen Rushwater, und der zweite Name musste mit R anfangen. Ihr Besitzer, der sie selbst züchtete, suchte Namen aus, die seinen Käufern, mcist argentinische Rancher, leicht über die Lippen gingen. Der Vorrat an Namen, die, Mr Leslies Meinung nach, für den spanischen Muttersprachler kein Problem darstellten, war jedoch beinahe erschöpft, und so widmete er diesem Thema viel Zeit, seine Gespräche drehten sich um nichts anderes.

»Ich hatte an Rackstraw oder Richmond gedacht«, sagte Mr Leslie skeptisch. »Aber die klingen mir nicht spanisch genug.«

»Was meint denn Macpherson dazu?«

Mr Leslie schnaubte wütend.

»Macpherson kann von mir aus seit dreißig Jahren Gutsverwalter sein«, sagte er, »aber was anderes als Rannoch fällt dem auch nicht ein. Wie soll ein Argentinier bitteschön Rushwater Rannoch aussprechen?«

John räumte ein, dass das schwierig sein könnte, fragte sich aber gleichzeitig, warum Argentinier dümmer sein sollten als andere Völker.

»Und jetzt noch das Problem mit dem Pfarrhaus«, sagte Mr Leslie. »Banister ist im August nicht da und will es untervermieten. Das passt mir überhaupt nicht in den Kram.«

»Banisters Mieter brauchen dich nicht zu kümmern, Vater.«

»Es war die Rede von Ausländern«, sagte Mr Leslie. »Leute, die er irgendwo im Ausland aufgelesen hat. Nie hat man seine Ruhe. Deine Mutter wird sie zweimal die Woche zum Essen einladen. Am besten, ich fahre im August ins Ausland.«

»Da soll es viele Ausländer geben«, sagte John.

»Ja, aber bei sich zu Hause stören sie nicht. Nur hier, bei uns, wollen wir sie nicht haben. Von wegen ›Kauf nur britische Ware‹ und so. Ohne Ausländer stünden wir viel besser da.«

»Und was ist mit den Argentiniern, die deine preisgekrönten Stiere kaufen?«

»Ich meinte richtige Ausländer. Also Deutsche und Franzosen, solche Leute«, sagte Mr Leslie, der zwischen den diversen Völkern, die kein Englisch sprachen, sehr fein unterschied.

»Sind Argentinier keine Ausländer?«, fragte John etwas frech.

»In meiner Kindheit waren mit Ausländern Franzosen, Deutsche und Italiener gemeint«, erwiderte Mr Leslie würdevoll.

Lady Emily und Agnes kamen aus der Kirche, und Mr Leslie und John gingen ihnen entgegen.

Lady Emily ließ sich auf die Bank unter dem Kirchenportal nieder und fing an, sich ein langes lavendelfarbenes Tuch um den Kopf zu binden, wobei sie ununterbrochen plapperte.

»Weißt du was, Henry? Eben in der Kirche habe ich mir gedacht: Wenn wir Agnes' Nichte, das heißt, eigentlich die Nichte ihres Mannes, aber Agnes liebt sie abgöttisch, wenn wir also Agnes' Nichte im Sommer zu uns holen, könnten wir zu Martins Geburtstag im August ein kleines Fest geben. Vormittags ein Cricketmatch, abends ein Ball. Agnes, meine Liebe, sei so gut und schau doch mal, wo das andere Ende des Tuchs geblieben ist, und reich es mir – nein, nicht dieses Ende, das habe ich ja, das andere, Darling. Ja, richtig. Es ist so unpraktisch, dass man für die Kommunion die Handschuhe ausziehen muss, und weil ich es beinahe immer vergesse, muss Mr Banister jedes Mal warten.«

Mittlerweile hatte sie das Tuch zu einem kunstvollen Turban gewickelt, der ihrem hübschen schmalen Gesicht mit der Adlernase, den dünnen sinnlichen Lippen und den glänzenden dunklen Augen gut stand. Auf Johns Arm gestützt, stand sie auf.

»Meinen Stock, bitte, Henry. Und wenn du mir bitte

den Schal um die Schultern legen würdest. Die Handschuhe ziehe ich jetzt für den Heimweg nicht mehr an. Worüber hast du mit deinem Vater gesprochen, John?«

»Über Stiere, Mamma, und Ausländer. Vater sagte, er würde ins Ausland fahren, falls Banister das Pfarrhaus an unpassende Gäste vermietet.«

»Nein, Henry!« Lady Emily ließ vor Schreck ihre Tasche fallen. »Das ist nicht dein Ernst. Das würde Mr Banister dir übel nehmen.«

»Meine Liebe«, sagte ihr Mann, die Tasche aufhebend, »er reist doch selbst ins Ausland, und ich wüsste nicht, dass es ihn etwas angeht, wo ich hinfahre.«

»Darüber unterhalten wir uns noch«, sagte Lady Emily, schritt durch das Tor in der Friedhofsmauer und durchquerte ihren Rosengarten. »Wir besprechen es beim Lunch. Mir ist noch etwas eingefallen, während der grässlichen Pause, die immer entsteht, wenn diejenigen, die nicht zur Kommunion bleiben, aus der Bank treten. Es wäre doch sehr schön, wenn wir vor dem Cricketmatch noch das Dach des Pavillons reparieren lassen könnten. Würdest du wohl Macpherson darum bitten, Henry?«

»Das habe ich bereits getan, Emily. Im Oktober. Es ist seit einem halben Jahr repariert.«

»Ach ja, richtig«, sagte Emily, blieb stehen und band sich das Tuch neu, das über den Boden schleifte. »Ich muss an die kleine Scheune neben der Sägemühle gedacht haben, in der David früher manchmal sein Fahrrad untergestellt hat. Oder war das doch ganz woanders? Ach, herrje, wo bin ich nur mit meinen Gedanken. In der Kirche komme ich immer ganz durcheinander.«

Da scheinbar niemand ihr Interesse, herauszufinden, wo sie mit ihren Gedanken gewesen war, teilte, setzte sie den Weg fort, hinterließ eine Spur persönlicher Gegenstände auf dem Boden, die ihre Familie für sie aufheben durfte, und verschwand im Haus.

2
Die Leslies beim Lunch

Rushwater House war ein stattlicher, von Mr Leslies Großvater in vorwiegend neogotischem Stil errichteter Bau. Seine äußeren Vorzüge bestanden einzig darin, dass es nicht gar so hässlich war, wie es schien, seine inneren in einer gewissen Geräumigkeit und einem breiten, über die gesamte Länge der obere Etage verlaufenden Korridor, wo Kinder außer Sicht- und Hörweite ausquartiert werden und nach Herzenslust toben konnten. Alle Wohnräume gingen auf eine kiesbestreute Terrasse hinaus, von der aus man in den Garten hinabstieg, den ein kleiner Bach durchfloss und der an Wälder und Felder grenzte.

Gudgeon, der Butler, legte gerade letzte Hand an den Esstisch, als eine kleine Frau mittleren Alters in einem dunkelgrauen gestreiften Kostüm das Zimmer betrat.

»Guten Morgen, Mr Gudgeon«, sagte sie mit einem ausländischen Akzent. »Wir suchen die 'andtasche Ihrer Ladyschaft, mal wieder.«

»Mr Leslie trug eine Handtasche, als sie von der Kirche zurückkamen, Miss Conk«, sagte Mr Gudgeon. »Wahrscheinlich liegt sie auf dem Tisch in der Bibliothek. Walter, schauen Sie doch mal nach, ob die Handtasche Ihrer Ladyschaft in der Bibliothek ist.«

Der Diener machte sich daran, den Auftrag zu erfüllen, Mr Gudgeon setzte seine pedantischen Tischvorbereitungen fort, und Miss Conk sah aus dem Fenster. Lady Emilys Zofe war vor vielen Jahren als Amélie Conque in die Dienste ihrer Herrin getreten, doch die Anpassungsfähigkeit des Englischen, Mr Leslies feste Entschlossenheit, in Fragen der Aussprache nicht vor Ausländern zu Kreuze zu kriechen, und schließlich Mr Gudgeons tiefe Überzeugung, sein Französisch sei absolut fehlerfrei, hatten sich aufs Schönste miteinander vereint und den Namen Conk hervorgebracht. Unter diesem Namen kannten die Kinder und Enkelkinder von Lady Emily sie, Schreckgespenst für die einen, lebende Schabracke für die anderen. Ob Conk im Laufe der Jahre nachsichtiger geworden war oder einfach nur die neue Generation selbstbewusster – vielleicht beides.

Soweit bekannt, hatte Conk kein eigenes Zuhause, keine Angehörigen und über Rushwater und die Familie Leslie hinaus keine Interessen. Ihren Urlaub verbrachte sie regelmäßig in Folkestone bei der griesgrämigen alten Mrs Baker, einer ehemaligen Haushälterin der Leslies. Um Heimatluft zu schnuppern, hatte sie es sich zur Gewohnheit gemacht, im Anschluss an den alljährlichen Streit mit ihrer Wirtin einen Tagesausflug nach Boulogne zu unternehmen, von wo sie stets tränenüberströmt zurückkehrte, weil sie solches Heimweh nach England bekommen hatte.

Walter kehrte mit der Tasche zurück und versuchte, sie Miss Conk zu übergeben, die ihn geflissentlich übersah und mit Leidensmiene wartete, bis Gudgeon sie Walter abnahm und ihr reichte.

»Wir kommen etwas später zum Lunch«, sagte Conk, die zum Pluralis Majestatis oder Auctoris neigte, wenn von ihrer Herrin die Rede war.

»Das ist doch nichts Neues, oder, Mr Gudgeon?«, sagte Walter, nachdem Conk den Raum verlassen hatte.

Gudgeon scheuchte Walter mit einem Blick ins Dienstbotenzimmer und richtete alles neu aus, was der Diener zufällig berührt hatte. Danach ging er hinaus, um den Gong zu schlagen.

Den Gong zu schlagen gehörte zu den großen Freuden in seinem Leben, auch wenn er lieber gestorben wäre, als sich das einzugestehen. Viermal am Tag, unbemerkt von der nichts ahnenden Herrschaft, seinen Gleichgestellten – eigentlich nur zwei Menschen, Conk und Mrs Siddon, die gegenwärtige Haushälterin – und seinen Untergebenen, wurde die Seele, die in seiner großen und würdevollen Gestalt schlummerte, die Seele eines Künstlers, Dichters, Soldaten, Forschers und Mystikers, freigelassen und durfte sich zu himmlischen Höhen emporschwingen. Im Herbst vergangenen Jahres, als Mr Leslie, besorgt um die Nerven seiner von einer langen Krankheit genesenden Frau, angeordnet hatte, die Mahlzeiten mündlich auszurufen, hatte Gudgeon daher eine finstere Zeit erlebt. Nur die grenzenlose Ergebenheit gegenüber seiner Herrin hatte ihn diese Drangsal ertragen lassen. Es machte ihm wahrlich keine Freude, den Salon zu betreten und die erlesenen Gäste mit seiner Anwesenheit zu beschämen; keine Freude, mit einer Stimme, die ihn, abgesehen von einer leichten Unsicherheit bei gehauchten Initiallauten, ins höchste Kirchenamt befördert hätte, zu verkünden, dass das Dinner angerichtet sei. Sein inneres Wesen blieb stumm und darbte. Eines Tages, während einer Unterhaltung mit Conk, wagte er sich vor mit der Bemerkung, Ihre Ladyschaft käme, seit Mr Leslie den Gongschlag abgeschafft habe, immer etwas zu spät zu den Mahlzeiten.

»Ihre Ladyschaft ist wie immer«, sagte Conk. »Sie hört die Gong gar nicht. Wenn sie ist im Schlafzimmer, sie sagt oft zu mir: ›Ist die Gong weg, Conk?‹«.

Gudgeon dachte über die Antwort nach. Ein paar Tage später erdreistete er sich, den Gong zu schlagen, sanft, flüchtig und nur zum Lunch. Da niemand ihn zur Rede stellte, schlug er ein paar Tage darauf den Gong zum Tee, dann zum Abendessen, aber immer nur für einen kurzen Zeitraum und nicht mit voller Kraft. Schließlich nutzte er Mr Leslies Abwesenheit und ließ seiner Seele mit Sturmgeläut, Alarmglocken, Fanfaren freien Lauf. Als zum Ende der Woche Mr Leslie aus der Stadt zurückkehrte, bemerkte Lady Emily beim Essen: »Haben Sie heute den Gong geschlagen, Gudgeon? Ich habe ihn gar nicht gehört?«

»Jawohl, my Lady«, sagte Gudgeon. »Wenn Sie wünschen, kann ich ihn in Zukunft auch länger schlagen.«

»Ja, bitte«, sagte Lady Emily.

Da Mr Leslie mit Mr Macpherson und der Frage der Dachreparatur am Cricket-Pavillon beschäftigt war und zu dem Zeitpunkt ohnehin von einer Viehausstellung, auf der Rushwater Robert sehr wahrscheinlich gut abschneiden würde, ganz in Anspruch genommen, fiel ihm überhaupt nicht auf, dass der Gong wieder geschlagen wurde.

Schlug Gudgeon den Gong zum Abendessen, konnte man einen Künstler bei der Arbeit beobachten. Er nahm den Schlägel, dessen Kopf mit Fensterleder umwickelt war, das er eigenhändig von Zeit zu Zeit auswechselte, und vollführte zu Beginn ein paar raumgreifende Gesten, wie ein Tambourmajor oder wie ein Löwe, der sich mit der berüchtigten Klaue im Schwanz zur Ekstase peitscht. Dann ließ er den Kopf auf das Zentrum des Beckens sinken, was einen niedrigen klingenden Ton erzeugte. Mit zunehmender Kraft schlug er auf den Gong ein und bewegte den Schlägelkopf auf der dunklen narbigen Oberfläche der Metallscheibe in konzentrischen Kreisen, bis der Klang das ganze Haus erfüllte, durch die Korridore dröhnte, jeden Balken zum Vibrieren brachte, Agnes' Kinder oben im Bett angenehm aufrüttelte und in Erregung versetzte, David im Badezimmer zu den Worten hinriss: »Blöder Gong. Ich dachte, ich hätte noch fünf Minuten Zeit«, Mr Leslie im Salon, zu: »Wie üblich kommen mal wieder alle zu spät«, und Lady Emily, während Conk ihr das Haar hochsteckte zu: »Hat der Gong schon geschlagen, Conque?«

Heute waren die letzten Klangausläufer kaum versiegt, da trat Mr Leslie ein, zusammen mit Macpherson, dem Gutsverwalter und Banister. Agnes mit James, der zum Sonntagslunch nach unten kam, sowie David und Martin folgten kurz darauf.

»Wir wollen nicht warten, Gudgeon«, entschied Mr Leslie. »Ihre Ladyschaft kommt später.«

»Sehr wohl, Sir«, sagte Gudgeon bedauernd. Gudgeon wusste so gut wie alles über die Familie, meist früher als sie selbst.

»Wann erwarten Sie Ihre Nichte, Mrs Graham?«, fragte Mr Macpherson.

»Morgen, zum Lunch. Sie will heute ihre Mutter verabschieden.«

»Dann dürfte sie also«, setzte Mr Macpherson an, der sich viel darauf zugutetat, die Familie Leslie bis in die letzte Verästelung des Stammbaums zu kennen, »die Tochter von Colonel Grahams ältester Schwester sein, habe ich recht. Die Frau, die Colonel Preston geheiratet hat, der dann im Krieg gefallen ist.«

»Ja, richtig. Mein ältester Bruder gehörte als subalterner Offizier seinem Regiment an, wie Sie sicher erinnern werden. Sie sind beide etwa zur gleichen Zeit gefallen, die Armen. Mrs Preston hat sich seitdem nie richtig erholt.«

»Ja, jetzt erinnere ich mich«, sagte Mr Macpherson. »Es gab nur dieses eine Kind, Miss Mary. Ich habe sie hier einmal gesehen, da war sie noch ein kleines Mädchen.«

»Eine ganz reizende Person, alle vergöttern sie. Wirklich traurig für sie, dass ihre Mutter ins Ausland muss. Deswegen haben wir uns überlegt, dass sie den Sommer über lieber zu uns kommen sollte.«

»Warum möchte Mrs Preston denn ins Ausland?«, fragte Mr Leslie.

»Ich glaube, ihr Arzt hat es ihr empfohlen, Vater«, sagte Agnes.

»Ärzte!«, erwiderte Mr Leslie und fegte mit diesem vernichtenden Ausruf alle Mitglieder des Royal College of Physicians vom Angesicht der Erde.

»Und wann erwarten Sie Ihren Mann zurück, Mrs Graham?«, fuhr Macpherson fort, der danach gierte, seine Kenntnisse über die Familie Leslie auf den neusten Stand zu bringen.

»Ich weiß es nicht genau. Das ist alles sehr unerfreulich«, antwortete Agnes in einem leicht wehleidigen Ton. »Das Kriegsministerium sagt, in drei Monaten, aber man kann nie wissen. Die Rückreise von Südamerika braucht ja auch ihre Zeit. Ein Gutes hat es doch, er hat nämlich Vaters Bullen dort gesehen.«

»Doch nicht Rushwater Robert«, sagte Mr Macpherson.

»Ja, er war Champion in Buenos Aires, und Robert, ich meine, mein Robert, nicht den Bullen, Robert hat Robert in der Schau gesehen. Aber er hat ihn nicht erkannt.«

»Woher wusste er dann, dass es Robert war?«, fragte Mr Leslie.

»Er wusste es nicht, Vater. Das ist ja das Traurige. Darling Robert hat ihn mit seinen herrlichen großen Augen angeschaut, aber er erinnerte sich nicht mehr an ihn. Wenn man bedenkt, dass er nach ihm benannt wurde!« Agnes seufzte behaglich.

»Es hatte was für sich, dass die Römer mehr als nur ein Personalpronomen hatten«, sagte John zu niemand Bestimmtem. Mr Leslie schlug sich im Geist mit dem Unterschied zwischen einem preisgekröntem Stier und seinem Schwiegersohn herum, da riss Agnes' nächste Frage ihn aus seinen Grübeleien.

»Könnte Weston wohl Mary morgen abholen, Vater?«

»Wen abholen? Ach so, Mary, ja, natürlich, Mary Preston. Meine Güte, ich kann mich noch gut an ihre Mutter erinnern, auf deiner Hochzeit, Agnes. Warum hört sie überhaupt auf ihre Ärzte? Warum kommt sie nicht hierher? Sie könnte im Pfarrhaus wohnen, Banister, wenn Sie es schon unbedingt vermieten wollen.«

»Mein lieber Leslie, das Pfarrhaus ist bereits vermietet, wie ich Lady Emily vergangene Woche mitgeteilt habe.«

Im selben Moment betrat Lady Emily den Raum, das Haupt veredelt mit feiner Spitze, ein großes Seidentuch um die Schultern gezurrt.

»Was haben Sie mir vergangene Woche gesagt, Mr Banister?«, fragte sie, während sie sich auf ihrem Stuhl einrichtete. »Nehmen Sie mir den Stock ab, Gudgeon, und stellen Sie ihn dort hin. Nein, nicht da. In die Ecke. Und wo ist meine Fußbank? Ach, da. Ich kann sie mit den Füßen ertasten. Ging es um Ihre Mieter, Herr Pfarrer? Ich weiß, Sie haben mir was darüber gesagt und dass ich sie besuchen soll, aber vor Dienstag kann ich nicht, denn Sonntag ist Sonntag.« Sie fuhr fort mit einer Miene, als würde sie einen profunden Gedanken zur Welt bringen »Und Montag ist Montag. Henry, wir müssen uns darum kümmern, dass Mary am Bahnhof abgeholt wird. Können Sie sich noch an ihren Vater erinnern, Colonel Preston, Macpherson? Vor dem Krieg war er mal hier bei uns. Ja, was nun Ihre Mieter betrifft, Mr Banister, also Dienstag ist Dienstag, und dann, hoffe ich, könnte ich meine Aufwartung machen. Was ist das?«, fragte sie Walter, der ihr ein Gericht servierte.

»Eier in Pilzsoße, my Lady.«

»Ah, verstehe. Ihr seid alle schon beim zweiten Gang. Nein, keine Eier. Geben Sie mir von dem, was die anderen haben. Ist das Hühnchen? Geben Sie mir etwas Hühnchen. Mr Macpherson, heute Morgen in der Kirche ist mir wieder das Dach auf dem Cricket-Pavillon eingefallen, aber Henry hat mir gesagt, dass Sie es im Oktober repariert haben. Oh, Walter, das ist viel zu viel Hühnchen für mich. Ich tue etwas davon auf den Salatteller vom Herrn Pfarrer, der hat seinen Salat schon gegessen, und dann können Sie mir die Eier wieder bringen, und ich esse von jedem etwas. Würde Dienstag reichen?«

»Meine Mieter«, sagte Mr Banister, der sich vergeblich bemüht hatte, zu Wort zu kommen, »reisen erst im August an, Lady Emily. Wenn Sie dann so freundlich wären, ihnen einen Besuch abzustatten, wäre das sehr gütig.«

»Ach, erst im August«, gab sich Lady Emily geschlagen. »Dann schaue ich besser nicht am Dienstag vorbei. Henry!«, rief sie ihrem Mann am anderen Ende des Tisches zu: »Rate mal, wer mir einen Brief geschrieben hat.«

»Komme ich nicht drauf, meine Liebe.«

»Moment, irgendwo muss er sein«, sagte Lady Emily, die den Inhalt ihrer großen Tasche auf dem Tisch ausbreitete. »Nein, hier ist er nicht. Gudgeon, sagen Sie Walter, er möchte Conque bitten, nach dem großen flachen Korb mit Briefen in meinem Schlafzimmer zu suchen. Nicht nach dem kleinen runden Korb mit dem grünen Rand, der enthält nur beantwortete Briefe. Ich weiß auch nicht, warum ich beantwortete Briefe aufhebe«, wandte sie sich mit einem selbstironischen Blick an die gesamte Tischgesellschaft, »aber eines Tages werde ich sie mal durchsehen und einige verbrennen. Du wirst mir dabei helfen, David. Das wird Spaß machen, sie uns gegenseitig vorzulesen, bevor wir sie ins Feuer werfen. Also, Gudgeon, nicht den kleinen runden Korb, sondern den anderen, den mit meinen Malutensilien und einer toten Drossel darin. Habe ich dir schon gesagt, dass ich heute Morgen auf meiner Fensterbank eine tote Drossel gefunden habe, Martin? Was soll ich nur mit ihr machen?«

»Oh je, das arme Ding«, sagte Agnes.

James blickte von seinem Schokoladenpudding auf. »Darf ich sie beerdigen?«, fragte er.

»Aber natürlich, Darling. Also, Gudgeon, ich möchte die tote Drossel und den Brief mit dem Krönchen auf der Rückseite. Wer sind denn nun Ihre Mieter, Mr Banister?«, fragte Ihre Ladyschaft, die bisher noch immer auf ihr Ausgangsthema zurückgekommen war, mochten die Abschweifungen noch so zahlreich sein.

»Sehr angenehme Menschen. Sie werden sie ganz bestimmt mögen. Ich habe sie letztes Jahr in Touraine kennengelernt, als ich meinen alten Freund Somers besuchte, der dort ein Fuhrunternehmen betreibt.«

»Bringt er auch Mrs Somers mit?«, fragte Lady Emily, die ihr Hühnchen in kleine Happen zerkleinert hatte und es zusammen mit dem lauwarmen Ei offenbar mit großem Genuss verzehrte.

»Nein. Es sind nicht die Somers, die das Pfarrhaus mieten, Lady Emily. Es sind Freunde der Somers, sie heißen Boulle.«

»Wie lustig«, sagte Mr Leslie. »Ich habe noch nie jemanden mit dem Namen Bull in Frankreich getroffen. In England ist der Name natürlich weit verbreitet.«

»Nicht Bull, Leslie. Boulle. Sie sind Franzosen.«

»So wie die Möbelstücke in der Wallace Collection, Vater«, eilte David ihm zu Hilfe.

»Ein guter Name für einen jungen Champion«, sagte John. »Rushwater Boulle.«

»Bull soll ein französischer Name sein? Das höre ich zum ersten Mal«, sagte Mr Leslie, der nicht locker ließ.

»Ich glaube, die Familie kommt aus dem Elsass«, sagte Mr Banister.

»Wie wäre es mit einem Witz über Elsässer und Boulledogs?«, sagte Martin.

»Das verbietet sich«, sagte David.

Gudgeon kehrte mit einem Silbertablett zurück, auf dem die tote Drossel und ein Brief lagen.

»Oh, vielen Dank«, sagte Lady Emily. »Legen Sie den armen Vogel in eine Schachtel, Gudgeon. Master James kann ihn haben, sobald er mit dem Essen fertig ist.«

In Windeseile verschlang James die Reste des Nachschlags auf seinem Teller. »Darf ich jetzt aufstehen?«, fragte er. Die Erlaubnis wurde erteilt, James rückte mit dem Stuhl nach hinten, nahm den kleinen Vogelkadaver an sich und verließ den Raum.

»Hat jemand meine Brille gesehen?«, rief Lady Emily. »Gudgeon, sagen Sie Conque bitte, dass ich meine Brille brauche. So lange muss ich mich irgendwie anders behelfen.«

»Ich lese dir den Brief vor, Mutter«, sagte David, ging

um den Tisch herum und stellte einen Stuhl zwischen seine Mutter und Macpherson. »Er ist von einer Person namens Holt, ihrem sehr ergebenen C. W. Holt. Er möchte morgen zum Lunch kommen und sich den Garten ansehen. Er wohnt bei Lord Capes auf Capes Castle, und er möchte mit dem Auto abgeholt werden, weil Lord Capes seines nicht zur Verfügung stellt. Der scheint ganz schön selbstbewusst zu sein, Mamma. Wer ist denn das?«

»Eigentlich ist er ein sehr netter kleiner Mann«, setzte Lady Emily an.

»Ein ausgemachter Langweiler ist er, Emily«, unterbrach Mr Leslie seine Frau. »Das letzte Mal hatte er sich für einen Tag eingeladen und blieb am Ende drei. Und das Auto betrachtete er als sein persönliches Eigentum. Er redet über nichts anderes als Gärten und seine blaublütigen Freunde. Ich kann den Kerl nicht ausstehen, niemand kann ihn ausstehen. Er lädt sich selbst ein, und die Leute sind zu gutmütig, um ehrlich zu sagen, dass sie ihn nicht bei sich haben wollen. Ich würde mich nicht wundern, wenn er ein Tagebuch über uns führt, was erst nach seinem Tod veröffentlicht werden soll, so wie dieser Weevle oder wie er hieß.«

»Creevey«, sagte David.

»Greville«, sagte Banister im selben Moment.

»Jobling«, murmelte John, eher zu seinem eigenen Vergnügen.

»Ich sagte Weevle«, erklärte Mr Leslie verärgert. »Musst du ihn wirklich einladen, Emily?«

»Wenn du nicht willst, Henry, dann nicht. Danke, Gudgeon. Oh, das ist die falsche Brille, aber ich komme schon zurecht. Er schreibt, Lord Capes führe in die Stadt, das heißt, er ist ganz allein auf Capes Castle. Und wenn er danach zu den Nortons fährt, liegen wir sowieso auf seinem Weg. Er tut mir einfach leid, das ist alles.«

»Mamma«, sagte David, »die Nortons wohnen fünfzig Kilometer von hier, am anderen Ende des Countys. Aber vor dem Allmächtigen – entschuldigen Sie, Mr Banister – ist das gehupft wie gesprungen.«

»Die Sache ist ganz einfach, Emily«, meinte Mr Leslie entnervt, »das Auto kann nicht gleichzeitig Holt von Capes Castle und Mary Preston vom Bahnhof abholen.«

»Wenn Preston morgen früh Holt in Capes Castle abholt, kann er gegen zwölf wieder hier sein. Dann bleibt genug Zeit für Mary. Sie kommt in Southbridge an, weil die Verbindungen nach Rushwater am Pfingstmontag nicht gut sind.«

»Gran«, mischte Martin sich jetzt ein, »kann ich nicht mit dem Ford nach Southbridge fahren?«

»Auf gar keinen Fall«, sagte sein Großvater.

»Aber ich könnte fahren, Vater«, sagte David, »und Martin kommt mit. Das wäre doch möglich.«

»Also dann, Gudgeon«, sagte Ihre Ladyschaft, »richten Sie Weston aus, er möchte Mr Holt morgen von Capes Castle abholen, rechtzeitig zum Lunch. Ich würde vorschlagen, dass er gegen elf Uhr aufbricht, spätestens. Schwer zu sagen, wie viel Zeit man für die Strecke benötigt. Weißt du noch, Martin, als wir das letzte Mal da waren? Na gut, da kamen wir von London, aber trotzdem, wir haben mehrere Stunden gebraucht. Aber das soll Weston besser selbst entscheiden. Und ihr beide,

David und Martin, ihr fahrt mit dem Ford los, na, ich würde sagen, also… Wann kommt Marys Zug an, Agnes?«

»Lass das mal Gudgeons Sorge sein, Mamma«, sagte Agnes. »Er weiß bestens Bescheid. Gehen wir doch rüber in den Salon. Gleich kommen die Kinder für ihren Nachmittagsspaziergang herunter.«

»Oh, einen Moment noch«, sagte Lady Emily und band sich ihr Tuch. »Mein Stock, Gudgeon. Was ist nun mit Mr Banisters Mietern? Soll ich Madame Boulle diese Woche besuchen? Ist sie eine Witwe?«

»Meine liebe Lady Emily. Es ist mir ein Rätsel, wie Sie darauf kommen, sie sei eine Witwe…«, fing der Pfarrer an.

»Französinnen sind immer Witwen«, sagte Mr Leslie. »Man braucht sie sich nur anzusehen.«

»Elsässerinnen sind anders«, sagte David geistesgegenwärtig.

»Nein, nein, sie hat einen Mann und zwei oder drei ältere Kinder, die irgendwie mit einer französischen Universität verbunden sind. Ich glaube, Mr Boulle und sein ältester Sohn sind sogar Professoren. Sie wollen einen Monat Urlaub in England machen. Bei sich zu Hause in Frankreich nehmen sie zahlende Gäste auf, junge Männer und Frauen, die Französisch lernen wollen, aus beruflichen Gründen oder für einen Universitätsabschluss. Reizende und kultivierte Leute.«

»Ich werde sie bestimmt besuchen«, sagte Lady Emily, »aber nicht vor Dienstag. Und jetzt müssen wir zur Beerdigung von James' Vogel.«

Der Pfarrer entschuldigte sich mit der Begründung, er müsse zur Kindermesse. Mr Leslie und sein Verwalter gingen sich den jungen Stier anschauen. Die übrige Gesellschaft machte James die große Freude, ihm bei der Bettung der Drossel in die wurmreiche Erde beizustehen.

3
Ankunft eines Schleimers

Lady Emilys Kinder und Enkelkinder hatten die Angewohnheit, sich zum Familienrat im Schlafzimmer ihrer Mutter und Großmutter einzufinden. Lady Emily selbst war der Meinung und wies auch all ihre Freunde darauf hin, dass sie die Zeit zwischen neun und zehn zum Briefeschreiben und zur Regelung aller organisatorischen Belange des Hauses nutze. Doch da die Familie sicher sein konnte, sie zu dieser Zeit an diesem Ort anzutreffen, war ihr Zimmer so etwas wie eine Schaltzentrale, von der aus die Tagesplanung erfolgte.

Pfingstmontag, halb neun, und Lady Emily war noch immer in zwei große Shetland-Shawls gehüllt und hatte sich weiche, mit Diamantbroschen befestigte Kaschmirtücher um den Kopf gewickelt. Auf dem Bett ein Frühstückstablett, der große flache Korb mit Briefen, der kleine runde mit dem grünem Rand, der nur die erledigte Korrespondenz enthielt, eine Stickarbeit, mehrere Bücher, ein dritter Korb mit Kämmen und Nadeln sowie einige Zeitungen. Auf dem Tisch neben ihr ein Farbkasten, ein Glas Wasser und ein weißer Papierfächer, den sie mit einem aparten Dekor aus Fischen und Seetang bemalte. Der Raum war vollgestopft, ja quoll über von Familienstücken und von Erzeugnissen der diversen künstlerischen Handwerke, in denen Lady Emily zeitweilig dilettiert hatte. Die eine Wand nahm zur Hälfte eine Freskomalerei ein, eine romantische Landschaft, das Himmelbett war mit kunstvoll bestickten Tüchern drapiert, und an den Wänden hingen Aquarelle, die ihren völligen Mangel an Technik allein durch etwas künstlerisch Genialisches wettmachten. Töpferwaren, Holzschnitte, Emaillearbeiten, alles zeugte von dem unersättlichen Verlangen ihrer Besitzerin, sich kreativ zu betätigen.

Von frühester Kindheit an hatten die Leslies ihre Mutter als einen tätigen Menschen erlebt, als eine Frau, die Pinsel, Stift und Nadel gleichermaßen enthusiastisch schwang, die mit Lehm im Haar zu spät zum Lunch aufkreuzte, die unförmige Stickarbeiten zum Picknick mitnahm und die alle in Verlegenheit brachte mit ihrer Idee, den Cricket-Pavillon des Dorfes mit gemalten Szenen aus dem Leben des Heiligen Franziskus zu schmücken, wozu sie die Gärtner überredete, Modell zu stehen. Was Mr Leslie von alldem hielt, wusste niemand genau, denn Mr Leslie pflegte seinen eigenen Lebensstil und mischte sich selten ein. Ein einziges Mal nur hatte er Protest angemeldet, so viel war bekannt. Auf dem Höhepunkt ihres Emaillewahns hatte Lady Emily einen Ofen im Dienstbotenzimmer installiert, was Gudgeon und dem Diener ein Durchkommen enorm erschwerte und außerdem den Diener zu ihrem Assistenten verpflichtete, wenn er eigentlich den Mittagstisch hätte decken sollen. Das hatte Mr Leslie zum Anlass genommen, vom Tisch aufzustehen, den Wagen zu bestellen, sich nach London kutschieren zu lassen und sich von dort auf eine Kreuzfahrt zu den Hauptstädten Nordeuropas zu begeben, die für ihn nicht so grundsätzlich ausländisch waren wie die weiter südlich gelegenen. Bei seiner Rückkehr war die Emaillephase abgeklungen und der Brennofen in den Keller geschafft worden.

Agnes Graham saß, Clarissa, ihre Jüngste, auf dem Schoß, am Fenster und sah hinaus in den Garten. Agnes war nicht so stattlich wie ihre Mutter, von ihr hatte sie lediglich die dunklen Augen und die Haarfarbe geerbt. Ihr Lächeln war einnehmend, ihre Stimme überaus sanft, die zu erheben, ob für oder gegen etwas, sie nie Veranlassung sah. Ihre Ehe war daher, mit ihrem vollen Einverständnis, von der Mutter eingefädelt worden, welche aus lauter Verzweiflung, ihre Tochter, die auch nach zwei Ballsaisonen unfähig schien, irgendwelche Präferenzen zu äußern, würde nie einen Mann finden, Colonel Graham gedrängt hatte, er möge sich ihr gegenüber erklären. Nachdem Robert Graham zunächst aus der etwas kryptischen Bemerkung seiner Schwiegermutter in spe herausdestillieren musste, was genau sie damit andeuten wollte, hatte er Agnes umgehend einen Antrag gemacht. Diese wiederum hatte geantwortet, es wäre sicher sehr schön, den lieben Robert zu heiraten, und die Sache war beschlossen. Heute lebte sie in unschuldiger Ergebenheit gegenüber ihrem liebevollen Ehemann und den Kindern. Ihre Intelligenz beschränkte sich auf das Haus und ihre erlesenen Handarbeiten, allen anderen Anforderungen des Lebens begegnete sie mit dem gemurmelten Satz: »Da muss ich erst Robert fragen.« Als Roberts Schwester, Mrs Preston, ein Kuraufenthalt im Ausland empfohlen worden war, hatte Robert angeboten, für die Kosten des Schweizer Sanatoriums aufzukommen, während Agnes sich die Mühe gemacht hatte, ihrer Mutter zu schreiben, ob die liebe Mary nicht den Sommer über nach Rushwater kommen könne, das wäre doch eine feine Idee, besonders weil sie selbst und die Kinder da seien, Robert dann auf Dienstreise in Südamerika, und überhaupt, Mary könne doch so gut mit Kindern umgehen. Agnes war der spezielle Liebling ihres älteren Bruders John, der sich oft mit liebevoller Nachsicht fragte, wie man bloß von solch heiliger Einfalt sein konnte.

Der kleine James und seine Schwester Emmy, ein gedrungenes junges Fräulein von fünf Jahren, ziemlich bewundert von ihrem älteren Bruder, legten, mit Hilfe von John, ein Holzpuzzle auf dem Boden zusammen.

»Du könntest den Kindern ruhig einige Teile abgeben, John«, sagte Agnes in ihrer angenehm ruhigen Stimme. »Du hast mehr grüne und blaue auf deiner Seite als alle anderen.«

»Ich konzentriere mich auf die Bäume und den Himmel im Bild«, sagte John. »James hat die dunklen Teile, die entweder zu Kleidungsstücken oder einer Eisenbahn gehören, wir wissen es noch nicht genau. Das nennt man Arbeitsteilung. Emmy versucht seit zehn Minuten, zwei Teile zusammenzustecken, die in keinerlei Beziehung zueinander stehen, wie jeder Blinde mit Krückstock sehen kann. So etwas nennt man Verbissenheit oder auch Blödheit.«

»Blödheit, nehme ich an«, sagte Agnes zärtlich. »Sie ist die Dümmste dieser klugen Familie. Ganz so wie ich. Emmy-Darling.«

»Sich schlecht zu machen ist geistiger Hochmut, Agnes«, sagte Lady Emily, die auf ihrem Bett saß. »Wie alt ist Roberts Nichte jetzt?«

»Mary? Dreiundzwanzig, glaube ich. Sie wird dir gefallen, Mamma. Sie singt sehr schön, und sie kann dir bei den Frauen aus dem Dorf unter die Arme greifen und auch bei anderen Sachen. Sie ist überhaupt sehr hilfsbereit.«

»Ich dachte, die Arme kommt her, um sich zu erholen«, sagte John. »War nicht von einem Zusammenbruch die Rede?«

»Nein, nein, kein Zusammenbruch. Roberts Schwester ist nur ziemlich egoistisch, und sie behandelt die arme Mary wie eine Sklavin. Mary ist sehr erschöpft, und als ihre Mutter ins Ausland musste, meinte Robert, es würde Mary sicher guttun hierherzukommen. Erschöpfung ist nicht dasselbe wie Zusammenbruch.«

Es klopfte an der Tür, und David kam herein.

»Guten Morgen, Mamma«, sagte er. »Darf ich noch eben zu Ende rauchen, oder soll ich meine Zigarette aus dem Fenster schnipsen? Hier, Agnes, ein Telegramm für dich. Ich weiß genau, was du denkst. Du hast deine Sprösslinge alle im Blick, kann also keiner in den Kamin gefallen oder sich ein Bein gebrochen haben. Folglich geht es um Robert. Soll ich es für dich aufmachen und dir nur das Schlimmste vorlesen?«

»Ja, bitte«, sagte Agnes im klagenden Ton, ohne jede

Gefühlsregung. »Telegramme sind immer so bedrohlich.«

»Nun, dass es nicht von Robert ist, erkenne ich, ohne es zu öffnen«, sagte David. »Für Robert wäre ein Beinbruch kein Beinbruch, also nicht mitteilenswert. Es ist von Mary, sie kommt um halb eins in Southbridge an.«

»Schön«, sagte Lady Emily, die geistesabwesend ein Paar lange Handschuhe aus Wildleder anprobierte. »Sie kann uns beim Lunch mit Mr Holt etwas beistehen. Dein Vater regt sich sonst nur auf. Zwar ist Mr Holt wirklich eine Landplage und schrecklich ennuyierend, so dass niemand ihn um sich haben möchte, aber dennoch, wenn sich schon jemand die Mühe macht und sich selbst einlädt, dann sollte man sich wenigstens anständig ihm gegenüber verhalten. David, du und John, ihr müsst eurem Vater helfen.«

»Mamma«, sagte David, »wenn dieser Holt so ein fürchterlicher Langweiler ist, wie du sagst, dann bleibe ich dem Lunch lieber fern. Martin und ich holen Mary Preston ab, wir könnten unterwegs irgendwo etwas essen und erst zurückkommen, wenn Holt wieder weg ist.«

In dem Moment kam Martin ins Zimmer.

»Guten Morgen, Gran«, sagte er. »David, ich habe dich schon gesucht. Ich soll dir von Macpherson ausrichten, dass du ihm den Ford zurückbringen sollst, sobald du wieder da bist. Er und John brauchen ihn für eine geschäftliche Sache.«

»Was für ein egoistischer Mensch, dieser Macpherson«, bemerkte David arglos. »Ich wollte uns Sandwichs machen und ›die Lerche hoch über mir am Himmel‹ hören. Warum nehmen die Leute zum Dichten in die Berge eigentlich nie Sandwichs mit? Kann man nur mit leerem Magen dichten?«

»Den Sandwichausflug kann ich sowieso nicht mitmachen«, sagte Martin. »Ich muss früh genug wieder hier sein. Ich habe noch was vor.«

»Was gibt es denn so Wichtiges zu tun?«, fragte David.

»Ich muss den Pfarrer sprechen.«

»Den Pfarrer?!«, antwortete die versammelte Familie unisono, als wäre Banister eine ansteckende Krankheit und nicht ein alter Freund der Familie.

»Willst du Anführer bei den Pfadfindern werden?«, fragte David wenig rücksichtsvoll.

»Nein.«

»Oder Altus im Kirchenchor?«

»Sei still, David. Es ist etwas Privates«, sagte er und sah seinen jungen Onkel flehentlich an.

»David, mein Lieber«, sagte Lady Emily. »Martin kann zum Herrn Pfarrer gehen, wann er möchte. Mr Banister war schon oft eine große Hilfe, und Martin tut gut daran, mit ihm zu sprechen, ganz egal, aus welchem Grund.«

Die Vieldeutigkeit, die Lady Emily in ihre letzten Worte legte, brachte alle zum Lachen. Agnes meinte daran erinnern zu müssen, dass Mr Banister auf ihrer Trauung wunderschöne Worte gefunden habe. Ein gellender Schrei von James lenkte die Aufmerksamkeit auf die Tatsache, dass Emmy die beiden störrischen Puzzleteile entzweigebrochen hatte. John stand abrupt auf und brachte dabei versehentlich mit dem Fuß die schon fertigen Abschnitte des Puzzles durcheinander. James haute Emmy, und Emmy heulte laut los.

»Klingel doch bitte nach Nannie, Martin«, sagte Agnes, die erst gar keinen Versuch unternahm, die Kinder zur Ordnung zu rufen. »Wenn die beiden sich mal nicht vertragen, sind sie unerträglich.«

Nannie und Ivy eilten herbei und brachten die beiden älteren Kinder aus dem Zimmer. John machte sich daran, den angerichteten Schaden zu beheben, während Martin Emmys zerbrochene Teile einsammelte.

»Hast du Klebstoff im Haus, Gran?«, fragte er.

»Ja, Darling, in der roten Schale im Bücherregal neben dem Kamin. Aber die Tube nicht zu fest drücken, die Spitze ist kaputt. Man weiß nie, wo der Kleber austritt.«

»Ich muss los«, sagte David, den diese übertrieben häusliche Atmosphäre anödete. »Auf Wiedersehen, Mutter. Martin? Zwölf Uhr!«

»Vielen Dank, Martin, dass du James' Puzzle repariert hast«, sagte Agnes. »Emmy ist so ungeschickt. Ich bringe Clarissa zu Nannie, Mamma. Sag, John, bist du zum Lunch wieder da?«

»Ich denke schon. Ich muss um zwei Uhr mit Macpherson unsere Runde abfahren. Überlass Clarissa mir, ich bringe sie zu Nannie.«

Hand in Hand zogen Onkel und Nichte von dannen.

»Wenn du bitte nach Conque klingeln würdest. Ich stehe jetzt auf«, sagte Lady Emily zu ihrer Tochter und betrachtete mit großer Verwunderung ihre Hände. »Warum habe ich mir bloß die Handschuhe angezogen?«

»Das weiß ich auch nicht«, sagte Agnes und zog an der Klingelschnur.

Um zwölf Uhr hörte man David nach Martin rufen, fünf Minuten nach zwölf hörte man Martin nach David rufen, zehn Minuten nach zwölf hatten sie sich gefunden. Sie stiegen in den Ford und fuhren los.

Kaum außer Sichtweite des Hauses, sagte Martin: »Lässt du mich mal ans Steuer?«

»Nein. Wir müssen uns sputen, wenn wir Mary Preston rechtzeitig abholen wollen. Warum warst du um zwölf Uhr nicht da?«

»War ich doch, aber ich konnte dich nirgends finden, also hab ich dich bei den Ställen gesucht.«

»Das Haus ist einfach zu groß, um da jemanden zu finden. Warum sperren die nicht mal ein paar Türen und Treppenhäuser ab? Dann hätte man eine Chance. Du kannst auf dem Rückweg ein Stück fahren.«

»Du bist gemein, David.«

»Nicht gemein, lieber Neffe, nur vernünftig. Wenn dich in Southbridge jemand am Steuer sieht, weiß er sofort, dass du nicht alt genug für den Führerschein bist, und zerrt dich vor den Kadi.«

Es ging bergauf, und der Ford machte so viel Lärm, dass jedes weitere Gespräch unmöglich war. Die Straße über die Hügel von Rushwater stieg fünf Kilometer lang gleichmäßig an, verlief zunächst zwischen Buchen, dann durch Ackerland bis hinauf zu kahlen grünen Kuppen. David drückte aufs Gaspedal und schlug mit der flachen Hand seitlich gegen die Karosse, wie ein Jockey, der sein

Pferd mit der Peitsche antreibt. Martin sang aus vollem Halse und dirigierte dazu mit beiden Armen. Auf dem einsamen Gipfel spielte die Autohupe verrückt und gab ein langes ohrenbetäubendes Signal von sich, das durch nichts zu stoppen war.

»Wir haben keine Zeit, es zu reparieren«, brüllte David.

»In Ordnung«, rief Martin und integrierte die Hupe in sein imaginäres Orchester.

Auf der Kammlinie oberhalb von Southbridge fuhr David an den Straßenrand.

»Wir können doch nicht mit dieser Fanfare durch die Stadt fahren. Klingt ja wie das Jüngste Gericht«, sagte er, zwischen den Kabeln stochernd. »Dann soll die Preston eben warten. Mist, ich kann den Kontakt nicht finden. Ich muss die Leitung durchtrennen, Weston kann sie reparieren. Reich mir mal die Kneifzange, die muss irgendwo unter dem Sitz liegen.«

Nachdem das Kabel durchtrennt war, setzten sie die Fahrt in etwas nüchternerer Stimmung fort und kamen auch nicht übermäßig spät am Bahnhof an. Der überfüllte Feiertagszug war gerade in die Station eingerollt. David stellte das Auto am anderen Ende des Bahnhofsgeländes ab und musterte verächtlich die Meute der Wanderer, die die Waggons aus London ausspuckten.

»›Die Esk angeschwollen zu roten Tiefen, doch Schulter an Schulter die Kerle liefen‹«, zitierte er. »›Geh sie von unten an, Junge, und komm.‹«

An jedem anderen Ort hätte der Anblick für Aufsehen gesorgt: Zwei stramme junge Burschen im Gleichschritt, die Arme ineinander verschränkt wie Rollschuhfahrer und Laute von sich gebend, die sie irrtümlicherweise für einen College-Schlachtruf hielten. Doch die Wanderer, auf den Lippen fragwürdige Folksongs, deren Bedeutung ihnen zum Glück entging, nahmen David und Martin als zwei der ihren wahr. Einige wenige hoben den Arm zum faschistischen Gruß, worauf David freundlich erwiderte: »Guten Morgen, meine Vasallen«, während Martin sich mit einem schlichten »*Ave!*« begnügte. Mittlerweile hatten sie unbehelligt den Bahnhofseingang erreicht und fanden dort Miss Preston und ihre Koffer vor.

»Miss Preston?«, fragte David.

»Ja. Ich bin Mary Preston. Was bin ich froh, dass ihr beide es heil hierhergeschafft habt. Ich habe schon befürchtet, man hätte euch vielleicht umgerannt und zu Tode getrampelt.«

»Das hätte durchaus passieren können, doch wie heißt es so schön: ›Der gute Vater Tiber hielt tapfer auf mein Kinn.‹ Und das«, ergänzte er, Martin vorstellend, »ist mein Vater Tiber, Martin Leslie.«

»Guten Tag«, sagte Miss Preston. »Und du«, wandte sie sich wieder an David, »musst dann also auch ein Leslie sein.«

»Ich bin David. Würde es dir etwas ausmachen, wenn wir gleich losfahren? Unser Gutsverwalter wartet schon darauf, uns das Auto zu entreißen, sobald wir zu Hause sind.«

Marys Koffer wurden hinten neben Martin verstaut, sie selbst nahm vorne Platz.

»Du musst wieder die Hupe übernehmen, Martin«, rief David ihm über die Schulter zu.

Pflichtgemäß gab Martin einige grässliche Laute von sich, um Fußgänger und andere Fahrzeuge zu warnen. Bald hatte man die Stadt hinter sich gelassen, und der Ford quälte sich den Berg hinauf. Oben angekommen, klopfte Martin seinem Onkel auf die Schulter.

»Du hast gesagt, ich dürfte ein Stück fahren, David.«

»Also gut. Aufgepasst, Miss Preston, wir vollführen jetzt einen fliegenden Wechsel.«

Der fliegende Wechsel war eine von David und seinem Neffen ausgeklügelte Methode, während der Fahrt und ohne Temporeduzierung die Plätze zu tauschen. Es war als eine zeitsparende Maßnahme gedacht, für den Fall, dass man von Indianern, Tuaregs oder anderen Banditen verfolgt wurde. Martin kletterte auf die Rückenlehne des Fahrersitzes, grätschte die Beine, nahm David zwischen sich und ließ sich hinter ihm auf den Sitz gleiten. Dann packte er das Steuerrad mit der rechten Hand, während David über das linke Bein seines Neffens stieg und sich in die Lücke zwischen Martin und Miss Preston quetschte, dabei den Fuß nicht vom Gaspedal nahm. Die Übergabe des Pedals an Martins Fuß verlief ebenfalls ohne Malheur, und David kletterte auf die Rückbank.

»Was sagst du dazu?«, fragte er Miss Preston.

»Fantastisch«, sagte Mary. »Musstet ihr lange dafür üben?«

»Ja, sehr«, sagte Martin. »Zweimal hätten wir das Auto beinahe zu Schrott gefahren, bevor wir die Technik richtig heraushatten. In den nächsten Ferien wollen wir es in Davids Sportwagen probieren.«

»Hast du oder dein Bruder die Technik erfunden?«

»Wer? Ach so, David ist nicht mein Bruder, er ist mein Onkel. Einen Onkel kann man nicht an seinem Äußeren erkennen.«

»Dann musst du Tante Agnes' Bruder sein«, sagte Mary und drehte sich nach hinten um, »mein Onkel David, also.«

»Um Gottes willen, nein«, sagte David aufgebracht. »Ich bin zwar Agnes' Bruder, aber doch kein Onkel. Bitte, Martin! Pass auf! Hupen!«

Martin machte seine Fantasie-Hupgeräusche, worauf zwei Frauen vor ihnen, mit Körben am Arm, sich umdrehten und mitleidig über die Verschrobenheiten des Landadels zu kichern anfingen.

»Entschuldigung, Miss Preston, aber wir können nichts dafür. Es ist nämlich so, wir sind alle verrückt. Und Martin ganz besonders.«

»Ich auch«, sagte Mary, die nicht außen vor sein wollte. »Aber bitte, nicht Miss Preston. Wir sind doch alle miteinander verwandt.«

»Butter zum Futter, Futter zur Butter, heirate nie deine Schwiegermutter«, sang Martin.

»Komm her, mein Junge«, sagte David. »Neuerlicher Wechsel, sonst erwischen Macpherson oder Vater dich noch beim Fahren.«

»Oh, bitte nicht«, flehte Mary. »Das würden meine Nerven nicht aushalten. Bitte, Martin, halt lieber an, und David geht um das Auto herum.«

Martin stoppte am Rand eines Hasenglöckchen-Waldes, und die beiden jungen Männer stiegen aus.

»Hasenglöckchen!«, sagte David und machte eine ausladende Geste mit der Hand. Dann beugte er sich durchs Fenster zu Mary hinunter.

»Gehst du gerne spazieren?«, fragte er.

»Liebend gerne.«

»Dann machen wir Spaziergänge, wenn ich an den Wochenenden nach Hause komme.«

»Wohnst du nicht hier?«

»Nein. Ich lebe meistens in der Stadt, aber bin oft hier auf dem Land. Jetzt komm schon, Martin, sonst verspäten wir uns noch.«

Martin hupte, die Türen wurden zugeschlagen und die Fahrt fortgesetzt. Nach wenigen hundert Metern erreichten sie das Tor von Rushwater House. Die Einfahrt schlängelte sich durch eine noch ungemähte Wiese, und hinter Bäumen kam das Haus in seiner ganzen selbstgefälligen Hässlichkeit in Sicht. David fuhr unter dem Eingangsportikus vor, und Gudgeon öffnete die Tür.

»Lunch schon vorbei, Gudgeon?«, fragte David.

»Nein, Sir. Der Wagen mit Mr Holt ist noch nicht eingetroffen. Ihre Ladyschaft wartet.«

»Na gut. Ach, Gudgeon. Sagen Sie Weston, dass die Hupe heute Morgen ihren Geist aufgegeben hat. Er möchte sie bitte für Macpherson reparieren. Komm, Mary, Mamma begrüßen.«

Er ergriff Marys Arm und führte sie in den Salon, wo seine Mutter an einem großen Tisch ihren Fächer bemalte.

»Mein liebes Kind«, rief sie und breitete die Arme aus. »Ich freue mich ja so, dich zu sehen. Haben sich die Jungen gut um dich gekümmert?«

»Ja, vielen Dank, Tante Emily.«

»Zum Glück bist du rechtzeitig gekommen, so kann ich dich vor Mr Holt warnen«, sagte Tante Emily. »Henry und die Kinder reden schlecht über ihn, aber im Grunde ist er ein lieber kleiner Kerl, der sich immer selbst einlädt.«

Mary war nicht im Geringsten verwundert über diese unerwartete Vorstellung und hoffte auf mehr Information über jenen Mr Holt, doch Tante Agnes brachte sie zunächst auf ihr Zimmer und ließ sie allein, damit sie sich zum Lunch umziehen konnte. Nachdem Mary sich frisch gemacht und ein paar Sachen ausgepackt hatte, trat sie ans Fenster, kniete sich auf die Fensterbank und sah hinaus in den Park. Ihr Zimmer lag nach vorne hinaus, mit Blick auf die große Wiese, die friedlich im Sonnenlicht badete. Nach einem langen Londoner Winter kam ihr das hier wie ein Paradies vor. Sosehr sie ihre Mutter liebte, so aufreibend waren für sie doch die teils nur eingebildeten Krankheiten dieser Dame. Mary hatte sich Arbeit in einer Bibliothek gesucht, eigentlich als Vorwand, um regelmäßig von zu Hause fliehen zu können, nicht weil sie das Geld unbedingt brauchte. Als Colonel Graham anbot, für die Behandlung seiner Schwester sowie die anschließende Kur in der Schweiz aufzukommen, und sich sogar eine Freundin fand, die sie begleitete, hatte Mary ihre Arbeit aufgegeben, um den Sommer in Rushwater verbringen zu können.

Agnes, deren sanfte Einfalt so ausgeprägt war wie ihre Familienbande, hatte nicht aus reiner Selbstlosigkeit dem Vorschlag ihres Mannes, Mary nach Rushwater einzuladen, zugestimmt. Sie wollte ihrer Mutter ein nettes Mädchen an die Seite stellen, das ihr bei den Briefen helfen und in das großherzige und chaotische Leben von Lady Emily ein wenig Ordnung bringen konnte. Außerdem hegte sie die leise Hoffnung, John möge Gefallen an seiner Nichte finden. Seit zehn Jahren selbst glücklich verheiratet, mit einem Mann, der ihrer Liebe würdig war und übertrieben stolz auf die freundliche Torheit seiner Frau, konnte Agnes ihrem älteren Bruder gar nichts anderes wünschen als eine gute Ehe. Ihre Bemühungen, eine passende Frau für John zu finden, waren bislang allerdings erfolglos geblieben. David konnte sehr gut für sich allein sorgen, dachte sie, ja, war offensichtlich dazu erkoren, eine reiche Erbin zu heiraten. Mit John dagegen würde es schwierig. Hätte sie gewusst, wie fern ihrem ältesten Bruder der Gedanke an eine neue Ehe lag, hätte sie wahrscheinlich vor Verzweiflung aufgegeben, falls ein so starkes Gefühl Platz in ihrem beschaulichen Seelenheim gehabt hätte. Als Gay nach einem Jahr gemeinsamen Glücks gestorben war, hatte John für jede einzelne Erinnerung an dieses Jahr ein eigenes Grab geschaffen, jedoch nicht vermocht, ihnen die ewige Ruhe zu geben, die Gays Seele gefunden hatte. Sie stifteten Unruhe, die Erinnerungen, meldeten sich manchmal unerwartet. Kein neunfach sich windender Styx konnte sie bändigen, kein Beten um ein befreiendes Vergessen sie vertreiben. Zu jeder Tages- und Nachtstunde sah er sich der Flut der Erinnerungen wehrlos ausgesetzt, ihr bitteres Wasser stieg in ihm hoch bis zu den Lippen und ließ sein Herz erkalten. Doch Agnes in ihrer fröhlichen Unbekümmertheit meinte, Darling John müsse wieder heiraten, unbedingt, ein nettes Mädchen, und warum nicht Mary. Robert würde das gefallen.

Mary, die nichts von den Plänen ihrer Tante wusste, nicht einmal von Johns Existenz, schaute weiter gebannt aus dem Fenster und dachte an die beiden Leslie-Jungen. Martin, ein Schüler, war in Wahrheit noch ein rechter Junge, David hielt man nur intuitiv dafür, um sich der eigenen weiblichen Überlegenheit zu vergewissern. Andererseits sah man in ihm auch gerne absichtlich das Jungenhafte, um die Wirkung seiner irritierenden Präsenz auf einen selbst zu kaschieren. Auf jeden Fall war er ein Mensch, den man gerne um sich hatte. Nicht weil er so amüsant war und gut Auto fahren konnte, denn in Marys Welt tummelten sich etliche junge Männer, die ausgezeichnete Unterhalter und erstklassige Autofahrer waren. Nein, es lag einfach daran, dass es David war und kein anderer, mehr nicht. Ein köstlicher Gedanke.

Motorengeräusche weckten sie aus ihren wenig mädchenhaften Träumereien, Leslies Auto kam über die grüne Wiese angerollt, und darin saß vermutlich besagter Mr Holt. Sie stürzte nach unten und erreichte wohlbehalten den Salon, kurz bevor Gudgeon verkündete: »Mr Holt, my Lady.«

Hinter Gudgeons priesterlicher Gestalt tauchte ein kleiner gedrungener Mann in einem grauen Anzug auf, der in spitzen braunen Schuhen äußerst geziert dahinschritt. Sein rundes gerötetes Gesicht erweckte den Anschein, als sei es entweder nicht gut rasiert oder von einer Flechte befallen. Sein kurz geschnittenes Haar und der Schnäuzer waren grau, und die plumpen Hände hielt er beim Gehen vor sich verschränkt. Mr Leslies unklare Vorstellung von Mr Holt als einem Greville oder Creevey war nicht ganz abwegig, allerdings hätte er wohl eher Creevey gemeint, wenn er denn wenigstens ansatzweise eine Ahnung von der Bedeutung dieses Namens gehabt hätte. Mr Holt war ein seltenes Exemplar der Gattung Hofschranze, auch wenn er kein Tagebuch führte. Zum Rechtsanwalt ausgebildet, hatte sein Vater, ein Provinzjurist, ihn im Verwaltungsbüro eines Adligen untergebracht, gegenüber dem er gewisse Ansprüche geltend machen konnte. Hier studierte der junge Holt die Kunst, wie man seinem Vorgesetzten zu Gefallen ist. Nachdem er erkannt hatte, dass er keinen Fuß in große Häuser bekommen würde, wenn er nicht nützlich und amüsant war, am besten beides, hatte er sich schon früh einen Lebensentwurf zurechtgelegt. Esprit besaß er keinen, stattdessen fühlte er sich magnetisch von Klatsch angezogen. Oberflächliches Gerede jeglicher Art flog ihm zu, verfolgte ihn, flatterte unaufgefordert durch sein Fenster herein. Alles Gehörte bewahrte er in seinem ausgezeichneten und gut geschultem Gedächtnis und konnte es an der richtigen Stelle wieder ausbreiten. In den Häusern, die er gelegentlich beruflich aufsuchen musste, gerierte er sich höchst unterhaltsam gegenüber den Großgrundbesitzern, die seinen bösartigen Geschichten gerne lauschten und unabsichtlich selbst Material für seinen nächsten Besuch lieferten. So erwarb er sich einen Ruf als amüsanter Kerl, den man notfalls zum Dinner einladen konnte. Zu den Ehefrauen in den Häusern ein freundschaftliches Verhältnis zu finden gestaltete sich in dieser spätviktorianischen Zeit von König Edward VII schwieriger. Nach reiflicher Überlegung beschloss er, die faszinierende Welt, in die er aufgenommen werden wollte, durch das Gartentörchen zu betreten. Vornehme Damen entdeckten die Gartenarbeit für sich, und Mr Holt fing an, sich dieser Wissenschaft ganz und gar zu widmen, las ausgiebig und ließ keine Gelegenheit aus, Informationen zu sammeln. Binnen weniger Jahre hatte er sich zu einer Autorität auf dem Gebiet der Stauden und Blumen entwickelt, angefangen bei den Wildpflanzen eines bestimmten englischen Countys bis hin zu den seltensten Knollen und Setzlingen aus dem Himalaja oder den Anden. Zu dem Zeitpunkt, als sein Vater starb, hatte sich Mr Holt in seiner Rolle als Schmeichelkätzchen oder moderner Schleimer so gut eingerichtet, dass er es sich leisten konnte, seine Arbeit als Rechtsanwalt aufzugeben. Mithilfe der väterlichen Erbschaft mietete er eine bescheidene Wohnung in der Stadt an und verließ sich darüber hinaus – hinsichtlich Einladungen und Naturalien in Form von Obst und Wild – ganz auf seine Freunde.

Der Gerechtigkeit halber muss gesagt werden, dass die Beschäftigung, die er als Mittel zum Zweck des gesellschaftlichen Aufstiegs aufgenommen hatte, schließlich doch zu einer Herzensangelegenheit wurde. Trotz seiner Aufgeblasenheit, seiner Pedanterie und seiner unerträglichen Selbstsucht konnte eine neue Blüte oder eine seltene Blumenzwiebel ihn mit der Begeisterung eines Verliebten erfüllen. Da er keinen eigenen Garten besaß, musste man auch seine Konkurrenz nicht fürchten. Die vornehmen Damen überboten sich gegenseitig in ihren Bemühungen, ihn über ein Wochenende einzuladen, für den Sommer, zu Ostern oder in den Weihnachtsferien. Dann badete er in Glück, amüsierte die Gäste, wenn er sie nicht zur Weißglut brachte, und machte sich im Garten nützlich, sehr zum verhohlenen Zorn der schottischen Obergärtner.

Wohl kein Schleimer kann bis an sein Lebensende von seinem Erfolg zehren. Mr Holts Stern war im Sinken begriffen, denn der Krieg setzte dem glücklichen Leben auf dem Land ein Ende. Viele der Häuser, die er früher besucht hatte, standen verschlossen oder wurden verkauft. Alte Freunde oder Gönner starben oder waren bereits tot, die Gewinne sanken, und Wildfleisch erreichte ihn auch nicht mehr. Ein spärliches Leben für Mr Holt, aber statt gute Miene zu wahren, wurde er mit jedem Jahr pingeliger, eifersüchtiger, streitsüchtiger. Eine schwere Krankheit ließ ihn etwas ertauben, er konnte nicht mehr wie früher stundenlang in Gärten spazieren, und er entwickelte einen übertriebenen Besitzanspruch an die verbliebenen Freunde. In den Häusern, die er noch aufsuchte, wurde er immer weniger gelitten. Jüngere Männer verbanden jetzt Gartenkunde mit einer guten Figur und guten Manieren oder noch liebenswerterer Verschrobenheit. Sie machten sich lustig über Mr Holt und brachten auch die neuen Hausherrinnen zum Lachen. Der kleine Mann, verärgert und würdelos, fing an, Einladungen zu erzwingen, wo früher eine Andeutung genügt hätte. Einige Gastgeberinnen mieden ihn, andere luden ihn weiter ein oder tolerierten seine erzwungenen Besuche aus reiner Höflichkeit. Zu Letzteren gehörte Lady Capes, die ihm gestattete, sie jederzeit aufzusuchen, da sie selbst die meiste Zeit in Südfrankreich lebte. In Capes Castle konnte er in der Bibliothek mit Kräuterbüchern stöbern oder den Bau der Erweiterung des Steingartens überwachen, für den sich der Graf interessierte. Seine Lordschaft war nicht unhöflicher zu ihm als zu anderen auch, und die Diener waren recht freundlich.

Mr Holt hatte fest damit gerechnet, vom Fahrer seiner Lordschaft von Capes Castle zu Lady Norton chauffiert zu werden, ebenfalls eine seiner selbstherrlichen Freundinnen. Allerdings hatte Lady Norton ihm untersagt, vor dem Dinner aufzutauchen, fürchtete sie doch, ihre momentanen Hausgäste könnten sein gärtnerisches Wissen anzapfen, und Mr Holt wollte sie nicht verärgern. Lord Capes war, ohne sich über die weiteren Reisepläne seines bescheidenen Gastes zu erkundigen, übers Wochenende nach Bath gereist und hatte wissen lassen, dass er Mr Holt bei seiner Rückkehr am Montag nicht mehr anzutreffen wünsche. Mr Holt war mit seiner Weisheit am Ende, wie er möglichst kostensparend den Pfingstmontag verbringen sollte, und so hatte die armselige Hofschranze an Lady Emily den Brief geschrieben, den David uns laut vorgelesen hat. Mr Holt, so erniedrigt in seinem hohen Alter, hätte einem durchaus leidtun können, doch war er dermaßen eingebildet und konnte einem so auf die Nerven gehen, dass Mitgefühl schnell in Überdruss und Zorn umschlug.

Seine erste Äußerung beim Betreten des Salons hier wiederzugeben wäre schwierig, obgleich sie lediglich aus dem Ausruf »Oh!« bestand, welchen er jedoch mit einem Vokal, besser gesagt, einer Vokalfolge versah, vor deren absonderlicher Affektiertheit jede Lautschrift versagt.

»Äh-ah-oh«, setzte er mit einem unerwartet hohen Stimmchen an, dass Mary beinahe aufgelacht hätte.

»Äh-ah-oh, meine liebe Lady Emily! Vergeben Sie mir meine unverzeihliche Verspätung. Sie haben doch wohl hoffentlich Ihren Lunch schon eingenommen und nicht auf mich gewartet – will ich hoffen.«

Höchst misslich, dass Mr Leslie ausgerechnet diesen Moment erwählte, um sich mit lauter, wütender, für jeden im Salon deutlich vernehmbarer Stimme bei Gudgeon in der Halle zu erkundigen, ob Ihre Ladyschaft gedenke, sie alle verhungern zu lassen.

Gudgeon schlug den Gong.

»Ah!«, sagte Mr Holt strahlend. »Ich höre die Stimme meines alten Freundes Mr Leslie, der so liebenswürdig war, seinem Streitwagen, seinem feurigen Pegasus zu gestatten, mich von Capes Castle herüberzubringen. Lassen Sie mich ihm und auch Ihnen, meine verehrte Lady Emily, erklären, wie diese bedauerliche Verspätung zustande gekommen ist.«

»Das müssen Sie mir beim Lunch erklären«, sagte Lady Emily, sich erhebend und, auf ihren Stock gestützt, vortretend. »Meine Tochter, Mrs Graham, kennen Sie. Das ist ihre Nichte, Miss Preston. David und Martin kennen Sie ebenfalls. Kommen Sie zum Lunch und erzählen Sie mir von Lord Capes. Ich habe ihn und Alice seit Jahren nicht gesehen. Letzten Sommer war ich krank, müssen Sie wissen, und den Winter über waren die beiden meistens verreist. Zugegeben, Alice ist eigentlich immer verreist, schon deswegen müssen Sie mir erzählen, was es Neues bei ihr gibt.«

»Dürfte ich noch für einen Moment Ihre Güte strapazieren, meine liebe Lady Emily«, sagte Mr Holt, als sie das Speisezimmer betraten, wo Mr Leslie bereits ungeduldig zu Tisch saß, »indem ich Sie ersuche, mich im Laufe des Nachmittags mit Ihrem fliegenden Teppich zur Norton Manor zu bringen? Meine liebe alte Freundin Lady Norton erwartet mich, möchte aber meine Zeit nicht vor dem Dinner in Anspruch nehmen. Wenn Sie mir nachher gestatten, ein wenig durch Ihren Garten zu schlendern, würde ich Sie also, was ich dennoch außerordentlich bedaure, nach dem Tee verlassen wollen.«

David und Martin sahen Lady Emily mit gequälter Miene an, Ausdruck ihres Wunsches, Mr Holt auf keinen Fall das Auto zu überlassen.

»Um Viertel nach drei fährt ein Zug von Rushwater nach Norton, Mr Holt«, sagte Martin freundlich. »Der bringt Sie im Nullkommanichts hin.«

»Wie zuvorkommend von unserem jungen Freund«, sagte Mr Holt, der schon zu viele Intriganten abgewimmelt hatte, um sich einem Schuljungen gegenüber geschlagen zu geben, »aber ich befürchte, bei einer so zeitigen Abreise den Garten nicht angemessen würdigen zu können. Außerdem wissen wir, dass die Eisenbahn an den Pfingstfeiertagen *tant soit peu* überlastet ist, und ich möchte verhindern, auf irgendeinem entlegenen Umsteigebahnhof eine einsame Stunde verbringen zu müssen. Wäre Ihr liebenswürdiger Chauffeur vielleicht später frei, Mr Leslie?«

Dem so Angesprochenen blieb keine andere Wahl, als zähneknirschend zu antworten, der Wagen stehe Mr Holt zur Verfügung.

»Martin und ich wollten eigentlich Mary die Ruinen der Rushmere Abbey zeigen, wenn Weston frei ist«, sagte David unnötig laut zu seinem Vater.

»Oh, Darling«, unterbrach Lady Emily rüde den Auftakt von Mr Holts Bericht, warum er so spät losgekommen war, »kannst du nicht den Ford nehmen?«

»Macpherson braucht den Ford«, sagte Mr Leslie. »Er und John sind den ganzen Nachmittag geschäftlich unterwegs. John wollte nicht mehr bis zum Lunch warten.«

Nachdem er diesen letzten Versuch unternommen hatte, sich gegen die voreilige Gastfreundschaft seiner Frau zu wehren, fuhr er mit dem Essen fort. Martin brach in ein schuljungenhaftes Gelächter aus, während David Mary mit einem so inbrünstigen, mitleidigen Blick bedachte, dass sich ihr Herz zusammenzog.

»Dann«, fuhr Mr Holt fort, dessen Taubheit ihm erlaubte, ungezogene junge Gastgeber zu ignorieren, »darf ich also Ihren Butler fragen, ob er so freundlich ist, Lady Norton anzurufen und ihr auszurichten, ich werde zum Dinner bei ihr sein – falls ich Ihre Geduld noch bis dahin strapazieren darf.«

»Ja, seien Sie so gut, Gudgeon«, sagte Lady Emily, »rufen Sie sie an und schauen Sie nach, ob ich meine Brille und den kleinen grauen Shawl im Salon liegengelassen habe. Und richten Sie Conque aus, ich hätte lieber den anderen Stock, den mit der Gummispitze. Aber jetzt, Mr Holt, was können Sie mir über Lady Capes berichten?«

Mr Holt wollte gerade erklären, dass weder sein Gastgeber noch seine Gastgeberin sich am Wochenende im Haus aufgehalten, sondern nur nach ihm geschickt hätten, um seinen wertvollen Rat für die Neubepflanzung des Wassergartens einzuholen, als Lady Emily den Diener rief.

»Sagen Sie Gudgeon, ich meinte die Brille in dem grünen Etui, nicht die in dem schwarzen, die er mir gestern zum Lunch gebracht hat, denn das ist nicht meine Lesebrille. Eigentlich ist es Conques Schuld. Sie kann meine Brillen noch immer nicht auseinanderhalten, obwohl sie jetzt seit sieben Jahren bei uns ist. Und wenn ich eine Brille in das falsche Etui lege, wie es des Öfteren geschieht, wird alles noch schlimmer. Aber ich nehme an, das gleicht die Chancen wieder aus, wenn man so sagen darf.«

»Sofort, my Lady«, sagte Walter, der, unsicher, inwieweit diese vertrauliche Bemerkung an ihn gerichtet war oder Gudgeon übermittelt werden sollte, aus Verlegenheit ehrerbietig gewartet hatte.

»Aber jetzt«, fuhr Ihre Ladyschaft fort und schenkte Mr Holt ein berückendes Lächeln, »müssen Sie mir von Alice Capes berichten, Mr Holt.«

Mr Holt, seit Jahren gewohnt, dass man ihm aufmerksam, wenn nicht andächtig zuhörte, erstarrte. Drei Anläufe hatte er unternommen, dreimal war er zurückgepfiffen worden. Gründlich verärgert, was in letzter Zeit häufiger vorkam, zog er sich in seine Schmollecke zurück, ein Manöver, mit dem er früher seine Gastgeberinnen gefügig gemacht hatte. Jedoch, Lady Emily war unempfänglich für solche Zwischentöne und fing ein angeregtes Gespräch mit Martin an, ihrem anderen Tischnachbarn, über das geplante Cricketmatch und den festlichen Ball an seinem bevorstehenden Geburtstag. Agnes, gewohnt herzig, besänftigte Mr Holts aufgewühltes Gemüt, bis er sich wieder wichtig vorkam. Als Mr Leslie seinen Lunch beendet hatte, ging er zum Buffet, bediente sich bei den Zigarren und verließ den Raum mit den Worten: »Wir werden uns bestimmt wiedersehen, Mr Wood.«

»Ich verstehe nicht, warum Henry Sie Mr Wood genannt hat«, sagte Lady Emily. »Er muss Sie mit diesem fürchterlichen kleinen Pfaffen verwechselt haben, der letztes Jahr Mr Banister für zwei Wochen vertreten hat. Erinnerst du dich, David? Er hatte eine ungeheuer affektierte Stimme.«

Da dies die jüngeren Familienmitglieder aus irgendeinem unerfindlichen Grund zu belustigen schien, streute Lady Emily ihr unbestimmtes aufblitzendes Lächeln über sie und stand auf.

»Es war mir eine Freude, alles über die Capes zu erfahren«, sagte sie. »Jetzt muss ich mich hinlegen und etwas ruhen, Mr Holt. Aber Agnes und die anderen werden sich um Sie kümmern. Wir haben ja zum Tee noch mal Gelegenheit zu einem Pläuschchen, und um fünf wird Weston Sie zu den Nortons bringen.«

»Sollen wir in das Wohnzimmer umziehen?«, sagte

Agnes zu den Verbliebenen. »Die Kinder kommen für eine halbe Stunde nach unten, wir können uns Bilderbücher mit ihnen anschauen.«

Als sie durch die Halle gingen, blieben Mary, David und Martin zurück.

David packte Mary am Arm. »Schnell, in den Salon«, sagte er. »Soll Agnes sich mit Holt und den Kindern beschäftigen. Wir machen einen Spaziergang bis nach dem Tee.«

»Ich kann nicht«, sagte Martin. »Ich muss zu Mr Banister.«

»Na gut, mein kleiner Täufling«, sagte David.

»Halt die Klappe, David. Sei nicht albern«, sagte Martin und ging auf seinen Onkel los.

»Hausregel Nummer eins«, sagte David: »Kein Streit im Salon. Komm mit auf die Terrasse, Mary, da kannst du sehen, was Fairplay ist.«

Onkel und Neffe rangen ein paar Minuten miteinander, bis Martin auf die Brüstung sprang, die Arme in die Luft warf und laut schrie, dann hinunter in den Garten sprang und hinüber zum Pfarrhaus schlenderte.

»So viel zur Galanterie des jungen Englands«, sagte David und glättete sein Haar. »Uns einfach so sitzenzulassen. Hast du wirklich Lust auf einen Spaziergang?«

»Ja.«

»Dann mach dich am besten gleich fertig, bevor man uns entdeckt. Wir treffen uns wieder hier.«

4
Eine Abtei und ein Kinderzimmer

Als Mary zurückkehrte, bedeutete David ihr mit geheimnisvollen Zeichen, sie solle sich still verhalten und ihm folgen. Auf Zehenspitzen schritt er über die Terrasse zu einer großen Magnolie, die zwischen zwei Fenstern stand.

»Schau mal«, flüsterte er, »aber lass dich nicht erwischen.«

Mary stellte sich hinter den Magnolienbaum und spähte ins Zimmer. Mr Holt blickte grimmig von einem Lehnstuhl herab, die Hände vor dem Bauch verschränkt. Agnes las mit sanfter Stimme Emmy aus einem unsäglich dümmlichen Kinderbuch vor, James war in seine Malerei vertieft, und Clarissa schob torkelnd einen Puppenkinderwagen im Kreis durchs Zimmer.

»Ich freue mich sehr auf meinen Besuch bei Lady Norton«, unterbrach Mr Holt unsanft die Lektüre. »Sie ist eine alte Freundin und eine Kusine meines Freundes Lord Capes. Ich fahre jedes Jahr hin, um ihr bei der Gartenarbeit zu helfen. Soviel ich weiß, versteht Ihre Mutter auch viel vom Gartenbau, Mrs Graham. Ich möchte doch hoffen, dass ich ihren Garten meiner Sammlung einverleiben kann.«

»Ja, selbstverständlich. Unbedingt müssen Sie sich unseren Garten ansehen. Er ist wirklich ein Kleinod«, sagte Agnes. »Wenn Nannie da ist, gehen wir in den Garten, nicht, meine Kleinen? Sieh mal das Bild, Emmy, das ist der böse Hobo-Gobo, er schnappt der kleinen Fee Joybell die goldene Puppe weg. So ein schlimmer Hobo-Gobo aber auch!«

David und Mary zogen sich vom Fenster zurück.

»Ich mag Tante Agnes sehr gerne«, sagte Mary.

»Man kann sich keine nettere ältere Schwester wünschen. Ich bewundere sie. Komm, lass uns zur Rushmere Abbey gehen.«

»Wolltest du dir dafür nicht das Auto ausleihen?«

»Ach, ich wollte nur den alten Holt ärgern und meinem Vater zeigen, dass ich auf seiner Seite bin.«

Zur Rushmere Abbey ging es zunächst entlang einer schattigen Straße, dann über einen Fußweg querfeldein.

»Kein guter Boden für Butterblumen«, sagte David, »aber dafür haben wir alles andere. Schachblumen sind in dieser Gegend die reinste Plage. Guck mal, hier.«

Nicht weit von dem Bach, der an die Wiese grenzte, wuchsen im Gras zahllose dieser schlangenköpfigen Blumen, weiß und lila. Mary kniete sich hin, um sie zu betrachten, fasste ein, zwei auch an, pflückte sie aber nicht.

»Weißt du was, David?«, sagte sie. »Ich hätte gerne Schuhe, die genau so aussehen wie diese schlangenhäutigen Wesen. Weiße Schuhe, lila Schuhe.«

Davids Spottlust war vorerst verstummt. Zu jedem anderen Zeitpunkt hätte er eine so unromantische Bemerkung mit einer frechen Äußerung pariert, doch heute Nachmittag war er diesem Zwang entkommen.

»Wenn ich könnte, würde ich sie dir schenken«, sagte er.

»Vielen Dank«, sagte Mary. Sie stand auf, und sie setzten ihren Spaziergang fort.

»Ich verstehe nicht viel von Blumen«, sagte David. »Halt dich da lieber an John.«

»Ist das auch ein Bruder von dir?«

»Ja, und noch ein Onkel von dir. Ein feiner Kerl, und er ist sehr gut zu Martin. John legt sich mächtig ins Zeug, um unserem Vater hier mit dem Gut zu helfen, aber bekommen tut es der Junge eines Tages. Sein Vater war mein ältester Bruder, der im Krieg umgekommen ist.«

»Das wusste ich nicht. Eigentlich bin ich gar nicht die Nichte von Tante Agnes, sondern die ihres Mannes, deswegen kenne ich eure Familie nicht so gut.«

»Du wirst sie bald kennenlernen. Wenn du den ganzen Sommer über hier bist, hast du dazu reichlich Gelegenheit. Wir hocken viel zusammen. Früher sind wir hier nach Belieben ein und aus gegangen, aber jetzt gehört die Abbey dem National Trust, und der Eintritt kostet Sixpence. Ich habe kein Geld dabei. Hast du welches?«

»Leider nein.«

»Ach, auch egal. Der alte Sutton wird uns auch so reinlassen. Bezahlen können wir später.«

Er zog an einer Glocke, und ein alter Mann trat aus einem Cottage.

»Guten Tag, Mr Sutton. Wir haben kein Geld, aber würden Sie uns trotzdem hereinlassen?«

Sutton fasste sich an die Mütze und schloss für sie auf.

Rushmere Abbey, das waren die dürftigen Reste eines einst bedeutenden Zisterzienserklosters. Außer einigen zerbrochenen Bögen des Kreuzgangs und Fragmenten des Dormitoriums war nicht viel übrig geblieben. Da nun eine staatliche Einrichtung zuständig war, hatte man die Umrisse der großen Abteikirche und anderer nachweislicher Gebäude mit weißen Steinen markiert, und der Rasen war immer ordentlich gemäht.

»Lass uns ein bisschen in der Sonne baden«, sagte David. »Ich bin erst glücklich, wenn ich genug Sonne getankt habe. Was würden wir ohne die Riviera machen?«

»Ohne sie auskommen, was sonst?«, sagte Mary und ließ sich an einer geschützten sonnenbeschienenen Stelle an der Klostermauer auf einem Stein nieder. »Ich war noch nie da, und ich lebe immer noch.«

David sah sie neugierig an. »Du warst noch nie an der Riviera?«

»Nein. Auch nicht am Lido, in Algier, und Wintersport treibe ich auch nicht.«

»Du liebe Güte. Dann wird es Zeit, dass wir mal hinfahren«, sagte er und fügte wie abwesend hinzu: »Ich kenne einen Haufen Leute, die sich immer zu einer Reisegruppe zusammentun.«

Mit David an die Riviera zu fahren wäre natürlich traumhaft, aber gleichzeitig doch auch sehr unwahrscheinlich. Mary wurde klar, dass für David eine Existenz, die nicht mindestens zweitausend Pfund im Jahr für den Lebensunterhalt einschloss, im Reich des Fantastischen lag. Beinahe hätte sie gesagt: »Ich habe zweihundert im Jahr zur Verfügung und meine Mutter, zusammen mit Daddys Pension, ungefähr sechs, trotzdem kommen wir irgendwie über die Runden«, fand dann aber, das sei wenig damenhaft. Stattdessen fragte sie ihn, was er so treibe in der Stadt. David brauchte keine Einladung, um über sich zu sprechen, er brillierte geradezu in dieser Kunst, und er ließ sich ausführlich über seine diversen Aktivitäten aus. Mary entnahm dem Gesagten, dass er scheinbar kurz davor war, einen Roman zu schreiben, der natürlich ein Bestseller werden würde, ohne zweitklassig zu sein, dass der Roman auf die Bühne gebracht, danach verfilmt und sehr wahrscheinlich in mehrere europäische Sprachen übersetzt werden würde.

»Mein erster Roman war nur ein Testlauf«, sagte David leichthin. »Was man als junger Student eben so schreibt. Aber jetzt weiß ich genauer, was ich zu tun habe. Du hast mein erstes Buch nicht zufällig gelesen, oder?«

»Ich wüsste nicht. Wie heißt es?«

»*Warum Titel.*«

»Warum?«, fragte Mary.

»Genau. Warum! Es ist doch schwachsinnig, einem Buch einen Titel zu geben. Bücher existieren aus sich heraus, Titel nageln sie nur unnötig fest. Schrecklich. Wenn du mal in der Stadt bist, musst du meine Freunde kennenlernen, Literaten, Theaterleute.«

»Und, sind sie alle erfolgreich?«

»Natürlich nicht. Keiner könnte auf den Erfolg hin schreiben, selbst wenn er wollte, und zum Glück brauchen wir es auch nicht. Aber sie sprühen nur so vor wunderbaren Ideen. Und ich werde ihnen allen ein Schnippchen schlagen und einen Erfolgsroman schreiben, ohne eine einzige Idee.«

»Wovon handelt er?«

»Eine einfache Liebesgeschichte«, sagte David ehrfürchtig. »Über ein Mädchen, das ganz schrecklich in einen Mann verliebt ist, und der ist verheiratet, also zieht sie mit ihm zusammen. Dann wird seine Frau schwer krank, sterbenskrank, also bieten sich das Mädchen und der Mann für eine Bluttransfusion an, sehr edelmütig, ohne dass sie es voneinander wissen. Aber nur einer von beiden hat die richtige Blutgruppe, und ich kann mich nicht entscheiden wer. Ist es nicht rührseliger, wenn das Mädchen sein Blut gibt und dann stirbt, und der Mann geht danach in die Wüste und wird Mönch? Oder soll der Mann sterben, und vor der Leiche werden die Frau und das Mädchen Freundinnen und gehen ins Kloster? Damit lässt sich viel verdienen, denn im Film ist es egal, ob der Held am Leben bleibt oder nicht, Hauptsache, es bleiben genug schöne Heldinnen übrig.«

»Interessant. Den Film gucke ich mir an.«

»Du bekommst eine Rolle, wenn du willst. Ein Freund von mir plant, ein eigenes Studio zu eröffnen. Du könntest die Frau spielen. Sie hat nicht viel zu tun, außer gut auszusehen und zutiefst verletzt. Du hast genau die richtigen Hände für eine zutiefst verletzte Frau«, sagte er und nahm ihre Hand. »Perfekt.«

»Wie sieht denn eine zutiefst verletzte Hand aus?«, fragte Mary, die Davids Wärme auf ihrer Hand nur allzu deutlich spürte.

»Perfekt.«

Er zog ein großes gelbes Seidentuch aus der Tasche und wickelte es um Marys Hand. »So perfekt, dass ich sie lieber in ein Päckchen packe und sie dir zurückgebe.« Sprach er und legte ihre in sein Taschentuch gehüllte Hand auf ihr Knie.

Mary wusste nicht, wovor sie sich mehr fürchten sollte, vor der Stille oder dem Klang ihrer eigenen Stimme, doch David ersparte ihr jede weitere Pein, indem er sein Taschentuch wieder an sich nahm und aufstand.

»Vier Uhr«, sagte er. »Ein kleiner Spaziergang zwischen den Ruinen, und dann gehen wir nach Hause. Ich möchte unbedingt da sein, bevor Holt abreist, schon weil ich sehen will, wie er den Nachmittag mit Agnes und den Kindern verkraftet hat. Agnes wirkt lieblich und zerbrechlich, aber ich kann dir sagen, sie hat starke Nerven und die Widerstandskraft eines Ochsen. Eine Stunde mit James und Emmy, und ich bin erledigt, aber Agnes verbringt ganze Wochen mit ihnen am Meer und jeden Tag am Strand. Wenn James seine Schwester Emmy schlägt oder Clarissa eine Teetasse zerbricht, gurrt sie nur in ihrem köstlichen Kosestimmchen: ›Du unartiges Kind, du unartiges Kind‹, tut aber sonst nichts. Komm hier hoch. Das ist die einzige Treppe, die noch übrig geblieben ist. Sie führte zum Schlafsaal der Mönche. Von oben kann man den Grundriss des Klosters gut erkennen.«

Mary folgte ihm die schmale Wendeltreppe hinauf in einen langen Raum ohne Dach, von dem aus man das ganze Ausmaß der Anlage sehen konnte. Hinter ihnen erhob sich ein steiler bewaldeter Hang, vor ihnen lag sattes Weideland.

»Die Mönche waren recht wohlhabend«, sagte David. »Sie besaßen dreißig, vierzig Bauernhöfe, ihnen gehörten Mühlen und ein Fluss. Der alte Fischteich ist noch da, hinter dem Waldstück. Wir kommen auf dem Rückweg daran vorbei. Ich gehe noch ein Stockwerk höher, aber du bleibst besser hier.«

»Es gibt kein Stockwerk hier drüber.«

»Ich weiß, aber man kann auf den Resten einer Galerie um die Mauern herumlaufen. Wahrscheinlich hat früher der Abt von da aus spioniert, ob seine Mönche vor dem Zubettgehen auch ihre Abendgebete sprechen. Ich bin gleich wieder da.«

Er verschwand unter einem Torbogen, und Mary setzte sich in eine Fensternische. Wenig später tauchte David drei Meter über ihr auf einem Sims, der um das gesamte Gebäude herum verlief, wieder auf.

»Guck nicht so, als würde dir gleich schlecht«, rief David schuldbewusst. Mary wurde tatsächlich schwindlig, und sie wandte sich ab, schaute durch das Fenster in den Kreuzgang. Glaubte David wirklich, dass ihre Hände perfekt waren, oder war das nur Ausdruck seiner ironischen Art? Bei ihm wusste man nie, ob er ernst meinte, was er sagte, oder nicht. Mary war sich unsicher, ob sie ihn lieber mochte, wenn er mit Martin Unfug trieb oder sich gefühlsselig über ihre Hand äußerte.

Alles in allem machten ihr die kleinen Raufereien zwischen David und Martin mehr Spaß. Sie wollte sich nicht eingestehen, dass es schwer auszuhalten gewesen war, als David ihre Hand ergriff und sie in seine legte, sie aber nicht mit seiner Hand umschloss, er keinen leichten Druck ihrer Finger zuließ, um einen Gegendruck seinerseits herauszufordern. Solche Sachen machte man samstagabends im Kino, daran war hier und jetzt nicht zu denken. Eine köstliche Wut durchströmte sie, und für einen Moment kam sie sich verloren vor, zwischen Himmel und Erde. Als sie Schritte hörte, sagte sie, ohne sich umzudrehen: »Hast du dir also doch nicht den Hals gebrochen, David.«

Keine Antwort. Sie blickte auf, ein Fremder stand neben ihr. In seinem Gesicht erkannte sie Züge von David, so als sähe sie sein Abbild in einem alten Spiegel, der seinen Schmelz trübte und sein Lachen verfinsterte. Über ihnen rief Davids Stimme: »Der Sims ist nicht mehr da. Achtung, ich springe.«

Etwas Mörtel rieselte herab, und plötzlich landete David auf allen vieren neben ihnen. Mary schreckte auf, wich in die Fensternische aus und wäre beinahe gestolpert. Der Fremde fing sie auf und hielt sie fest.

»Guter Sprung«, sagte David ungerührt. »Hallo, John. Wo kommst du denn auf einmal her?«

»Macpherson und ich sind gerade mit der Arbeit fertig geworden. Mir war so, als hätte ich dich hier oben plappern hören. Da wollte ich mal nachschauen. Und das ist Miss Preston, nehme ich an. Du hättest sie mit deiner Turnerei beinahe aus dem Fenster gestoßen.«

»Das ist dein anderer Onkel, Mary«, sagte David. »Onkel John. Warum er allerdings seinen Arm um dich gelegt hat, weiß ich auch nicht.«

John trat einen Schritt zurück.

»Ich hätte mich gleich vorstellen sollen«, entschuldigte er sich bei Mary. »Ich habe dich in dem Fenster sitzen sehen und mir schon gedacht, wer du bist, aber dann musste Blödmann David sich zur Geltung bringen, wie üblich. Ich habe dich hoffentlich nicht erschreckt.«

»Natürlich hast du sie erschreckt«, entrüstete sich David. »Ehrlich, treu, geradeaus, so schuf der große Schöpfer Miss Preston. Und was den Vorwurf der Geltungssucht betrifft – daraus spricht nur der pure Neid. Du könntest niemals so elegant springen wie ich.«

»Ich würde es erst gar nicht versuchen, wenn meine Gäste dabei aus dem Fenster fallen könnten. Soll ich euch beide im Auto mitnehmen? Macpherson ist nach Haus gegangen.«

»Ja«, sagte David. »Dann kämen wir gerade rechtzeitig, um noch ein bisschen gegen Holt zu stänkern. Ach, John, wir haben uns beim Lunch köstlich amüsiert. Mamma war so unverbindlich zu ihm wie noch nie, Holt kochte innerlich, und Papa ist einfach aufgestanden und gegangen und hat ihn uns überlassen. Holt hat den ganzen Nachmittag mit Agnes und den Kindern verbracht. Mary und ich sind geflüchtet und haben einen Spaziergang gemacht. Mary wird in meinem Film mitspielen, wenn wir endlich drehen.«

Mittlerweile waren sie am Auto angelangt, Mary und John stiegen vorne ein, David setzte sich nach hinten und legte während der Fahrt die Ellbogen auf die Rückenlehne der Vordersitze.

»Du darfst dich freuen«, sagte John. »Vater hat endlich einen Namen für den Bullen gefunden.«

»Der Arme. Ich dachte, das würde ihn mindestens

noch eine Woche beschäftigen. Aber wie heißt es so schön: Was du heute kannst besorgen … Und wie soll er heißen?«

»Roderick. Die Argentinier könnten ihn dann ja Roderigo nennen, wenn sie wollen.«

»Und was meint Macpherson dazu?«

»Dem gefällt er. Er sagt, das sei ein feiner schottischer Name und er werde seinen neuen Terrier Rannoch nennen, damit der Name nicht verloren geht. Mein Vater züchtet Bullen für den Export«, wandte er sich an Mary, sichtlich bemüht um Gesprächsstoff für den Gast. »Die meisten gehen nach Südamerika.«

»Oh«, sagte Mary, die Davids Ellbogen im Rücken spürte.

Zu Hause trafen sie Lady Emily, Agnes und Mr Holt beim Tee in Agnes' ehemaligem Wohnzimmer an, das heute als Teesalon diente. Mr Holt schmollte noch immer und suchte auch nicht mehr es zu verbergen. Er war, empört über Lord Capes' Verhalten, in der Erwartung hierhergekommen, ehrenvoll empfangen, von der Gastgeberin durch den Garten geführt und um seine geschätzte Meinung gebeten zu werden. Stattdessen hatte er den geschlagenen Nachmittag mit Mrs Graham und ihren Kindern verbracht, hatte zuerst wider Willen den Abenteuern von Hobo-Gobo und der Fee Joybell lauschen müssen, um anschließend mit den Bereichen des Gartens abgespeist zu werden, welche die Kinder bevorzugten: dem Gartenschuppen, dem Kamin für die Gewächshäuser, dem Komposthaufen, einer kleinen Lärchenplantage, in der sich nur Kinder im zarten Alter einigermaßen unbeschwert bewegen konnten, und schließlich einem Teich im Küchengarten. Hier hatte sich Agnes, schön und anmutig, auf die steinerne Einfriedung niedergelassen, unter einem Schirm, während ihre Sprösslinge versuchten, Goldfische mit den bloßen Händen zu fangen, und Nanny und Ivy mit Clarissa im Kinderwagen auf und ab gingen. Mr Holt konnte die Sonne im Rücken nicht genießen, ohnehin war seine plumpe Figur nicht dazu geeignet, lange auf einer Steinbank zu sitzen. James hatte sich zu tief hinuntergebeugt und sein Kittelchen dabei nass gemacht, woraufhin er schreiend von Ivy weggetragen wurde. Emmy war es gelungen, etwas Entengrütze aus dem Teich zu schöpfen, die sie Mr Holt zum Geschenk machte und ihm aufs Knie legte.

»Du kleiner unartiger Racker, du«, sagte ihre Mutter zärtlich vernarrt, während der verärgerte Gast die Entengrütze behutsam auf die Steinbank legte. »Mr Holt, Sie müssen das sofort entfernen. Entengrütze macht immer Flecken.«

»Emmy, du unartiges Mädchen«, schimpfte die herbeigeeilte Nannie. »Soll ich einen Lappen holen und den Fleck auf der Hose des Gentleman wegwischen?«

»Ja, tun Sie das, Nannie. Lassen Sie den Kinderwagen hier.«

Emmy zeigte auf die Grütze. »Fisch!«

»Ja, Liebling. Fisch«, sagte ihre Mutter. »Grüner Fisch.«

»Grüner Fisch«, wiederholte Emmy.

»Ja, Liebling, wunderschöner grüner Fisch.«

»Wunderschöner grüner Fisch«, sagte Emmy.

Das Gespräch plätscherte weiter in diesem Sinne dahin, bis Nannie mit einer Schüssel heißem Wasser und einem Lappen zurückkehrte, mit dem sie so lange über den Stoff rieb, bis an Mr Holts Knie ein großer feuchter Kreis entstanden war.

»Es ist besser, die ganze Fläche zu befeuchten«, erklärte sie, »sonst kommt der Fleck wieder durch.«

»Danke, danke«, sagte Mr Holt unwirsch, erhob sich und wanderte umher, weil er hoffte, den Trocknungsprozess damit zu beschleunigen.

»Wie sieht eigentlich Lady Nortons Garten aus?«, fragte Agnes, die das unbestimmte Gefühl hatte, etwas wiedergutmachen zu müssen. »Ich habe gehört, dass er wunderschön sein soll.«

»Er ist ganz sicher der beste Garten im County«, sagte Mr Holt, noch immer beleidigt.

»Beschreiben Sie ihn mir«, sagte Agnes und legte eine Wärme in ihre Stimme, die niemanden aus ihrer Familie getäuscht hätte.

»Es könnte mir als egoistisch ausgelegt werden, da ich Lady Norton bei der Planung helfe«, sagte Mr Holt etwas besänftigt. Er setzte sich neben Agnes. Emmy fing an zu weinen.

»Fisch, Fisch«, jammerte sie.

»Oh, Mr Holt«, sagte Agnes, ihre Sinne durch Mutterliebe geschärft. »Ich fürchte, Sie haben sich auf Emmys Fisch gesetzt.«

Mr Holt schoss in die Höhe. Die plattgedrückte Entengrütze klebte auf seinem Platz.

»Ach, nein«, sagte Nannie, die erneut gerannt kam,

»jetzt hat der Gentleman schon wieder das grüne Zeug an seiner Hose. So ein schlimmes Mädchen, Emmy!«

»Du Böse, du«, sagte Agnes liebevoll. »Nehmen Sie sie zum Tee mit hinein, Nannie.«

»Soll ich nochmal den Lappen holen, Madam?«, fragte Nannie.

»Kommt gar nicht in Frage«, sagte Mr Holt. »Wenn der Tee schon fertig ist, gehe ich besser gleich ins Haus. Ich muss sowieso in Kürze aufbrechen.«

Wenn Agnes nicht die Enkelin des Earls gewesen wäre, er hätte sie mit eigenen Händen erwürgt.

Das erklärt den schwelenden Zorn, in dem die drei zurückkehrenden Spaziergänger Mr Holt vorfanden.

»Komm, setz dich zu mir, Mary«, sagte Emily. »Ich habe mich heute Nachmittag auf dem Sofa ausgeruht und über alles Mögliche nachgedacht. Und was hast du gemacht?«

»David hat mir das Kloster gezeigt, und wir haben die Ruinen erkundet.«

»David?«, hob seine Mutter die Stimme. »Hast du Sutton gesehen?«

»Ja, Mutter.«

»Hat er dir gesagt, wie es Lottie geht?«

»Nein, meine Liebe. Ist das eine Kuh?«

»David! Lottie ist seine liebe Tochter, die hier mal Küchenmädchen war, bis sie verrückt wurde.«

»Ich bin Sutton begegnet«, sagte John. »Er hat Lottie letzte Woche besucht, und sie ist ganz munter.«

»Arme Lottie«, wandte sich Lady Emily an Mary. »Ein sehr nettes Mädchen, aber etwas sonderbar. Sie musste in der Heilanstalt untergebracht werden. Die ganze Familie mütterlicherseits ist wunderlich. Eigentlich schade, dass das Kloster während der Reformation niedergerissen wurde. Die Mönche hätten vielleicht etwas für sie tun können, Lotties Familie hat immer hier auf dem Land gelebt.«

»Die Mönche hätten sie wohl eher verbrannt, Mutter«, sagte David, »oder Stroh in ihr Haar geflochten und sie in eine Zelle gesperrt. Bei Mönchen weiß man nie, was einem droht.«

»Apropos«, fing Mr Holt an, »Lady Norton hat mir gesagt, das Kloster …«

»Wir wissen alle, dass ihre Familie einen Spleen hat, aber wir sprechen nicht darüber«, sagte David vergnügt. »Gibt es unter Ihren Vorfahren Verrückte, Mr Holt? Wir haben haufenweise welche.«

Gudgeon betrat den Raum und verkündete gerade noch rechtzeitig, bevor Mr Holt explodierte, dass der Wagen bereitstünde. Mr Holts Abschied fiel kurz und kühl aus, abgesehen von Lady Emily, der gegenüber er die Absicht äußerte, sich im Sommer wieder einzuladen, um dann hoffentlich ihren Garten zu sehen zu bekommen. Die Betonung auf dem Wörtchen ›ihren‹ wurde begleitet von einem giftigen Blick Richtung Agnes, die sich keiner Schuld bewusst war.

»Wunderbar«, sagte Lady Emily, »obwohl ich leider gestehen muss, dass Henry kein guter Gastgeber ist, er gibt sich nie Mühe, anderen Menschen gegenüber höflich zu sein, es sei denn, er mag sie, und er mag so gut wie niemanden. Das nächste Mal müssen Sie mir von

Lady Capes berichten, Mr Holt, und ich werde Ihnen aus Davids Buch vorlesen. Sagen Sie unbedingt allen Ihren Freunden, dass sie es kaufen sollen. Es ist vorzüglich. Wir verstehen zwar kein Wort, aber lautes Vorlesen, finde ich, hilft am allerbesten, meinen Sie nicht auch?«

Mary war ziemlich froh, vor der Übermacht der Leslies auf ihr Zimmer fliehen zu können. Zunächst erkundete sie alle Schränke und Kommoden und entdeckte, an welchen unmöglichen Stellen das Hausmädchen ihre Habseligkeiten verstaut hatte, danach fing sie einen Brief an ihre Mutter an. Sie war noch nicht weit gekommen, da kam Tante Agnes und lud sie ein, Clarissa beim Baden zuzuschauen.

»Nur, falls du Heimweh hast, Darling«, sagte Agnes, die der Meinung war, ihre Kinder wären ein Allheilmittel gegen jedes Übel.

Mary kannte ihre kleinen Kusinen aus dem Haus der Leslies in London gut und schloss sich Agnes gerne an.

»Ich habe nicht das geringste Heimweh«, sagte sie, »aber Clarissa beim Baden zusehen würde ich natürlich wahnsinnig gerne.«

»Ich dachte, dass deine Mutter dir vielleicht fehlt«, sagte Agnes mit einem leicht vorwurfsvollen Unterton.

Sie führte Mary über den Korridor, durch eine mit grünem Filz bespannte Tür, eine Treppe hinauf ins Reich der Kinder. Der Raum, der schon Lady Emilys vier Sprösslingen als Zuhause gedient hatte, groß und lichtdurchflutet, bestand eigentlich aus mehreren zusammengelegten Dachkammern, mit Schrägen in einigen verborgenen Winkeln. Er war bis oben hin voll mit Spielsachen, die sich in vielen Kinderjahren angesammelt hatten. In einer Ecke stand ein stattliches scheckiges Schaukelpferd mit feuerroten Nüstern. Ein Auge war ausgerissen, der Schwanz nur noch ein Büschel, der Sattelknopf längst verloren gegangen, und in seinen Schaft, finstere Öffnung zum Innenleben, waren in den vergangenen vierzig Jahren, ob absichtlich oder unabsichtlich, schon ein Haufen Dinge gefallen. Teile eines Puppen-Teeservice und zwei Kinderteelöffel befanden sich bekanntlich in Dobbins Bauch, und keine Macht der Welt hatte sie je daraus befreien können. Einmal hatte Mr Leslie fatalerweise damit gedroht, ein Stück aus Dobbins Unterseite herauszusägen, woraufhin Agnes so bitterlich geweint hatte, dass ihr Vater den Plan aufgab. Kaum war David dem Pferdchen entwachsen, war Martin alt genug für einen kurzen Ritt. Später gehörte es zu Onkel Davids ganzem Stolz, seinen Neffen auf dem Pferd zu schaukeln, ein Vergnügen, das für Martin immer mit ängstlicher Vorfreude begann, sich in hysterischem Jauchzen fortsetzte und für gewöhnlich in Tränen endete. Bei vollem Schwung konnte Dobbin dazu animiert werden, sich, wenn auch unbeholfen, durch den Raum zu bewegen, und Martin wiederum konnte, als er älter war, sich nicht zurückhalten, Agnes' staunenden Kindern bei ihren häufigen Besuchen diese Fähigkeit vorzuführen.

Gleich hinter der Tür ragte eine riesige Standspieluhr auf, in die man eine perforierte Metallscheibe einlegte und dann einen Hebel betätigte, woraufhin eine Metallrolle, mit Dornen gespickt wie ein Folterinstrument der

Inquisition, sich im oberen Teil des Gehäuses hinter einer Glasscheibe in Bewegung setzte und eine scheppernde Melodie sich in den Raum ergoss. Bei den Klangplatten handelte es sich zum größten Teil um Auszüge aus Meisterwerken wie *Wilhelm Tell* oder *La Sonnambula*, aber auch beliebte englische Lieder waren darunter, etwa *Oft in the Stilly Night*. Der Triumph europäischer Kunst, auch bekannt als Polyphon, funktionierte noch immer, zur großen Freude von James, Emmy, Clarissa, Nannie und Ivy.

Am Fenster stand ein Puppenhaus, dessen einst elegante Ausstattung in Trümmern lag. Dieser missliche Umstand resultierte aus der Zeit, als David das verhätschelte Baby war und seinem Freund, dem Kater, die Vorzüge des häuslichen Lebens in kleinem Maßstab nahezubringen versuchte. Er machte es sich zur Gewohnheit, George in der Küche einzufangen und ihn, die Vorderbeine fest unter die Arme geklemmt, nach oben zu tragen, so dass dem armen Tier nur übrig blieb, mit den Hinterbeinen zu strampeln und mit den Klauen vergeblich in der Luft zu kratzen. Oben angekommen, schob er George durch die Eingangstür des Puppenhauses und schloss sie zu. Aufgeregt vor Angst tapste George die Treppe hinauf, zwängte seinen Leib nacheinander durch jedes Zimmer und suchte nach einem Ausgang. Dann entdeckte David, dass, wenn er die Fenster öffnete, George, der etwas zu dick war um hindurchzupassen, in seiner Raserei die kleineren Möbelstücke mit den Pfoten aus den Öffnungen stieß, sich dann hinhockte und seinen lieben jungen Gönner anfunkelte. Das mürrische

Gesicht war größer als das Fenster, hinter dem es auftauchte. Zwischenzeitlich war das Puppenhaus auch als Nest für Mäuse und Seidenraupen genutzt worden und daher zusehends reif für eine Säuberungsaktion oder gar gleich den Abriss.

Die Wände schmückten die üblichen Bilder. Bunte Beilagen aus alten Ausgaben der Zeitschrift *Graphics*, ein Stich mit einem kleinen Mädchen in einem Rüschenkleid auf der untersten Stufe einer Treppe, Titel: »Seht mal, gleich purzle ich runter«, andere Stiche mit noch mehr kleinen Mädchen mit Hüten aus Leinen und Kleidern im Empirestil, mit großen Collies oder kleinen Schoßhündchen sowie eine farbige Darstellung von Queen Victoria, als sie die Nachricht über ihre Thronbesteigung erhält. All dies, neben Unmengen alter Familienfotos, Brustbildern von Lord Kitchener, Lord Roberts und General Buller, stellte Kunst dar, ebenso ein großer vierteiliger Paravent, über und über beklebt mit Bildern, aus Kinderbüchern, Zeitungen oder farbigen Katalogen ausgeschnitten. Ein Kanarienvogel in einem Käfig am Fenster veranstaltete einen Höllenlärm.

Ein Zugeständnis an modernere Methoden ließ sich in Gestalt einer Wandtafel ausmachen, wenngleich alle drei Kinder als Medium für ihren Hang zur Malerei lieber die abgegriffene Tapete des Kinderzimmers benutzten. Das dunkelrot-blau karierte Tischtuch dagegen hatte nichts Modernes an sich, ebenso wenig die altmodische Kamineinfassung mit den zwei Einsätzen oder das hohe Kamingitter mit dem Trockenständer aus Messing. Auf einem Teppich vor dem Kamin stand eine ovale schwarz lackierte Zinnwanne. In ihr saß Clarissa und versuchte, die Seife einzufangen.

»Hallo, Nannie«, sagte Mary.

»Hallo, Miss. Baby freut sich immer sehr, Sie zu sehen, stimmt's Baby?«

Clarissa überhörte diese rhetorische Frage geflissentlich, konzentrierte sich ganz auf die Seife, die dummerweise immer wieder ihren Händen entglitt, gerade wenn sie meinte, sie fest zu halten.

»Kann ich Sie mal kurz sprechen, Madam?«, sagte Nannie zu Agnes.

In solch krisenhaften Momenten beneidete Mary Tante Agnes um ihren Gleichmut besonders. Den meisten Müttern wird bei diesen fatalen Worten bang ums Herz, Agnes dagegen zeigte höfliches und passives Interesse. Jedem anderen hätte Mary eine außergewöhnliche Fähigkeit zum Bluffen unterstellt, um sich die schlotternden Knie, das Gefühl lähmender Übelkeit, die Lichtblitze vor den Augen, das Kopfsausen nicht anmerken zu lassen sowie ganz allgemein den Wunsch zu antworten: ›Ich zahle Ihnen das doppelte Gehalt, wenn Sie mir bloß nicht sagen, warum Sie mich sprechen wollen.‹ Agnes, im sicheren Vertrauen auf die Vollkommenheit ihrer Familie und die unanfechtbare Gewissheit ihrer eigenen Existenz, empfand lediglich leise Neugier, die sie nicht einmal zu zeigen vermochte.

»Ja, Nannie. Um was geht es denn?«, fragte sie und machte es sich in dem Schaukelstuhl des Kinderzimmers bequem.

»Es geht um das Frühstück für die Kinder, Madam«,

fing Nannie an. »Jetzt aber raus aus der Wanne, Baby. Und gut abtrocknen.«

»Darf ich das machen?«, unterbrach Mary, die hoffte, die Situation etwas zu entspannen, indem sie sich beschäftigte. Nannie richtete sich mit einem überlegenen Lächeln auf, band sich die Schürze ab und reichte sie, zusammen mit dem Handtuch, Mary.

»Ich will mich nicht beklagen, Madam«, fuhr sie fort, »aber wie ich heute Morgen schon zu Ivy gesagt habe: Wenn die Umstände weiter so bleiben, muss ich mit Mrs Graham sprechen. Sei lieb, Baby, und komm raus. Tu, was Tante Mary dir sagt.«

»Ja, Nannie«, sagte Agnes, welche offenbar ganz versonnen Clarissas entzückende Gestalt betrachtete, als sie, anmutig auf Marys Arm gestützt, wankend aus der Wanne stieg.

»Es geht um den Frühstücksbrei, Madam. Wie Sie wissen, hat Dr Home gesagt, dass Emmy und Baby vorerst weiter bei dem Puffweizen bleiben sollen. Ich habe Mrs Siddon ausdrücklich darauf hingewiesen, als wir hier ankamen, weil ich weder Sie noch Ihre Ladyschaft damit belästigen wollte. Und jetzt sind heute Morgen schon wieder Gerstenkörner aus der Küche gekommen. Zum dritten Mal hintereinander. Ich bin ganz bestimmt nicht wählerisch und würde mich zum Frühstück immer mit einer Tasse Tee und einem Toast begnügen, aber ich bin der Meinung, das sollten Sie doch wissen, Madam.«

»Oh, wie ärgerlich, Nannie«, sagte Agnes ohne einen Funken Überzeugung in der Stimme, so dass Nannie erneut ansetzte.

»Ich hätte es nicht erwähnt, Madam, wenn Dr Home nicht gesagt hätte, dass Emmy und Baby Puffweizen bekommen sollen. Mrs Siddon denkt sich sicher nichts dabei, aber ich führe ärztliche Anordnungen gerne aus, sonst, würde ich sagen, ist es reine Geldverschwendung. Mrs Dashwoods Nannie gibt den Kindern nie Gerstenkörner, sie erhitzen nur unnötig das Blut. Zappel nicht so, Baby, wenn die Tante dir die schönen Nachtpantoffeln anzieht. Ja, Madam, dass wollte ich Ihnen nur gesagt haben.«

»Oh, wie ärgerlich, Nannie«, wiederholte Agnes. »Ich muss mich darum kümmern, nicht, Clarissa-Schätzchen?«

Clarissa, abgetrocknet und im Bademantel, rutschte von Marys Schoß und watschelte auf ihre Mutter zu, die sie auf den Arm nahm und an sich drückte, obwohl ihr empfindliches Kleid dabei leicht in Unordnung geriet.

»Da ist noch etwas, Madam«, fuhr Nannie fort. »Soll Ivy jeden Morgen wegen dem Obst für die Kinder nach unten gehen? Nicht dass es ihr was ausmacht, sie ist ein liebes, gehorsames Mädchen. Aber wie soll ich dann vor elf mit den Kindern draußen sein, wie Sie es wünschen, Madam, wenn Ivy unten in der Küche ihr Obst holen soll? Als wir das letzte Mal hier waren, hat eine der Hausgehilfinnen es immer heraufgebracht. Die ist jetzt nicht mehr da, und Bessie, die neue Gehilfin, scheint nicht zu begreifen. Deswegen musste ich gestern und vorgestern Morgen Ivy runter in die Küche schicken, so dass wir erst gegen zwölf Uhr draußen waren, und Baby verliert die Geduld.«

»Clarissa-Darling«, sagte Agnes, deren jüngere Tochter trotz der widrigen Umstände rosarot und wie das blühende Leben aussah. »Ich spreche mal mit Mrs Siddon, Nannie. Also wirklich ärgerlich die Sache, nicht?«

In dem Moment kam John herein.

»Da kommt Onkel John, um dir gute Nacht zu wünschen, Baby«, sagte Nannie, die ihre Arbeitgeber und deren Verwandte scheinbar als wohlgesinnte Einfaltspinsel betrachtete, die ein wenig Ermunterung brauchten. »Kann ich das Baby bei Ihnen lassen, Madam, während ich seine beiden älteren Geschwister einsammle? Ivy ist mit dem Fahrrad ins Dorf gefahren, um einen Kanarienvogel für James abzuholen.«

»Reicht der eine nicht?«, fragte John.

»Oh nein, Sir«, sagte Nannie mitleidig. »Kanarienvögel siechen dahin, wenn sie keine Partner haben. Und seit seine Lady verstorben ist, bläst der kleine Kerl Trübsal.«

»Von mir aus kann er seine Trauer für sich behalten«, sagte John und sah den Witwer, dessen Federn sich mit seinem ungestümen Gesang steil aufgerichtet hatten, verständnislos an.

»Er singt nur seinen Gutenachtgruß, Sir«, sagte Nannie ziemlich schockiert. »Wir haben von einem Weibchen im Dorf gehört, das Ivy für James besorgen will. Dann gibt es hier wieder hübsche Musik, nicht, Baby?«

Nannie verließ den Raum, um James und Emmy zu holen.

»Na, John, Darling?«, sagte Agnes. »Wie war dein Tag?«

»Ich habe ein paar geschäftliche Dinge mit Macpherson besprochen, und ich habe Marys Bekanntschaft gemacht«, sagte John und lachte Mary freundlich zu, die auf einem Stuhl neben dem Kamin saß und in der Baumwollschürze recht adrett aussah. »Und Vater hat sich endlich entschieden, welchen Namen er dem Stier geben will. Es geht also voran. Aber eigentlich wollte ich mit dir über Martin sprechen, Agnes. Seine Mutter möchte, dass er die Sommerferien teilweise bei einer Familie in Frankeich verbringt. Ich weiß nicht, ob das so eine gute Idee ist. Mutter und Vater ist sehr daran gelegen, dass er hierbleibt, denn je mehr er über die Abläufe hier in Haus und Hof lernt, umso besser. Schließlich hat er keinen eigenen Vater, der alles übernehmen würde. Wenn unser Vater stirbt, und er ist nicht mehr der Jüngste, müsste Martin gleich die ganze Verantwortung übernehmen. Seine Mutter und sein Stiefvater sind den ganzen Sommer über in Amerika, und eigentlich war es beschlossene Sache, dass Martin hierbleibt, bis seine Mutter auf die Idee mit dem Französisch kam. Warum kann er nicht nächstes Jahr Französisch lernen? Macpherson spricht ständig von Ruhestand, deswegen sollte Martin die Zeit nutzen und ihn so oft begleiten, wie es geht. Außerdem, die Schulferien sind nicht sehr lang. Wenn Martin erst mal in Oxford ist, hat er noch genug Gelegenheit, mal für vier Wochen nach Frankreich zu reisen, wenn er unbedingt will. Was meinst du?«

»Am besten, ich schreibe Robert und frage ihn. Er wird schon wissen, was gut für Martin ist. Daddy wird uns sagen, was das Beste ist, nicht wahr, Clarissa-Darling?«

John musste an sich halten, um seine Schwester nicht an den Schultern zu packen und zu schütteln.

»Ja«, sagte er. »Sicher, Robert wird zweifellos wissen, was am besten für Martin ist, aber seine Antwort bekommen wir erst in sechs Wochen. Habe ich in der Zwischenzeit deine Rückendeckung? Ich muss morgen wieder zurück in die Stadt, und Martin kommt bei Schulbeginn mit. Wenn ich Martins Eltern in die Richtung bearbeite, kann ich dann auf dich zählen? Martins Stiefvater ist es ohnehin egal, solange er nur versorgt ist.«

»Du hast natürlich völlig recht«, sagte Agnes ungewöhnlich deutlich. »Martin sollte hierbleiben. Und ich bin sicher, Robert denkt genauso. Wir wollen Martin hier bei uns haben, nicht wahr, Clarissa-Darling?«

Nannies Rückkehr mit James und Emmy machte dem Gespräch ein Ende. Clarissa wurde im Kinderschlafzimmer zu Bett gebracht, Agnes und Mary gingen nach unten, John blieb zurück, setzte die beiden älteren Kinder auf das Schaukelpferdchen und ließ sie ausgiebig reiten.

»Wir gehen Mamma suchen«, sagte Agnes zu ihrer Nichte. »Sie möchte, dass ich vor dem Dinner zu ihr komme, um die Tischkarten zu machen.«

Sie trafen Lady Emily im kleinen Salon an.

»Ich schreibe gerade deiner Mutter, Mary«, erklärte sie. »Dass wir uns freuen, dich bei uns zu haben, und dass du uns sicher nützlich sein wirst. Braucht es für Deutschland eine Zweieinhalb-Penny-Marke?«

»Meine Mutter hält sich gerade in der Schweiz auf, Tante Emily. Aber es kostet trotzdem zweieinhalb Penny. Mummy wird sich über einen Brief von dir freuen.«

»Ich hätte gedacht, dass es in die Schweiz billiger ist«, sagte Lady Emily. »Schon wegen dem Völkerbund. Es kommt einem so britisch vor. Ich weiß noch, damals in Genf, als ich David zu dem wundervollen Professor brachte, wo er seine großen Ferien verlebt hat, bin ich auf einen Haufen englischer Freunde gestoßen. Sag, Agnes, glaubst du, dass Mr Holt ungehalten ist? Dein Vater war nicht gerade zuvorkommend, und ich finde, wenn jemand schon so anstrengend ist wie Mr Holt, sollte man sich besonders viel Mühe geben. Er machte keinen zufriedenen Eindruck beim Tee, aber vielleicht bilde ich mir das auch nur ein. Wir müssen ihn wieder einladen, und ich muss seine Bekannte, Lady Norton dazubitten. Anscheinend wollte er, dass ich sie frage. Sie ist die langweiligste Person, die ich kenne, und eigentlich möchte ich sie überhaupt nicht hier sehen, aber anständig wäre es wohl. Wer ist da? Oh, kommen Sie herein, Siddon.«

»Entschuldigen Sie, my Lady«, sagte die Haushälterin. »Ich wusste nicht, dass Miss Agnes und die junge Lady bei Ihnen sind.«

Mrs Siddon, Mrs nur aus Höflichkeit, war eine schlanke Frau mittleren Alters, die früher, in geruhsameren Zeiten, als Hausmädchen für die Speisekammer verantwortlich gewesen war und heute Rushwater House mit strenger Hand regierte. Sie war Agnes treu ergeben, stand jedoch meist in Dauerfehde mit Nannie, vertrug sich nicht, wie sie erklärte, mit den Mädchen aus den Instituten. Gemeint waren damit die hoch angesehenen Ausbildungsstätten für Kindermädchen, von denen Nannie eine absolviert hatte und deren Uniform sie trug.

»Entschuldigen Sie die Störung, my Lady. Dürfte ich Sie mal einen Moment sprechen?«

Mary sah Agnes an, doch die Miene ihrer Tante verriet keinerlei Gefühlsregung.

»Es geht um das Frühstück für die Kinder, my Lady. Ich würde die Launen des Kindermädchens ja gerne verstehen, aber zweimal hintereinander das Frühstück unangetastet wieder nach unten in die Küche zu schicken und dann zu behaupten, die Kinder würden ihren Gerstenbrei nicht gerne essen, ist wohl kaum vernünftig. Und was das Obst angeht: Ich möchte nicht, dass Ivy deswegen extra runterkommt, und ich wäre dankbar, Miss Agnes, wenn Sie mal mit Ivy sprechen, denn sie schäkert mit Walter in der Speisekammer. Jeden Morgen wird für Bessie das Obst hingestellt, damit sie es nach oben ins Kinderzimmer bringt, aber Bessie kommt mit ihrer Arbeit nicht nach, weil Mr David und Mr Martin immer so spät aufstehen.«

»Ach, Siddon, das ist ja alles furchtbar«, sagte Lady Emily. »Wir müssen etwas tun. Könnte Bessie das Obst nicht einfach etwas früher nach oben bringen?«

»Selbstverständlich, my Lady. Wenn Sie wollen, dass Mr Davids und Mr Martins Betten ungemacht bleiben, geht das«, sagte Mrs Siddon, jede Verantwortung resolut von sich weisend.

»Liebe Mamma. Ich fürchte, Nannie ist ein bisschen schwierig. Ich mache mir ernsthaft Sorgen«, sagte Agnes mit der größten Gemütsruhe.

»Es ist genau wie früher, als du klein warst«, sagte Lady Emily zu Agnes. »Können Sie sich noch an die alte

Baker erinnern, Siddon? Unsere frühere Haushälterin? Ständig lag sie im Streit mit den Kindermädchen, wegen nichts und wieder nichts.«

»Mrs Baker, my Lady, hatte ein schwieriges Temperament, wie ich wohl sagen darf, schließlich habe ich unter ihr gedient. Es betraf nicht allein Miss Agnes und die Kindermädchen der jungen Gentlemen, sondern auch die Mademoiselles und die Fräuleins. Nie hat man Frieden im Haus, wie wir immer gesagt haben. Aber ich bin ganz bestimmt die Letzte, die nachtragend ist. Lieber bin ich bereit, dem Kindermädchen auf halbem Weg entgegenzukommen, als mir noch mehr Probleme einzuhandeln oder Ihre Ladyschaft oder Miss Agnes weiter zu behelligen.«

Nachdem sie beinahe einen Meineid geschworen hatte, wartete Mrs Siddon mit ausdrucksloser Miene ab.

»Siddy«, sagte Agnes und nahm ihre Stickarbeit wieder auf, »das ist alles sehr ärgerlich, und wenn die Kinder den Brei nicht mögen, dann sind sie böse kleine Wichte. Mamma, hast du meine grüne Wolle gesehen?«

»Ja, Agnes. Ich habe heute Nachmittag welche gebraucht, nur fällt mir doch jetzt glatt nicht mehr ein, wofür. Ich glaube, ich habe sie zurück in deine Tasche getan.«

»Vielleicht ist sie auf den Boden gefallen«, sagte Agnes.

»Ist das die Wolle?«, fragte Mary und hob ein grünes Knäuel auf, das in einem Topf Nelken lag.

»Danke dir, meine Liebe«, sagte Lady Emily. »Jetzt fällt es mir ein! Ich wollte die Nelken damit festbinden, und dann war schon der Tee fertig. Also, Siddon, es wird sich schon alles finden, und Mrs Graham redet mal ein Wörtchen mit Ivy.«

»Tante Emily«, sagte Mary, »entschuldige, wenn ich mich einmische, aber Nannie sagte, sie wolle lieber Puffweizen statt der Gerstenkörner, weil der Arzt es so empfohlen hat.«

Nach weiterer Aussprache, zu der Agnes nicht mehr beizutragen wusste, als ihr Entzücken zum Ausdruck zu bringen, wie süß Clarissa-Darling beim Brei-Essen aussah, erklärte Mrs Siddon sich bereit, den Kindern Puffweizen zu geben und dafür zu sorgen, dass ihr Obst zusammen mit dem Frühstück nach oben ins Kinderzimmer gebracht wurde.

»Ich bin Ihnen sehr verbunden, Miss«, sagte sie zu Mary. »Wenn das Kindermädchen sich dazu herabgelassen hätte, mir zu erklären, was falsch war, hätte ich sofort Puffweizen bestellt. Aber den Gerstenbrei einfach unangetastet zurückgehen zu lassen ist keine Erklärung. Vielen Dank, Lady.«

»Und jetzt, Mama«, sagte Agnes, »machen wir uns an die Tischkarten.«

5

Einige Anmerkungen zu Milton

Beim Dinner fand sich Mary zwischen Mr Leslie und John platziert. David wäre ihr lieber gewesen, da sie bei John das ungute Gefühl hatte, er könnte sie zu jung und langweilig finden. Mit Mr Leslie dagegen vertrug sie sich ausgezeichnet. Sie hörte sich seine Geschichten über die Viehherde an, und in seinem Kopf manifestierte sich das Bild eines überaus praktischen Mädchens. Warum sucht sich der arme David nicht auch so ein vernünftiges Mädchen, dachte er, statt der seltsamen jungen Frauen, die er gelegentlich mit nach Hause bringt. Ihr Interesse ermunterte ihn, ausführlich zu schildern, wie schwierig es gewesen war, einen Organisten für die Kirche zu finden, nachdem der alte Schullehrer verstorben war.

»Das nächste Mal müssen wir die Schulbehörde unbedingt bitten, uns einen richtigen Musiker zu schicken«, sagte John, der die Ausführungen seines Vaters mitgehört hatte. »Die neue junge Frau meint es gut, aber bei Orgel denkt sie wohl eher an die elektronischen Orgeln in Kinos, mit *vox humana* und Tremolo und so.«

»Feines Instrument, so eine Orgel«, sagte David. »Die Tastatur sieht für mich immer so aus wie ein riesiges künstliches Gebiss.«

»Kannst du Orgel spielen, Onkel John?«, fragte Mary, um ein Gespräch anzufangen.

»Ein bisschen. Aber ich hoffe doch sehr, dass du nicht weiter Onkel John zu mir sagst. Ich käme mir schrecklich alt vor.«

»Danke«, sagte Mary, die sich fragte, was sie davon halten sollte. Er war älter als Tante Agnes, Onkel John wäre also passender, gleichzeitig wäre sie sich komisch vorgekommen. Immerhin war Tante Agnes mit Onkel Robert verheiratet und hatte drei Kinder, war also eine echte Tante. John Leslie dagegen, ohne Frau und Kinder, besaß nicht die Stellung eines richtigen Onkels. Ihn einfach beim Vornamen zu nennen, John, unterstellte dagegen eine Vertrautheit, vor der sie zurückschreckte. Woraus wir schließen können, dass Marys Vorstellung vom mittleren Lebensalter eher vage war.

»Kann David Orgel spielen?«, fragte sie. Den Namen auszusprechen kostete sie Überwindung, vielleicht hielt John sie ja für impertinent. Zu ihrer Erleichterung jedoch reagierte er ganz gelassen auf ihre Frage.

»Orgel nicht«, sagte er, »aber er spielt ganz gut Klavier. Wenn du Jazzmusik magst, brauchst du nur David ans Klavier zu setzen, den Rest übernimmt er.«

»Oh, ich liebe Jazz.«

»Ich auch«, sagte John. »Aber ich kann diese Musik nicht spielen, dazu fehlt mir die Begabung. Ich spiele nur das anspruchsvolle Zeug. Und du?«

»Ach, ich kenne mich da nicht so besonders aus. Aber ich höre gerne zu.«

Als die Nachspeise zur Neige ging, ließ sich Martin, der während des Dinners ungewöhnlich schweigsam gewesen war, plötzlich mit lauter, aber unsicherer Stimme vernehmen: »Hör mal, Großvater.«

Obwohl Martins Stimmbruch schon einige Jahre zurücklag, hatte seine Stimme die unangenehme Eigenschaft, ihn in gefühlsbetonten Momenten im Stich zu lassen und sich als Quieken oder Brüllen bemerkbar zu machen. Diesmal war es ein tiefer Bass, der ihn genauso erschreckte wie die übrige Tischgesellschaft. Die anschließende Stille war so beredt, dass Martin bis zu den Haarwurzeln rot anlief.

»Ich empfehle Lungenkraut-Tee vorm Zubettgehen, mein Junge«, sagte David.

»Was ist, Martin?«, fragte sein Großvater.

»Also, Großvater, ich soll ja in den Sommerferien ins Ausland fahren. Jetzt ist mir eine gute Idee gekommen, falls du und Großmutter nichts dagegen habt. Mr Banister überlässt sein Haus dieses Jahr einem französischen Professorenpaar. Statt nach Frankreich zu fahren, könnte ich mich doch im August bei ihnen als zahlender Gast einmieten. Ich würde meine Französischkenntnisse verbessern und müsste dafür nicht den ganzen Sommer über wegfahren.«

»Das bedarf einer gründlichen Überlegung«, sagte sein Großvater, der insgeheim nicht abgeneigt war, wünschte er sich doch, Martin in den Ferien in seiner Nähe zu haben. »Deine Mutter hatte eigentlich vor, dich nach Frankreich zu schicken, davon lässt sie sich möglicherweise nicht abbringen.«

»Ach, Mutter wird es schon recht sein«, sagte er, und

sein erwartungsvolles Gesicht sah in dem Kerzenschein, mittlerweile einziges Licht im Raum, jünger aus als sonst. »Es könnte doch klappen, meinst du nicht? Es ist eine fabelhafte Idee. Ich habe mich schon mit Mr Banister darüber unterhalten, und er sagt, die Boulles würden bei sich zu Hause in Frankreich immer Schüler aufnehmen. Warum sollten sie das in England nicht auch tun? Außerdem haben sie zwei Söhne, einer ist Professor und sehr gut in Französisch, und der andere ist in meinem Alter. Ich würde also viel lernen.«

Die Aussicht, einen geschlagenen Monat in Gesellschaft eines französischen Jungen in seinem Alter verbringen zu müssen, hätte ihn zu jedem anderen Zeitpunkt mit Angst und Widerwillen erfüllt, doch im Licht seines neues Plans wurden Master Boulle grandiose Eigenschaften angedichtet.

»Ich weiß jetzt schon, wie der junge Boulle aussieht«, sagte David. »Wenn er so alt ist wie du, trägt er Knickerbocker, kurze Strümpfe und Matrosenbluse sowie einen Schnauzer und etwas Flaum, den seine vernarrte Frau Mama ihm verbietet abzurasieren, und er hat einen Haufen Pickel im Gesicht.«

»Ach, sei still, David.«

»Und du wirst eine Fabel von La Fontaine auswendig lernen müssen«, fuhr David fort, »und sie deinen lieben Großeltern aufsagen, um ihnen zu zeigen, welche Fortschritte du gemacht hast.«

»Ich kannte mal einen sehr netten französischen Jungen«, mischte sich Mary ein, weil Martin ihr leidtat. »Er war ein ausgezeichneter Tennisspieler und sah aus wie jeder andere Junge auch, und er hatte keinen einzigen Pickel. Und er war so alt wie Martin.«

Danach versank sie in verlegenes Schweigen, fand ihre Bemerkung auf einmal töricht und wenig hilfreich.

Doch Martin griff sie begeistert auf.

»Es würde mich nicht wundern, wenn der junge Boulle auch gut spielt«, sagte er. »Was meinst du, Großmutter?«

»Ich finde, es ist eine gute Idee«, sagte Lady Emily. »Und sollte es im Pfarrhaus nicht genug Betten geben, könnten wir problemlos eins hinüberbringen lassen, auch Bettwäsche. Ich glaube nämlich, dass Banister nicht genug hat. Die Milch bekommen sie natürlich von uns, weil man Goochs Milch aus dem Dorf nicht trauen kann. Ich hoffe nur, Henry, dass die Kanalisation im Pfarrhaus in Ordnung ist, wenn Martin dort einzieht. Die Franzosen sind in solchen Dingen etwas schludrig.«

»Ja, aber sie bringen ja nicht ihre eigene Kanalisation mit«, sagte David.

»Selbstverständlich nicht, David, sei nicht albern. Du weißt genau, was ich meine. Als du noch klein warst, bin ich mit dir in keiner Unterkunft am Meer gewesen, wo nicht vorher die Kanalisation untersucht worden war. Jedenfalls ist es ein wundervoller Plan, Martin. Wir müssen uns noch ausführlicher darüber unterhalten und Mr Banister fragen, was er davon hält.«

»Wenn die Kanalisation im Pfarrhaus nicht funktioniert, dann ist es allein Banisters Schuld«, sagte Mr Leslie wütend. »Macpherson hat sie erst vorletztes Jahr reinigen lassen, das hat mich fünfundfünfzig Pfund gekostet. Ich weiß nicht, warum er das Haus an Ausländer vermietet hat. Womöglich handelt er sich noch Typhus ein.«

Martin wollte Protest einlegen, doch ein Blick von John warnte ihn, dies sei nicht der geeignete Moment. Während Lady Emily ihre Brille suchte, die zwischen zwei Bananenschalen geraten war, und ihr Tuch neu band, sagte John zu Martin: »Dein Plan gefällt mir, Martin. Aber belästige Großvater jetzt nicht weiter damit. Ich rede später noch mal mit ihm, bevor ich fahre. Es wird alles gut.«

»Oh, vielen Dank, Onkel John.«

Mary hatte die Unterhaltung mitgehört, und ihr Herz erwärmte sich für John, weil er so freundlich zu Martin war.

»Wo willst du sitzen, Mamma?«, fragte Agnes, als die Damen den großen Salon betraten.

»Ich bin heute mal ganz egoistisch und setze mich auf diese bequeme Ottomane«, sagte Emily und ließ sich nieder. »Und jetzt die Beine hochlegen. Deck sie mit meinem roten Shawl zu, Agnes. Er ist auf dem Tisch, neben den Malutensilien.«

»Da liegt er nicht, Mamma.«

»Dann weiß ich, wo er ist«, gab sich Lady Emily siegesgewiss. »Auf der Kommode, nicht der aus Walnussholz, der anderen, die in meinem Zimmer steht. Ich sag Conque Bescheid.«

»Soll ich ihn für dich holen, Tante Emily?«, fragte Mary.

»Ja, meine Liebe, bitte. Und bring mir noch die Tasche mit den Sticksachen mit, die steht auf einem Stuhl.«

»Mama, der rote Shawl liegt unter dir«, sagte Agnes vorwurfsvoll, »und die Sticksachen sind auf deinem Arbeitstisch. Du hast sie gestern Abend hier liegengelassen, deswegen hattest du auch keine grüne Wolle, um die Nelken festzubinden, und musstest welche von mir nehmen.«

»Dann hat sich ja alles gefunden«, sagte Lady Emily. »Noch eins, Mary. Steck mir doch bitte das kleine blaue Seidenkissen in den Rücken und läute nach Conque.«

Mary läutete, Gudgeon erschien.

»Oh, Gudgeon«, sagte Lady Emily und entwirrte das Chiffontuch, das sie beim Dinner um den Kopf getragen hatte, »sagen Sie Conque, sie möchte mir die Wärmflasche bringen.«

»Die haben wir Ihnen bereits hier hingelegt, my Lady, kurz bevor Sie vom Dinner hereingekommen sind«, erwiderte Gidgeon und zog sie zwischen den Teppichen zu Lady Emilys Füßen hervor.

»Oh, haben Sie vielen Dank. Mr John und Mr David und Mr Martin fahren alle morgen wieder, ich weiß nur nicht, wann. Sie nehmen doch sicher den Zug, oder? Mr John und Mr David sind nicht mit dem Auto gekommen, und Mr Martin hat ja keins. Fragen Sie doch bitte mal nach, wann Weston sie zum Bahnhof bringen will und ob nach Rushwater oder Southbridge. Mary, Liebes, holst du mir bitte so einen kleinen Kaminschirm, damit es mir nicht so heiß wird im Gesicht. Er steht auf dem Sims, nein, auf der anderen Seite, ja, da. Danke, Darling. Einen Moment noch, Gudgeon. Ich wusste, irgendwas wollte ich Ihnen noch sagen. Was war es denn nur? Ach ja. Wenn sie den Zug um zwanzig vor eins nehmen, dann brauchen sie Sandwichs für die Fahrt. Das hieße also, Lunch um zwölf, falls sie noch Lunch zu sich nehmen wollen, es wäre doch arg früh. Wenn der Zug einen Speisewagen hat, werden sie dort was essen, weil Mr John keine Sandwichs mag. Aber ich weiß nicht, ob der Zug einen Speisewagen hat oder nicht. Falls sie einen späteren Zug nehmen, ist es sowieso egal. Aber sagen Sie Mrs Siddons Bescheid, für alle Fälle. Und noch etwas, Gudgeon. Schäkert Walter mit Ivy in der Speisekammer?«

»Ich wüsste nicht, my Lady. Jedenfalls nicht in meiner Gegenwart.«

»Ja, das dachte ich mir schon. Na gut. Mrs Siddon scheint nur etwas besorgt deswegen, und ich habe ihr versprochen, mal nachzufragen, aber wenn Sie sagen, es ist alles in Ordnung, dann wird das wohl stimmen. Und sagen Sie Walter, er möchte bitte keine Bücher in Mr Martins Koffer packen. Das letzte Mal hat er zwei Bücher aus der Bibliothek hineingelegt, Mr Leslie war entsprechend verärgert.«

»Sehr wohl, my Lady.«

»Dann wäre das also erledigt«, seufzte Lady Emily erleichtert. »Vielen Dank, Gudgeon. Ach so, da fällt mir ein: Morgen ist Pfingstdienstag, da gilt bestimmt ein anderer Fahrplan, oder gibt es da keinen Unterschied? Rufen Sie doch beim Stationsvorsteher in Southbridge an und erkundigen Sie sich, aber machen Sie das noch heute Abend, für den Fall, dass die Gentlemen wissen wollen, welche Züge sie zur Auswahl haben.«

»Gudgeon wird sich darum kümmern«, sagte Agnes.

»Und jetzt, Mary, meine Liebe, singst du mir was vor«, sagte Lady Emily. »Agnes meint, du hättest so eine wunderschöne Stimme.«

»Wenn du wirklich willst, Tante Emily.«

»Aber ja doch. Da drüben kannst du ja gar nichts sehen. Warum haben wir keine Lampe für das Klavier? Agnes, wo sind die Kerzenleuchter, die wir im Winter benutzt haben?«

»Ich läute nochmal nach Gudgeon, Mutter.«

»Ich weiß«, sagte Lady Emily, quälte sich aus der Ottomane, Shawl, Wärmflasche und Stickarbeit um sich verstreuend. »Sie stehen oben auf dem Bücherregal. Ja, da sind sie. Und mach doch bitte alle Lampen aus, Agnes, außer der kleinen für meinen Tisch, dann haben wir es richtig gemütlich.«

Lady Emily ging zurück zu ihrer Ottomane, sammelte ihre Wärmflasche, den roten Shawl, das blaue Seidenkissen, die Stickarbeit, ihre Brille und den kleinen Kaminschirm wieder ein und schickte sich an, ihre Konzentration wenigstens vorübergehend auf das Geschehen zu richten, während Mary, schüchtern und unwillig, sich ans Klavier setzte. Als sie jedoch feststellte, dass Lady Emily und Agnes ihre Unterhaltung im Flüsterton fortsetzten, wobei die Worte »Frühstücksbrei«, »Bad nicht annähernd warm genug« und »Clarissa-Darling« deutlich herauszuhören waren, schöpfte sie Mut und sang im Halbdunkel am anderen Ende des Salons zufrieden vor sich hin.

Und so geschah es, dass John, der noch vor den anderen erschien, beim Betreten des Zimmers Marys leise, klare, helle Stimme vernahm, innehielt und lauschte.

»*Bist du bei mir*«, sang sie, anheimelnd und ohne forciert zu klingen, »*geh ich mit Freuden zum Sterben und zu meiner Ruh.*«

Oh, wenn doch diese liebliche Melodie niemals aufhören würde. John, der unbemerkt in dem dämmerigen Zimmer stand, hatte das Gefühl, die Zeit würde stillstehen, um dem Lied genug Raum zu geben. Frisches Wasser ergoss sich in sein Herz, eine Rose erblühte, das Wasser ließ nach, die Rosenblätter fielen ab. Ohne Mary zu unterbrechen, schritt John leise zum Kamin und setzte sich zu seiner Mutter und seiner Schwester. Was immer Mary gesungen hätte, die drei hätten es nicht gehört. John hing einem Traumbild nach, während seine Mutter sich in stiller Dankbarkeit dem friedlichen Ausdruck auf seinem Gesicht ergab. Agnes, die Musik auf ihre ganz eigene, sanfte, unkritische Art liebte, dachte, wie schön es wäre, wenn John und Mary ein Paar würden, denn dann könnten sie Musikabende veranstalten, und die Kinder würden vielleicht auch musikalisch.

Mr Leslie, der zusammen mit David und Martin ins Zimmer trat, war überrascht, dass sie alle im Dunkeln saßen.

»Hat Gudgeon die Lampen nicht angemacht?«, fragte er und drückte die Schalter.

In dem plötzlich grellen Licht stand Mary vom Klavier auf und ging zum Kamin. Sie erblickte John, dachte aber, dass er mit den anderen ins Zimmer gekommen war.

»Soll ich dir etwas vorlesen?«, fragte David seine Mutter.

»Ja, bitte. Du musst David mal vorlesen hören, Mary. Er liest einfach wunderschön. Wie wäre es mit Blake, Darling.«

Die Aussicht auf eine Lesung erschreckte Martin: »Darf ich mich jetzt zurückziehen, Großmutter?«

»Du bist doch nicht etwa krank, Martin?«

»Nein, Großmutter, natürlich nicht. Aber ich glaube, manchmal ist es gut, früh ins Bett zu gehen«, sagte er tugendhaft.

»Na gut, Martin«, sagte sein junger Onkel. »Wenn du demnächst deine französische Fabel vorträgst, werde ich mich auch ins Bett verziehen.«

»Ach, halt den Mund, David. Die Fabel ist sowieso schöner als dein grässlicher Blake.«

»Was hast du denn, mein junger Klassiker«, sagte David und packte ihn am Handgelenk. »Erträgst du die Romantiker nicht? Dann lese ich eben Milton. Wo ist dein *Verlorenes Paradies*, Mutter?«

»Vor ein paar Tagen hatte ich es noch in der Hand. Ich wollte ein Bild von dem Baum der Erkenntnis ganz am Anfang malen«, sagte Lady Emily. »Die Schlange war mir misslungen. Das Buch müsste auf meinem Tisch liegen.«

»Ja, hier ist es. Und jetzt, Martin, setz dich hin und hör Onkel David zu.«

»Welche Stelle willst du vorlesen?«, fragte Agnes.

»Die Stelle, wo Satan in eine Schlange verwandelt wird«, sagte David. »Lass dir das eine Warnung sein, Martin.«

Er fing an zu lesen, erstaunlich gut, doch bei den Zeilen

Sie all', in Schlangenform verwandelt jetzt,
Genossen Asche statt der süßen Frucht,
Womit sie wähnten, ihr Gelüst zu stillen,
Und spien sprudelnd alles wieder aus;

bekam Martin bedauerlicherweise einen solchen Kicheranfall, dass er in Ungnade fiel.

»Vielleicht gehst du doch besser ins Bett«, sagte sein Großvater.

»Entschuldige, Großvater, aber es ist einfach urkomisch. Ich wusste gar nicht, dass Milton so witzig sein kann. ›Spien sprudelnd‹ – du liebe Güte! Vielen Dank, David. Und allen eine gute Nacht.«

Lauthals lachend taumelte er aus dem Zimmer.

»Ja, ich finde auch, dass es lustig ist«, sagte David. »Aber ich war so eingenommen vom Klang meiner schönen Stimme, dass ich nicht unterbrechen wollte. Sonst hätte ich auch lachen müssen. Meinst du nicht, dass mir der Job beim Rundfunk zusteht, Mutter?«

»Ich hoffe es wenigstens, David. Möchtest du nicht weiterlesen? Gib mir nur vorher ein Glas Gerstenwasser. Oh, es ist noch nicht da? Es muss früher sein, als ich dachte. Ah, da kommt ja Gudgeon mit den Getränken. Er muss so lange gewartet haben, bis du fertig bist, David.«

»Milton gehört wohl eher zu den Menschen, die man nicht gerne kennengelernt hätte«, sagte Agnes. »Ich glaube nicht, dass wir viel miteinander gemein haben.«

»Aber irgendwie muss er doch attraktiv gewesen sein«, sagte Lady Emily, die immer bereit war, abwesende Personen in Schutz zu nehmen. »Er hatte zwei Frauen. John, würdest du mir bitte etwas Gerstenwasser holen.«

»Ich glaube, auf deren Bekanntschaft hätte man gut verzichten können«, sagte Agnes, die für eine so gutmütige Person wie sie einen erstaunlichen Hass gegen den Dichter hegte.

»Die erste war gar nicht mal so übel, aber die zweite hätte ich nicht ausstehen können«, sagte Mary. »Muss man sich mal vorstellen, eine Frau, die gerne einen Witwer heiratet.«

John reichte seiner Mutter das Glas Gerstenwasser. David bediente sich bei Whisky und Soda und schlenderte zum Klavier, spielte und sang mit gekonnter Leichtigkeit einige Stücke aus Revuen und musikalischen Komödien. Bloß gut, dass die Männer nicht im Raum waren, als ich am Klavier saß, dachte Mary.

»Deine gute Fee war wohl eine schwarze Mammy, David«, sagte John. »Woher sonst das Niggertimbre in deiner Stimme?«

»Das macht der viele Rum und Sirup«, sagte David. Er spielte ein paar Takte und sang:

Sirup macht die Stimme süß,
Wenn vor'm Richter ich tu Büß.
Trinke Sirup, trinke Rum,
Sing dem Herrn, Sein Königreich kumm.

»Ist das ein neues Spiritual, David?«, fragte seine Mutter.

»Noch nicht, aber bald.«

»Was meint David damit?«, fragte Agnes.

Sirup macht die Stimme klar
Und die Schwattn komm' in Schar'.
Trinke Sirup, trinke Rum,
Deswegen tun die Schwattn kumm.

»Ich glaube, das amerikanische Wort für Sirup ist Melasse«, sagte Mr Leslie.

»Ja, Vater, aber es passte nicht in den Liedtext, deswegen haben sie Sirup daraus gemacht. Du kennst ja die Amerikaner.«

»Wohl wahr, wohl wahr«, sagte Mr Leslie, der keinen einzigen Amerikaner kannte.

Lady Emily fing an, sich bettfertig zu machen, ein Unterfangen, das, da sie ihre Siebensachen unbedingt alle selbst tragen wollte, in eine Schnitzeljagd ausartete. Agnes, David und Mary folgten ihr und hoben pflichtbewusst auf, was sie unterwegs fallen ließ. Vor ihrer Tür angekommen, sagte sie gute Nacht und bat David herein, weil sie ihm den Mond in ihrem Fenster zeigen wollte.

»Fühlst du dich wohl in deinem Zimmer, Darling?«, fragte Agnes ihren jungen Gast Mary. »Es ist ein Zimmer, das mir ans Herz gewachsen ist. Die liebe Gay hat es immer benutzt, wenn sie allein nach Rushwater gekommen ist.«

»Wer ist Gay, Tante Agnes?«

»Darling Johns Frau. Wir haben sie alle verehrt. Du hättest sie geliebt, und die Kinder erst ...«

»Ich wusste nicht, dass John verheiratet gewesen ist.«

»Darling Gay ist vor sieben Jahren gestorben. James wurde kurz zuvor geboren, und sie fand, es sei das hübscheste Baby der Welt. Gute Nacht, Darling, schlaf gut.«

Erst als sie schon im Bett lag, erinnerte sich Mary an ihre Worte über Miltons zweite Frau, und sie schämte sich. Was musste John von ihr gedacht haben, sich so abfällig über Witwer zu äußern. Vielleicht war er noch das Gerstenwasser für Tante Emily holen gewesen und hatte ihre selbstgefällige Bemerkung verpasst. Trotzdem, es stimmte: Nichts konnte dem Wort Witwer einen romantischen Klang verleihen. Eigentlich sollten nur wirklich alte Männer Witwer werden.

John hatte ihre Bemerkung durchaus gehört, machte sich jedoch mehr Gedanken um das schlechte Gewissen, das Mary unter Umständen plagte, als um seine eigenen Gefühle. Es war ganz offensichtlich, dass Mary, die ihn nie zuvor gesehen hatte und die, abgesehen von Agnes, auch seine Familie nicht näher kannte, noch nie von Gay gehört hatte. Als er sah, was für einen vertrauten Umgang sie mit David und Martin pflegte, war er automatisch davon ausgegangen, dass sie über ihn Bescheid wusste. Was sollte er nun machen? So tun, als hätte er ihre Bemerkung nicht mitbekommen? Oder ihr irgendwie zu verstehen geben, dass ein solcher Irrtum ihn heute nicht mehr verletzen konnte? Es mochte allzu selbstbewusst erscheinen, überhaupt darauf anzuspielen, andererseits wollte er sie durch die erzwungene Erinnerung an ihre

Worte auch nicht unnötig beunruhigen. Vielleicht konnten Agnes oder seine Mutter ihm helfen.

Sie hatte gedankenloses Zeug von sich gegeben, mehr nicht. Was sie gesungen hatte – es war sein Schlüssel zu ihr. Auch wenn ihre reine, bezaubernde Stimme nichts bedeutete, es reichte allein, dass sie existierte. *Bist du bei mir*. Bitteres Wasser ergoss sich in sein Herz. Die Rose blühte nicht mehr.

6

Einige Anmerkungen zu David

Am nächsten Tag, in einem unbeschreiblichen Wirrwarr von Plänen und Gegenplänen, brachen Martin und seine beiden Onkel auf. Lady Emily blieb bis zu ihrer Abreise im Bett, trug aber noch zu der Konfusion bei, indem sie nacheinander jeden zu sich rief, einen losschickte, um den anderen zu holen, und Mary, um alle zu holen, und außerdem durch Conque widersprüchliche Anordnungen an Gudgeon und Weston übermitteln ließ. Nur mittels einer gewaltigen personellen Kraftanstrengung konnte die Reisegruppe schließlich auf den Weg geschickt werden, was größtenteils Gudgeon zu verdanken war, der eine Nachricht an Weston, die dazu geführt hätte, dass der Wagen sie eine halbe Stunde zu spät und vor dem falschen Bahnhof abgesetzt hätte, kurzerhand unterschlug. Im Moment des Aufbruchs erschien Conque, atemlos, Ihre Ladyschaft suche verzweifelt ihren Seccotine-Klebstoff, den sie gerade jetzt dringend brauche, und ob Mr Martin wisse, wo er sich befände.

»Tut mir leid, Conque«, sagte Martin, der in seinen Taschen kramte. »Er klebt am Futter fest und ist ganz hart. Weston soll in Southbridge eine neue Flasche kaufen. Auf Wiedersehen, Mary.«

»Auf Wiedersehen!«, riefen auch seine Onkel beim Losfahren und ließen Mary auf den Treppenstufen zurück. Als sie weg waren, machte sie sich auf die Suche nach Agnes, die sich angeblich um die Blumen kümmerte. Dazu spazierte ihre Tante zusammen mit James und Emmy im Garten und unterhielt sich mit dem Obergärtner Brown über dessen Kinder. Unterdessen schnitt der zweite Gärtner die Blumen für das Haus, die anschließend Gudgeon übergeben wurden, der sie in einer Vase arrangierte.

»Guten Morgen, Darling.« Agnes hielt ihrer Nichte eine Wange hin, die so weich war, dass Mary stets befürchtete, sie zu durchstoßen. »Wirklich schade, dass die Jungen abgereist sind. Komm, hilf mir mit den Blumen. Das nimmt den ganzen Vormittag in Anspruch, und wenn ich mich nicht selbst darum kümmere, fehlt mir etwas.«

»Hat Nannie heute Morgen ihren Puffweizen bekommen?«, fragte Mary.

»Ja. Das war sehr taktvoll von dir, Siddon gegenüber. Aber die Kinder wollten ihn nicht essen, die kleinen Racker«, sagte Agnes stolz. »Deswegen sollen sie Schrotweizen probieren.«

Die Tage gingen in köstlicher Leere dahin. Agnes und ihre Mutter widmeten sich ihren Stickarbeiten und schmiedeten endlose Pläne – Besuche bei Nachbarn, Einladungen zum Lunch –, die über ihre Anfänge nie hinauskamen. Mary unternahm lange, einsame Spaziergänge, spielte Tennis mit dem Arzt und seiner Frau und verbrachte viel Zeit mit den Kindern. Vor den Tanten scheute sie sich etwas. Obwohl Lady Emily und Agnes so liebenswürdig waren, wie man nur sein konnte, gaben sie ihr doch das Gefühl, eine Unverheiratete zu sein, so dass sie ihnen tagsüber eher aus dem Weg ging. Abends spielte und sang sie für Lady Emily, deren Angewohnheit, während der Musik ununterbrochen zu reden, Marys Freude keinen Abbruch tat. Zwei-, dreimal in der Woche, wenn sie allein waren, kam Macpherson ins Haus, besprach nach dem Dinner geschäftliche Dinge mit Mr Leslie und gesellte sich anschließend zu den Damen. Er hatte großen Gefallen an Mary gefunden, die ihn bei seinen Gängen über Land begleitete und, zu seinem besonderen Vergnügen, schottische Lieder für ihn sang.

So vergingen der Juni und die ersten Juliwochen. Es war herrliches sommerliches Wetter, und fast jeden Morgen beim Aufwachen sah Mary Nebelschwaden über der großen Wiese, durch die zur Frühstückszeit die Sonne brach. Alles in allem ein himmlischer, ungestörter Frieden, aber auch ein wenig langweilig – wenn nicht Davids Wochenendbesuche gewesen wären. Aus dem Job im Rundfunkhaus war nichts geworden. Er hatte einen Vorsprechtermin bekommen und sich leichtsinnigerweise für die Passage aus Milton entschieden, mit der er Martin so große Freude bereitet hatte. Als er zu der Zeile kam, »und spien sprudelnd alles wieder aus«, fiel ihm Martins Gesicht ein, und er lehnte sich in seinem Stuhl zurück und brüllte vor Lachen. Joan Stevenson, die kompetente junge Frau, die für anspruchsvolle literarische Lesungen verantwortliche Redakteurin, war schockiert oder, wie sie sich auszudrücken beliebte, »offen gesagt, schockiert« und scheuchte ihn mit Schimpf und Schande zurück in ihr Büro.

»Mit Ihrem Lachen haben Sie alles verdorben«, sagte sie einigermaßen verärgert. »Jetzt wird man Sie bestimmt nicht mehr berücksichtigen.«

»Warum nicht?«, fragte David, noch immer schwach vor Lachen bei dem Gedanken an Martin. »Darf man nicht lachen, ohne Sie gleich zu schockieren? Jetzt erzählen Sie mir nicht, Sie würden hier niemals lachen.«

»Natürlich lachen wir hier auch«, sagte Joan Stevenson, »aber das Mikrofon ist, offen gesagt, beinahe so etwas wie ein heiliger Auftrag. Sie verfügen nicht über die Erfahrung, die ich habe, David, und Sie machen sich nicht klar, wie Ihr Verhalten auf die zigtausend Zuhörer an den Radiogeräten gewirkt hätte, wären wir wirklich auf Sendung gewesen.«

»Sicher, so gesehen verdirbt es mir gleich ganz den Spaß«, sagte David. »Es macht mir nichts aus, laut in den kleinen Kasten zu sprechen, der mit einem Mund und zwei Ohren übrigens ein ganz hübsches Gesicht abgeben würde. Aber der Gedanke, all den Leuten laut vorzulesen, ist, offen gesagt, wie Sie sich ausdrücken würden, abstoßend.«

»David!«

»Oh, ich wollte damit nicht sagen, dass Sie die Leute abstoßend finden. War nur Spaß«, wehrte David ab, leicht nervös ob der Wirkung seiner absichtsvollen Parodie von Joans emphatischer Redeweise. »Ich meine nur: Denken Sie an die Millionen von Zuhörern in ganz England. Natürlich schalten die meisten nur ein, um dabei zu stricken oder Zeitung zu lesen oder dazu zu tanzen – na gut, zu Milton würden sie wohl nicht tanzen, muss ich zugeben, aber sonst …«

»Nein, David. Sie sind ungerecht. Denken Sie nur daran, was es für sie bedeutet, nämlich Schönheit und allerhöchste Bildung frei Haus.«

»Ach, wissen Sie, meine Liebe«, sagte David, von der Anwesenheit der Sekretärin in Miss Stevensons kleinem Büro keineswegs irritiert, »das mit der Bildung ist Quatsch. Man füttert die Leute nur mit fremden Gedanken, damit sie nicht selbst anfangen zu denken. Und was Schönheit anbelangt, da sehe ich nur die ernsthaft Bemühten meinem Milton wirklich lauschen, doch ihre gierigen Augen glänzen vor Mangel an Intelligenz. Und umsonst gibt es schon gar nichts, es sei denn, sie bezahlen die Gebühren.«

»Sehr bedauerlich, dass Sie es so sehen, David.«

»Und ich bedaure, dass ich gelacht habe, aber die vorgelesene Passage ist einfach urkomisch, wenn man erst mal den Blick dafür hat. Wie dem auch sei, meine Liebe, ich glaube, ich bin für diese Welt hier nicht geeignet. Ich mag Ihre Gentlemen-Freunde in ihren Flanellhosen und Strickpullovern nicht, die sich alle mit Vornamen anreden.«

Ein junger Mann, der ziemlich genau Davids Beschreibung entsprach, betrat den Raum.

»Ich störe doch hoffentlich nicht, Joan«, sagte er in einem so perfekten Akzent, dass David begeistert schmunzelte. »Ich bin nur vorbeigekommen, um das Ergebnis von Mr Leslies Sprechprobe zu erfahren. Darf ich mich vorstellen«, sagte er und hielt David offenherzig und jungenhaft die Hand hin. »Lionel Harvest. Ich bin nur ein kleiner Untergebener von Joan. Sie leistet phantastische Arbeit, und wir als Männer können sie lediglich bewundern und ihr mutlos nacheifern.«

David schüttelte herzlich seine Hand, versicherte ihm aufrichtig, er sei sehr erfreut, seine Bekanntschaft zu machen, und erklärte, Miss Stevenson die Worte aus dem Mund nehmend, er sei durchgefallen und werde nun versuchen, seine Brötchen woanders zu verdienen.

»Oh, so ein Pech, so ein Pech«, sagte Mr Harvest mitfühlend. »Also dann, *arrivederci*.« Er eilte davon, um Mr Potter, seinem Freund mit der Naturlocke, mitzuteilen, die Stevenson habe wieder so einen Versager mitgebracht, ihre gemeinsame kleine Verschwörung gegen sie könnte am Ende also doch noch von Erfolg gekrönt sein.

»Schweinehund, der«, sagte Miss Stevenson, die sich plötzlich von ihrer menschlichen Seite zeigte. »Er und seine Bande meutern gegen mich, weil sie das Büro für sich allein haben wollen. Warum haben Sie ihm gesagt, dass Sie abgelehnt wurden? Ich hätte leicht eine neue Sprechprobe für Sie veranlassen können. Wollen Sie es nicht nochmal versuchen, David?«

David antwortete, dazu seien seine Nerven zu schwach.

»Außerdem«, sagte er, »würde ich mir einen Minderwertigkeitskomplex einhandeln, wenn ich weiter mit Lionel zu tun hätte. Woher nimmt der Mann nur seine Selbstsicherheit? Muss wohl an seinem Namen liegen. Lionel Harvest, klingt doch wie Lionel Hale. Perfekt.«

»Er ist trotzdem ein sehr guter Sprecher«, sagte Miss Stevenson, die sich plötzlich auf das Gebot der Loyalität gegenüber Kollegen besann. »Er trägt die Gedichte von Coventry Patmore wunderbar vor, und er ist sehr beliebt bei unseren Zuhörern.«

»Sie sollten sich irgendwann mal zum Lunch mit mir verabreden, Miss Stevenson«, sagte David, der jedes Interesse am Rundfunk verloren hatte.

»Liebend gerne, wenn ich für mich selbst bezahlen darf«, antwortete Miss Stevenson, die aus ihrer Erfahrung in Oxford wusste, wie man Männer richtig behandelte.

Diese Lebenseinstellung begeisterte ihn so sehr, dass er Miss Stevenson danach mehrmals zum Essen einlud und dafür extra die teuersten Restaurants aussuchte, wo die meisten Gerichte nicht unter fünf Shilling Sixpence zu haben waren, Wildfleisch sogar nicht unter zwölf. Miss Stevenson blieb zwar erstaunlich gelassen, doch es gelang David mühelos, sie davon zu überzeugen, dass sie als Künstlerkollegin, denn ihre Arbeit im Büro betrachtete er weitgehend als Kunst, ebenso sein eigenes Milton-Fiasko, sein Essen ohne Ansehensverlust verzehren könne.

Trotz der Reize seiner neuen Bekannten, aber wohl auch, weil er keine Arbeit in Aussicht hatte, hielt sich David sehr viel öfter in Rushwater auf als normalerweise in den Monaten Juni und Juli. Die Wochenenden dauerten eher von Freitag bis Dienstag, statt von Samstag bis Montag. Seine Mutter und seine Schwester freuten sich über seine Anwesenheit, und es spricht für den alten Mr

Leslie, dass er David bei seinen Besuchen jeweils nur einmal fragte, warum er sich nicht um Arbeit kümmere. Wie man als Mann von siebenundzwanzig Jahren sein Leben mit Nichtstun verbringen konnte, dabei noch zufrieden sein, offenbar ohne moralischen Schaden zu nehmen, all das war Mr Leslie unbegreiflich. Doch nachdem er gesagt hatte, was zu sagen er als seine Pflicht empfand, erlag er stets Davids guter Laune und sorglosem Charme. Als David ihm einmal erklärte, sollte er einen Job annehmen, würde er anderen, die wirklich darauf angewiesen wären, die Lebensgrundlage nehmen, konnte sein Vater diesem gerechtfertigten Appell nur zustimmen. Als sein Vater ihm nahelegte, er möge dem Landsitz Rushwater House mehr Zeit widmen, antwortete er offenherzig und wahrheitsgemäß, dass es vorrangig Martins Sache sei, sich um das zu kümmern, was eines Tages ihm gehören werde, und dass Macpherson bereits mit Mr Leslie und John zusammenarbeite und einen dritten, gänzlich inkompetenten Helfer sicher nicht mit offenen Armen empfangen würde. Als Mr Leslie schließlich sagte, er könne einen guten Verwalter in Buenos Aires gebrauchen, der auf das Stück Land aufpassen solle, das er mit dem Hintergedanken erworben habe, dort aus eigenen Beständen eine Zucht aufzubauen, wurde David auf einmal sehr liebevoll und anhänglich und verdünnisierte sich kurz darauf.

Für Mary waren diese Wochenenden ein Hochgenuss. David nahm sie beim Wort, was ihre Vorliebe für Spaziergänge betraf, und gemeinsam unternahmen sie lange Wanderungen über Land. David redete die meiste Zeit, las ihr in den Pausen, wenn sie die mitgebrachten Sandwichs verzehrten, Gedichte vor oder erheiterte sie mit einem Bericht über seine gescheiterte Jobsuche beim Rundfunk.

Nachdem sie einmal den ganzen Tag in den Bergen verbracht hatten, kamen sie spätnachmittags federnden Schrittes einen bewaldeten Hang herunter und passierten eine Stelle, wo im Jahr zuvor ein Gehölz gerodet worden war und nun zuhauf wilde Erdbeeren wuchsen. Sie blieben stehen, um sie zu pflücken.

»Der wahre Genuss ist das nicht«, sagte David. »Ein, zwei Stück aufs Mal sind doch nur ein Klacks. Und wenigstens vor dem Verzehr eine Handvoll zu sammeln, dazu fehlt einem die Selbstbeherrschung. Außerdem habe ich nichts dabei, wo ich sie hineintun könnte.«

»Die wahren Helden besitzen immer einen Hut«, sagte Mary. »Sie sammeln Beeren darin oder schöpfen Wasser aus rasenden Fluten.«

»Den möchte ich sehen, der meinen Hut mit Wasser füllt. Es würde aus den Lüftungslöchern wieder herauslaufen. Früher trugen die wahren Helden Bowler. Zu Hause hatten wir eine alte Ausgabe von *Der Erbe von Redclyffe*, mit Illustrationen, und auf denen hatte der Held selbst auf dem Land immer einen Bowler auf dem Kopf. Nein, nein. Erdbeeren kann man eigentlich nur in Ländern wie zum Beispiel der Schweiz essen, wo es eine arme, aber geschäftstüchtige Landbevölkerung gibt, die riesige Schüsseln voll sammelt.«

»So würde ich sie gerne mal zum Tee essen.«

»Ich kenne in der Stadt ein Geschäft, das lässt zweimal

die Woche Beeren aus Tirol oder so einfliegen. Da gehen wir mal zum Lunch hin. Was sagst du dazu?«

»Oh, David.«

Sie setzten ihre Wanderung fort, über die Hügelkuppe, einen Hohlweg entlang hinunter ins Dorf, wo sie vor dem Pfarrhaus Mr Banister mit seinem Fahrrad antrafen.

»Guten Abend, David. Guten Abend, Miss Preston«, rief er ihnen entgegen.

»Brauchen Sie Hilfe, Sir?«, fragte David.

»Ja. Wenn Sie so freundlich wären, mir einen Eimer Wasser vom Hahn im Garten zu holen, damit ich meinen Fahrradschlauch hineinhalten kann. Setzen Sie sich, Miss Preston.«

Mary ließ sich auf einem halb verfallenen Gartenstuhl nieder, während David den Eimer holen ging. Der Pfarrer pumpte den Schlauch etwas auf und zog ihn durch das Wasser. An zwei Stellen stiegen Bläschen auf. Der Pfarrer holte sein Flickzeug hervor und fing mit der Arbeit an.

»Ich habe mit meinen Mietern alles geklärt «, sagte er. »Sic haben das Pfarrhaus für den ganzen Monat August gemietet und sind gerne bereit, mit Martin Französisch zu üben. Ich habe Ihren Vater deswegen gesprochen. Martin soll jeden Morgen zum Unterricht kommen und dann noch mal zum Lunch zur Konversation, außer wenn Cricket ist.«

»Martin wird es Ihnen danken«, sagte Mary. »Er hat nicht die geringste Lust, ins Ausland zu fahren.«

»Übrigens, David, die Boulles würden auch gerne einen zahlenden Gast aufnehmen. Einen netten jungen

Mann oder eine Frau, jemand, der ernsthaft Französisch lernen will. Sagen Sie mir Bescheid, falls Ihnen jemand einfällt. Es wäre von Vorteil für Martin, einen Mitstreiter zu haben.«

»Nach meiner Erfahrung damals bei diesem grässlichen Schweizer Professor«, sagte David, »ist es mit dem Französischlernen vorbei, sobald zwei englische Schüler zusammenhocken. Aber ich werde daran denken, Mr Banister.«

Nach einer kurzen zwanglosen Unterhaltung pumpte Mr Banister den Reifen wieder auf und tauchte ihn ins Wasser. Einer der Flicken beulte aus, eine Luftbläschensäule stieg auf, der Flicken löste sich und schwebte an die Oberfläche.

»Wahrscheinlich habe ich den Untergrund nicht richtig geschmirgelt«, sagte Mr Banister ernüchtert.

»Lassen Sie mich mal«, sagte David und barg den Flicken. »Ich würde sagen, Sie haben gar keinen Kleber aufgetragen, Sir.«

»Nicht genug. Jetzt fällt mir ein, dass ich diesen Flicken mit klebrigen Fingern abgeknibbelt habe, nachdem ich den ersten aufgeklebt hatte. Die klebrigen Finger haben mich vermutlich dazu verleitet zu glauben, ich hätte den Klebstoff schon aufgetragen. Na gut, auf ein Neues«, sagte der Pfarrer und sah David erwartungsvoll an.

David hatte jedoch keine Lust, Fahrradreifen zu flicken; er stand auf und entschuldigte sich, sie seien spät dran und müssten sich beeilen. Beim Dinner erzählte er seiner Mutter, die immer gerne Neuigkeiten aus dem

Dorf erfuhr, von der Bitte des Pfarrers, sich nach einem zahlenden Gast für seine Mieter umzusehen.

»Wir finden schon die passende Person«, sagte Lady Emily, die wie gewöhnlich zu spät und ohne ihre Brille erschien und die versuchte, Hammelfleisch und rotes Johannisbeergelee mit Löffel und Gabel zu essen, offenbar in dem Irrglauben, das Gelee sei ein Auflauf.

»Agnes, wer war doch gleich das nette Mädchen, über das wir neulich gesprochen haben? Sie wollte ins Ausland, aber es ist dann doch nicht dazu gekommen.«

Agnes schien diese vage Beschreibung sofort zu begreifen, nur wusste sie nicht mehr, ob es sich um ein junges Mädchen oder einen jungen Mann handelte, der sich für die Laufbahn des Diplomaten entschiede hatte.

»Das war an dem Tag, als das Telegramm von Robert eintraf«, sagte sie. »Ich hatte meine Briefe im Gartenpavillon liegengelassen, und der Wind hat sie auf den Rasen geweht. Dann fing es an zu regnen, und ich war mir nicht sicher, ob ich alle Briefe wieder eingesammelt hatte. Ich glaube, dieser eine bestimmte Brief von – tja, wer weiß wem – muss dabei verloren gegangen sein. Aber ich kann mich genau erinnern, dass es darin um jemanden ging, der ins Ausland wollte, und es war irgendwas dazwischengekommen.«

Da das Gespräch offenbar zu nichts führte, wechselte David das Thema und kündigte an, er werde Mary demnächst zum Lunch in die Stadt einladen.

»Wie schön«, sagte seine Mutter. »Dann kannst du zu Woolworth gehen und die zusätzlichen Tassen und die Geschenke für die Kinder kaufen, Mary. Dienstag kommende Woche ist das Dorfkonzert, das heißt, du müsstest diese Woche fahren.«

»Ich nehme dich Dienstag mit, wenn ich sowieso fahre, soll ich?«, sagte David. »Du kannst mit dem Zug zurückfahren. Oder du kommst Freitag mit dem Zug hin, und wir fahren gemeinsam hierher zurück.«

»Also«, sagte Lady Emily erneut. »Wenn du mit David hinfährst, müsstest du anschließend die ganzen Woolworth-Pakete zum Bahnhof schleppen. Deswegen wäre es besser, du fährst Freitag mit dem Zug hin, dann kann David dich und die Pakete mit dem Auto zurückbringen. Wann fahren morgens die Züge nach London, Gudgeon?«

»Der Zug um Viertel nach elf ab Rushwater ist die beste Verbindung, my Lady. Kommt um zehn nach zwei an.«

»Das wäre zu spät für Lunch«, sagte Mary.

»Es gibt noch einen um Viertel nach acht, der ist um Viertel vor zwölf da.«

»Der würde gehen«, sagte David. »Dann hast du anderthalb Stunden Zeit für Woolworth. Danach essen wir Lunch, gehen ins Kino und fahren anschließend zusammen hierher.«

»Aber, David«, setzte seine Mutter an, die besorgt mit den Fingern abgezählt hatte, »das ist doch keine menschenwürdige Zeit. Die Fahrt dauert dreieinhalb Stunden, und Viertel nach acht kann man Mary unmöglich zumuten.«

»Wirklich nicht, Mary?«, sagte David, der sie aufreizend ansah.

»Das macht mir nichts aus, Tante Emily«, sagte sie.

»Mit dem Ford wäre ich im Nu in Rushwater, es müsste ihn dann nur jemand von da wieder abholen.«

Lady Emily ergriff die günstige Gelegenheit zu weiteren Planungen und entwickelte eine höchst komplizierte Strategie: Der Mann, welcher am Dienstag eine Ladung Kies vom Bahnhof abholen sollte, würde den Ford, während der Kies verladen wurde, zu Macpherson bringen, und dieser würde dann mit dem Ford zum Lunch nach Rushwater kommen und sich später von Weston wieder nach Hause bringen lassen. Oder Mr Macpherson würde mit dem Ford zum Lunch kommen und Weston zur gleichen Zeit zu Fuß ins Dorf gehen und Macphersons eigenes Auto holen. Oder, nein, noch besser, Weston würde mit dem Fahrrad ins Dorf fahren und Macphersons Auto holen und das Fahrrad huckepack auf den Rücksitz nehmen. Nachdem sie so weit gediehen war, fragte sie sich laut, ob es nicht besser wäre, wenn der Mann, der den Kies abholte, das Auto bei Mr Banister abstellte, weil dieser davon gesprochen hatte, irgendwann mal vormittags vorbeizukommen – da fiel Mr Leslie ihr ins Wort.

»Wenn Mary für einen Tag in die Stadt fährt, Emily, und dort deine Dorfladeneinkäufe erledigen soll, dann sollte besser Weston sie hinbringen und wieder abholen. Ich brauche ihn Donnerstag nicht. Wenn du ihn auch nicht brauchst, steht er Mary zur Verfügung.«

»Ja, das wäre sicher praktischer«, sagte Agnes. »So schön Davids Auto ist, es macht ganz schön schmutzig. Ich fahre nie gerne in offenen Wagen.«

Mary bedankte sich brav bei Mr Leslie. Es wäre unhöflich, das Angebot abzulehnen, schon weil er sein Auto nur selten verlieh. Dennoch war sie reichlich enttäuscht, da sie sich auf ein paar Stunden mit David gefreut hatte. Wie himmlisch, neben David in einem schnellen offenen Sportwagen zu sitzen; doch es galt, Anstand zu bewahren und Dankbarkeit zu zeigen. Außerdem war es ja auch ganz angenehm, Hin- und Rückweg gefahren zu werden und die Einkäufe nicht die ganze Zeit mit sich herumschleppen zu müssen.

»Jetzt fällt es mir wieder ein«, sagte Agnes. »Es war der Brief von Dodo Bingham. Ihr Neffe sollte zu einer deutschen Familie nach München, aber dann wollten seine Verwandten ihn wegen der Nazis nicht hinschicken. Wäre er ein passender Kandidat für Mr Banisters Mieter?«

David stand auf und drückte Agnes einen Kuss auf die Stirn.

»Nein, meine Liebe«, sagte er. »Deine Hilfsbereitschaft ist grandios, aber Deutsch ist nun mal nicht Französisch, man kann es drehen und wenden, wie man will.«

»Da hast du wohl recht«, sagte Agnes. »Aber ich wusste, dass ich mich wieder an den Brief erinnern würde. Kennst du das? Man vergisst Dinge, und dann plötzlich fallen sie einem wieder ein.«

David sagte, ja, diese seltsame Erfahrung habe er gelegentlich auch schon gemacht und könne daher ihre Gefühlslage voll und ganz nachvollziehen.

Mary blieb hinter den anderen zurück, um sich nochmal bei Mr Leslie für seine freundliche Geste zu bedanken. Je weniger sie sich zu Dankbarkeit verpflichtet fühlte, umso dankbarer sollte sie sein.

»Gern geschehen, meine Liebe«, sagte Mr Leslie. »David ist egoistisch bis auf die Knochen. Von den Mädchen zu erwarten, sich um Viertel nach acht in einen Bummelzug zu setzen, nur um sich mit ihm in der Stadt zum Lunch zu treffen! Also, wirklich! Und ihr geht auch noch darauf ein«, sagte er mit unerwarteter Menschenkenntnis. »Das macht alles nur noch schlimmer. John würde sowas niemals tun, und was seinen ältesten Bruder angeht, ein Junge, der noch uneigennütziger – ach, was rede ich daher. Ich wünsche dir viel Spaß in der Stadt. Du bist Emily eine große Hilfe. Und ich höre dir gerne zu, wenn du abends singst. Es wiegt mich in den Schlaf.«

Mary war gerührt von Mr Leslies Worten über Lady Emily, obwohl sie keinen angemessenen Grund dafür erkennen konnte. Und dass er David als egoistisch betrachtete, na gut, Eltern sehen ihre Kinder nicht immer so, wie sie tatsächlich sind. Donnerstag jedenfalls würde sie sich mit David zum Lunch in der Stadt treffen.

7
Lunch für drei

Pflichtschuldig ging die Welt nicht vor Donnerstag unter, dann brachte Weston Mary nach London, wo sie zunächst Lady Emilys Einkäufe erledigte und sich anschließend mit David in einem Restaurant traf.

»Cocktail gefällig?«, sagte David, hakte sich bei ihr unter und führte sie an die Bar. »Was möchtest du trinken?«

Mary wusste darauf keine Antwort, und David bestellte zwei Snakes in the Grass, ein Drink, wie er sie warnte, der selbst robusteren Naturen rasch zu Kopf steigen konnte. Zwischendurch sah er immer wieder zur Tür.

»Es macht dir doch nichts aus«, sagte er, »dass ich noch eine Freundin eingeladen habe, oder? Joan Stevenson, eine hochgebildete Frau, ansonsten harmlos.«

Augenblicklich packte Mary rasende Eifersucht auf gebildete Frauen, gepaart mit unbändigem Hass auf David. Wie gemein, sie erst zum Lunch einzuladen, als wäre es eine Auszeichnung, mit ihm allein zu speisen, und dann noch eine »hochgebildete Frau« dazuzubitten. Gemein und egoistisch. Verletzende und bissige Antworten lagen ihr auf der Zunge, doch zu ihrer eigenen Überraschung hörte sie sich sagen: »Ich hoffe nur, dass sie nicht allzu überheblich ist, David.«

»Kein bisschen. Ja, sie könnte mir sogar ganz nützlich sein, weil ich durch sie mit dem Rundfunk in Kontakt bleibe.«

»Du hast doch gesagt, sie hätten dich abgelehnt.«

»Es gibt immer noch eine zweite Chance«, sagte David, stand auf, ging Joan entgegen und machte die beiden Frauen miteinander bekannt. Joan war Marys Anwesenheit mindestens so unangenehm wie Mary die Anwesenheit von Joan, und beide fühlten sich der jeweils anderen unterlegen, was sie umso gereizter machte. Joan sah in Mary das einfältige Society Girl, das nur Trinken, Tanzen und sein eigenes Vergnügen im Kopf hatte. Eine hübsche Kreatur, wenn man gewöhnliches braunes Haar, blaue Augen und eine üppige Figur mag. Wahrscheinlich verfügte sie über ein eigenes Einkommen und brauchte keine gestopften Strümpfe zu tragen. David hatte sie als eine Kusine bezeichnet, doch sie war nicht das, was Joan unter Kusine verstand.

Mary sah in Joan das, was man allgemein eine gut aussehende Frau nannte, wenn man blondes Haar, blassgrüne Augen und einen verkniffenen Mund mag. Akademikerinnen hatten immer etwas Verkniffenes und etwas Unsympathisches und Eingebildetes obendrein. Sie mochte nützlich für David sein, aber das war kein Grund, ein maßgeschneidertes Seidenkostüm zu tragen. Vermutlich bekam sie ein dickes Gehalt und ließ sich alles persönlich anfertigen.

Der gegenseitige Hass zwischen den beiden Frauen

verlief in Wellen. Auch Hass auf David prägte die Stimmung, doch der schien für all das kein Gespür zu haben.

»Cocktail, Joan?«, fragte er.

»Nein, danke. Jetzt ein Cocktail, und ich kann nicht mehr arbeiten«, sagte Joan mit einem Seitenblick auf Mary.

»Für mich bitte noch einen vor dem Essen«, sagte Mary affektiert.

»Nicht, dass er dir zu Kopf steigt«, sagte David und bestellte einen.

»Besser rutscht er in meinen Bauch«, parierte sie mit einem irren, eifersüchtigen Kichern. Der Cocktail wurde serviert, und Mary, die mit dem ersten schon bedient war, tat so, als würde sie einen Schluck trinken, sagte etwas blasiert, der zweite schmecke doch nie so gut wie der erste, und fragte David, wann sie denn nun endlich essen würden. David hakte sich bei den Frauen unter und führte sie in den Gastraum. Eigentlich hätte er verkohlt in tausend Stücke auseinanderbrechen, krampfhaft sich zusammenziehen oder wie angewurzelt stehen bleiben müssen, so stark waren die Hasswellen, die ihn durchliefen. Stattdessen wies er den beiden Frauen einen Ecktisch zu und setzte sich zwischen sie.

Mary und Joan verleideten sich das Essen noch unnötig dadurch, dass jede schon aus Prinzip und falschem Stolz so tat, als könne sie unmöglich anrühren, was die andere gerne aß, so dass sie jeweils nur die Hälfte von Davids köstlichen Gerichten zu sich nahmen. Von dem Kaviar, den Mary genüsslich verzehrte, kostete Miss Stevenson nur ein Häppchen; während eines sehr langen Urlaubs in Russland habe sie einmal frischen Kaviar gegessen, seitdem könne sie ihn nur noch auf diese Weise ertragen. An dem Omelett, das die Damen gierig verschlangen, ließ sich schlechterdings nichts aussetzen, doch bei der Frage nach dem Wein ergaben sich erneut Probleme. David wollte wissen, ob sie beide Weißwein tranken.

»Nein, danke, David, für mich nur Wasser«, sagte Mary, rein und unnahbar.

»Ich hätte gerne einen Barsac oder einen Vouvray, David«, sagte Joan. »Darf ich mal schauen?«

Es gab ihr Gelegenheit, minutenlang die Weinkarte zu studieren, Schulter an Schulter mit David, und sich mit ihm über die verschiedenen Sorten auszutauschen. Der Weinkellner, zunächst leutselig ihr Spielchen verfolgend, erprobte am Ende seine hypnotischen Fähigkeit an ihnen, so dass sie den Wein bestellten, den er ohnehin für sie vorgesehen hatte.

»Sie haben sicher schrecklich viel zu tun, Miss Stevenson«, sagte Mary großzügig, als die Koteletts serviert wurden. »Sind Sie jeden Abend auf Sendung?«

»Ich bin keine Ansagerin«, sagte Joan und tat sich Bratkartoffeln auf. »Ich organisiere die Dichterlesungen.«

»Oh, Büroarbeit«, sagte Mary und mit Blick auf Joans Teller: »Nein, danke. Keine Kartoffeln.«

»Glauben Sie, dass sie dick machen?«, fragte Joan. »Ich bin ein Glückspilz. Ich kann essen, was ich will, ich muss mir keine Sorgen machen.«

»Eines Tages bin ich auch so weit«, sagte Mary. »Ach, David, James war heute Morgen sehr süß. Er hat Emmy und Clarissa in einem kleinen Holzwagen, den wir im Fahrradschuppen gefunden haben, durch den Garten geschoben.« Und an Joan gerichtet: »James ist Davids kleiner Neffe. Und Emmy und Clarissa seine Nichten. Liebe Kinder, wir haben viel Spaß zusammen.«

»Sie müssen uns mal besuchen, Joan«, sagte David.

»Liebend gerne«, sagte Joan, worauf Mary vor Wut über diese eilfertige Dreistigkeit, die Einladung anzunehmen, beinahe überschäumte, »doch leider sind meine Wochenenden immer schon Monate im Voraus ausgebucht«, was Marys Zorn erneut anfachte, diesmal über so viel Mangel an Begeisterung, »aber Ende August, wenn ich Urlaub habe, kann ich mir wohl ein Wochenende freischaufeln.« Mary wurde kalt ums Herz. Hatte David vergessen, dass Ende August Martins Geburtstag war und sie ein Fest planten? Nein, offenbar nicht, denn jetzt sagte er zu Joan, das käme sehr gelegen, da sie Ende August ein Fest für seinen jungen Neffen gäben.

»Prösterchen.« Diese mädchenhafte Äußerung von Miss Stevenson löste bei Mary nur ein mokantes Lächeln aus, was ihr, obwohl Miss Stevenson es gar nicht bemerkte, große innere Befriedigung verschaffte und sie für weiteren Konfliktstoff sensibilisierte.

David hatte die Wahl des Nachtisches seinen Gästen überlassen. Joan bestellte, in einem affektierten Ton, wie Mary fand, eine Crêpe Suzette. Das wiederum war eine Vorlage für Mary, die sagte, danke, David, sie habe schon zu viel gegessen, sie sei satt, für sie bitte nur einen Kaffee und einen Cognac. Letzteres war mehr oder weniger ein Schuss ins Blaue, aber zu ihrer großen Erleichterung stellte sich heraus, dass es die richtige Wahl war, und sogleich trug sie ihr Haupt höher.

»Madames Crêpe dauert ein paar Minuten«, sagte der Kellner.

»Zigarette?«, fragte David und hielt seine Schachtel Joan hin, die sich eine nahm, dann bot er sie Mary an.

»Nein, danke, David. Mittlerweile müsstest du wissen, dass ich nicht rauche«, sagte sie und an Miss Stevenson gewandt: »Finden Sie nicht, dass es einem die Geschmacksnerven verdirbt?« Im selben Moment zerplatzte das Gefühl der Befriedigung wie eine Seifenblase. David hätte sich daran erinnern müssen, dass sie nicht rauchte, wenn man bedenkt, wie viel Zeit sie in den vergangenen Wochen zusammen verbracht hatten. Es war herzlos von ihm. Zudem hatte sie sich mit ihrem Vorwurf an David dieser grässlichen, gescheiten Frau gegenüber verraten, wusste sie doch nun, dass David nie aufgefallen war, ob sie rauchte oder nicht. Sie hätte ihr gerne erklärt, David habe ihr nicht aus Vergesslichkeit eine Zigarette angeboten, sondern wolle seine intime Freundschaft mit ihr, Mary, nur nicht gegen die bloße Freundlichkeit gegenüber Joan ausspielen. Wie dumm, diese unausgegorene Äußerung über das Rauchen, das die Geschmacksnerven verderbe. Gut, es war eine schallende Ohrfeige, nachdem diese Miss Stevenson so ein Brimborium um den Wein veranstaltet hatte, aber Mary hätte sie taktvoller platzieren sollen.

David sprach über seinen Roman, bis die Crêpe kam, so dass Mary, die eigentlich auch gerne eine gegessen hätte, nun voll Schadenfreude die Rivalin an ihrem Dessert beinahe ersticken sehen durfte, während sie selbst mit David über sein Buch sprechen konnte, mit der fundierten Kenntnis dessen, der bei der Entstehung der Idee dabei gewesen war. David hatte ebenfalls Kaffee und Cognac bestellt, eine neuerliche Brüskierung Miss Stevensons sowie ein verbindendes Element zwischen Mary und David.

Sie setzten ihre Unterhaltung fort. David erwähnte ein Ballett, das Mary nicht kannte, Joan aber in Paris gesehen hatte. David erwähnte eine Symphonie, die Joan nicht kannte, Mary jedoch schon mal gehört hatte, dirigiert von Toscanini, allerdings nur auf Platte, was hinzuzufügen sie unterließ. Joan erwähnte ein verbotenes Buch. David kannte einen Mann, der in Frankreich fünfzig Ausgaben davon gekauft und sie im Flugzeug nach England geschmuggelt hatte, was Mary zu dem Widerspruch anregte, sie habe seinerzeit das Manuskript gelesen und fände es ziemlich langweilig. Warum sich manche Leute dazu verleiten ließen, schrecklich blöde Bücher zu lesen, nur weil sie verboten seien, begreife sie nicht. Für diese haarsträubende Lüge hätte Feuer vom Himmel auf sie herabregnen müssen, doch da nichts dergleichen geschah, war sie froh über diese Frechheit, denn sie hatte bewiesen, dass sie durchaus auf dem Laufenden war, so wie diese Miss Stevenson.

»Um die viele Zeit, all diese grässlichen Bücher zu lesen, könnte ich Sie fast beneiden«, sagte Miss Stevenson und stand auf. »Ich muss wieder an die Arbeit. Gehen Sie in meine Richtung, David?«

»Wir sind zum Kino verabredet, David«, pflanzte

Mary eine letzte Spitze in die Brust ihrer Feindin. »Aber wir könnten Miss Stevenson zwischendurch absetzen.« Das sollte ihr zu denken geben.

»Würde es dir sehr viel ausmachen, wenn wir nicht gehen?«, fragte David. »Ich möchte jemandem meinen Roman zeigen, und zufällig weiß ich, dass der Mann immer bis halb vier im Café Royal anzutreffen ist.«

In Marys Adern floss das Blut von Generationen von Soldaten. Sie verneigte sich vor Joan und sagte gnädig: »Kann ich Sie irgendwo hinbringen? Ich bin mit dem Auto da.«

Joan wiederum mangelte es nicht am Gleichmut der Indianer, die keinen Mucks von sich geben, während ihnen die Sehnen aus dem Leib gezogen werden, und mit geziemender Dankbarkeit nahm sie das Angebot an. David begleitete sie zum Auto.

»Auf Wiedersehen, Joan. Ich schaue bald wieder bei Ihnen vorbei«, sagte er. »Ich habe da so eine Idee für Ihren Urlaub. Auf Wiedersehen, Mary. Ich komme morgen.«

Beide Frauen schenkten ihm ein eisiges Lächeln und murmelten etwas Unverständliches. Zum Glück dauerte die Fahrt nur einige Minuten. Miss Stevenson bedankte sich bei Mary fürs Mitnehmen, und beide bestätigten sich gegenseitig, »sehr erfreut«.

»Entschuldigen Sie, Miss«, sagte Weston, als er Mary die Staubdecke über die Knie legte. »Mr Leslie hat mich gebeten, nach dem Lunch in Mr Johns Büro einen Brief abzuholen. Ist das in Ordnung?«

»Selbstverständlich, Weston.«

Sie fuhren durch die Stadt und hielten vor einem Gebäude in einer schmalen, dunklen Straße. Zufällig betrat im selben Moment John gerade das Haus.

»Ich bin hier wegen eines Briefes für Mr Leslie, Sir«, sagte Weston.

»Mary! Was für eine schöne Überraschung. Willst du nicht mit hochkommen und in meinem Büro warten, bis ich die Sache für meinen Vater erledigt habe? Es dauert nicht lange, Weston.«

Mary sah keinen Grund, der dagegen sprach, und ging mit John nach oben. Sein Büro sah aus wie tausend andere Büros auch, wir brauchen es nicht näher zu beschreiben, außer dass es ein großes Fenster mit einer Milchglasscheibe hatte, das auf eine Hauswand hinausging, dass es an jenem heißen Tag stickig war, dass die Möbel düster und praktisch wirkten und der Abreißkalender mehrere Tage hinterherhinkte.

»Setz dich«, sagte John. »Wie geht es zu Hause?«

»Alles bestens. Clarissa bekommt gerade einen Backenzahn, und Nannie hat Ivy gehörig den Marsch geblasen.«

»Was hat Agnes dazu gesagt?«

»›Oh, Nannie, wie ärgerlich.‹«

Mary imitierte Agnes' wehleidige Stimme so überzeugend, dass John unwillkürlich lachen musste.

»Ich schreibe noch eben meinen Brief zu Ende«, sagte er, »dann führe ich dich durchs Haus, wenn du möchtest. Eigentlich gibt es nicht viel zu sehen, aber ich plane umzuziehen, wenn alles gut läuft.«

Er läutete nach seiner Sekretärin, sie kam herein, und er fing an, ihr einen Brief zu diktieren. Mary sah sich im Zimmer um, fand nichts, an dem ihr Blick haften blieb, und kehrte in Gedanken zu dem Lunch zurück. Ein Schlachtfeld, das Schrecklichste, was sie je erlebt hatte. Obwohl sie in mancher Hinsicht gepunktet hatte, fühlte sie sich in ihrer Selbstachtung herabgesetzt. Sie war gehässig gewesen, unnatürlich, unehrlich und eingebildet. Sie hasste diese Joan mehr als alles andere auf der Welt, außer David. David hatte sich grauenhaft benommen. Er hatte sie eingeladen, von ihr erwartet, dass sie einen Zug in aller Herrgottsfrühe in die Stadt nahm, und dann hatte er noch eine wildfremde Frau dazugebeten! Und erst in diesem Moment fiel ihr auf, was sie bei all ihrem Kummer völlig übersehen hatte, eigentlich das Schlimmste überhaupt. Wo waren die wilden Erdbeeren geblieben? Es sollte ihr ganz privates, kleines festliches Vergnügen sein, wilde Erdbeeren! Zweimal die Woche aus Tirol eingeflogen! Und dann hatte David keinen einzigen Gedanken mehr daran verschwendet. Aber die andere Frau durfte ihr eigenes Dessert aussuchen. Dieses geizige Schwein. Er hatte ihr zwar auch ein Dessert angeboten, und sie hätte wilde Erdbeeren bestellen können, wenn sie nicht so überheblich gewesen wäre und so getan hätte, als sei sie pappsatt. Doch all das konnte nicht über die schmerzliche Tatsache hinwegtäuschen, dass er sein Versprechen gebrochen hatte.

»Bitte tippen Sie das sofort ab, Miss Badger«, sagte John. »Stecken Sie diese Papiere mit in den Umschlag und bringen Sie alles her, wenn Sie fertig sind. Das heißt, nein«, ergänzte er, als sie das Zimmer verließ, »ich läute in zehn Minuten noch mal nach Ihnen.«

Der Grund für diese Änderung war sein Gast. Denn als er sich Mary zuwandte, sah er, dass sie aufrecht in dem Bürosessel saß, tränenüberströmt.

Nachdem die Sekretärin die Tür geschlossen hatte, blickte Mary abrupt auf.

»Oh«, sagte sie mit trostloser Stimme und versuchte die Tränen wegzutupfen, doch nichts konnte den Strom jetzt noch zurückhalten, und Mary wollte ihn auch nicht mehr zurückhalten. Es war eine wohltuende Befreiung, ihre ganze Bösartigkeit von eben in einen Tränenfluss aufzulösen, den Glassplitter in ihrem Herzen, der sie zu dem schmachvollen Benehmen verleitet hatte, hinwegzuspülen.

John, die Hände in den Taschen, war einigermaßen perplex. Warum Mary Preston gut gelaunt sein Büro betreten hatte und zehn Minuten später in Tränen aufgelöst war – ein Rätsel. Einzig mögliche Erklärung: urplötzliche Traurigkeit. Und er konnte nur hoffen, dass nicht er der Grund war. Er rekapitulierte sein Verhalten in der zurückliegenden Viertelstunde. Er hatte Mary in dem Auto seines Vaters sitzen sehen und sie spontan in sein Büro eingeladen. Gemeinsam waren sie die Treppe hinauf in den ersten Stock gestiegen. Oben angekommen, hatte er sie direkt in sein Büro geführt und ihr den Sessel angeboten, der allgemein als der bequemste galt. Sie hatte ihm daraufhin Neuigkeiten aus dem Kinderzimmer in Rushwater berichtet und dabei seine Schwester perfekt nachgemacht. Alles kein Grund für Tränen. War es vielleicht unhöflich gewesen, sofort seine Sekretärin zu bestellen und ihr einen Brief zu diktieren? Nein, denn Mary war, als sie sein Büro betrat, bewusst gewesen, dass er erst noch einen Brief beenden musste, den sie dem alten Mr Leslie übergeben sollte. John wurde einfach nicht schlau aus der Sache und fragte daher schüchtern, was los sei. Mary, das Gesicht vor Erregung leicht gerötet, antwortete mit leiser, erstickter Stimme.

»Lunch mit David.«

Das trug leider nicht zur Klärung bei. Wäre sie vergiftet worden, sie hätte Krämpfe bekommen oder wäre längst ohnmächtig geworden und würde nicht ununterbrochen Tränen vergießen. Außerdem sah es David absolut nicht ähnlich, andere Menschen zu vergiften. Seine bevorzugten Restaurants stopften ihre Gäste vielleicht voll, wären sich aber zu schade, sie zu vergiften.

»Was ist denn passiert?«, fragte er. »Ich will keine Fragen stellen, aber irgendwas muss ich tun, wenn ich dir helfen soll. So kannst du jedenfalls nicht weitermachen.«

»Nein?«, sagte Mary mit belegter Stimme. »Und ob ich so weitermachen kann. Es sei denn«, fügte sie plötzlich in anrührender Bescheidenheit hinzu, »du erwartest jemanden. Wenn ja, laufe ich runter und heule mich im Auto aus.«

»Ich erwarte niemanden«, sagte John, »bis ich nach der Sekretärin läute. Und ich möchte, dass du so lange bleibst, bis es dir besser geht. Aber wenn es etwas mit David zu tun hat, kann ich vielleicht helfen.«

Sie schluckte und rieb sich mit dem zu einem großen Ball geformten Taschentuch die Augen. John zog einen Stuhl heran und setzte sich, wie ein Arzt, der sich von einem Patienten die Symptome schildern lassen will.

»Also, das war so«, setzte sie beherzt an, und mit jedem Wort wurden ihre Äußerungen klarer, und ihr Gesicht nahm wieder eine gleichmäßigere Färbung an. »David hatte mich zum Lunch eingeladen und mir wilde Erdbeeren versprochen. Er kenne da ein Restaurant, für das sie zweimal die Woche aus Tirol eingeflogen würden. Dein Vater hat mir dann freundlicherweise sein Auto zur Verfügung gestellt, ich habe die Einkäufe für deine Mutter erledigt und mich danach zum Lunch mit David getroffen – aber die Erdbeeren hatte er völlig vergessen!«

Worauf ihr ein Laut entfuhr, der üblicherweise als *Hu-hu* transkribiert wird.

»Das ist wirklich mies von ihm«, sagte John. »Aber du musst unbedingt mal welche probieren. Sag ihm, er soll dich ein anderes Mal einladen, und reib es ihm deutlich unter die Nase, dass er sich abscheulich und niederträchtig verhalten hat.«

»Es wird kein anderes Mal geben«, verkündete Mary, deren exzessiver Tränenfluss ihrer Stimme ein feines Timbre verliehen hatte.

John stutzte. Allmählich wurde die Sache doch etwas melodramatisch. Das junge Mädchen haderte ganz bestimmt nicht mit David, weil dieser Esel, der in seiner einnehmenden Art so egoistisch war wie sonst niemand, vergessen hatte, ihr die versprochenen wilden Erdbeeren zu spendieren. Man haderte nicht mit einem angeheirateten Onkel wegen so einer Lappalie. Dann beschlich ihn ein Gedanke: Wegen so einer Kleinigkeit bricht man nicht in Tränen aus, es sei denn, man empfindet etwas für den anderen. War es womöglich ein Streit zwischen Verliebten, den David und Mary da ausfochten? Er selbst war seit Marys Ankunft nicht wieder in Rushwater gewesen, hatte aber den Briefen seiner Mutter von zu Hause entnommen, dass David sich häufig dort aufhielt. Hatte David geflirtet, wie üblich? John spürte gleich wieder Groll auf seinen jüngeren Bruder, ein Gefühl, das unsinnig war, wie er sogleich einsah, das er aber nicht kontrollieren konnte. Hatte David nicht schon genug liebe Freunde und Freundinnen? Musste er sich auch noch an diesem jungen Mädchen mit der klaren leisen Stimme versuchen? Er würde David ordentlich den Kopf waschen und ihn ermahnen, etwas mehr Verantwortung zu zeigen.

»Habt ihr euch gestritten?«, fragte er auf gut Glück.

»Nein, nein«, wehrte Mary oberflächlich ab, was ihn nicht überzeugte, nicht mal sie selbst, denn reumütig fügte sie hinzu: »David war jedenfalls sehr unachtsam und unfreundlich, aber ich war auch sehr grob und habe ihn belogen, wir sind also quitt.«

»Du und grob? Wie das?«, fragte John. Über sich zu sprechen ist immer noch die beste Heilung, dachte er.

Mary sah ihn unverwandt an und fasste offenbar Vertrauen.

»Du hältst mich bestimmt für töricht, aber als wir uns in dem verabredeten Restaurant trafen, sagte David, dass er noch jemanden zum Lunch eingeladen habe, Miss Stevenson. Ich war natürlich enttäuscht, weil es eigentlich nur für uns beide gedacht war. Miss Stevenson entpuppte sich als eine grässliche Person, eine Collegeabsolventin, die beim Rundfunk arbeitet. Ich habe sie sofort abgelehnt. Ich konnte mich noch so sehr bemühen, freundlich zu sein, alles was ich sagte, klang grob und gemein. Ich habe mich dafür gehasst und David auch. Es war so dumm, das Ganze. Ich schäme mich schrecklich. Wie soll ich David jetzt gegenübertreten?«

So wie er seinen jüngeren Bruder einschätzte, würde diesem einzig und allein in Erinnerung bleiben, dass er sich mit zwei ansehnlichen jungen Frauen zum Mittagessen getroffen hatte. Keineswegs wäre ihm bewusst, dass sein Versprechen, ihr wilde Erdbeeren zu spendieren, Mary viel bedeutet hatte. Aber das konnte John ihr unmöglich sagen, nur sie deutlich warnen, bisher habe noch niemand Davids Panzer aus Egoismus durchdrungen. Er hatte den Eindruck, dass sich keiner richtig um das Mädchen kümmerte. Sie durfte nicht in die Lage kommen, von David so behandelt zu werden wie so viele der anderen netten Mädchen, die ihn anhimmelten.

»Macht es Weston auch nichts aus, so lange zu warten?«, sorgte sich Mary, die die verheerende Wirkung ihres Kummers wieder wettzumachen versuchte.

»Kein bisschen. Wenn du gegen vier losfährst, bleibt noch genug Zeit. Ist mein Vater mit dir in die Stadt gekommen?«, fragte er. »Ach, ich Dummkopf. Dann hätte er den Brief ja selbst abgeholt.«

»Nein. David wollte, dass ich den Frühzug von Rushwater nehme, und ich hatte die ganzen Einkäufe für Tante Emily zu erledigen. Deswegen hat Mr Leslie mir den Wagen angeboten, wofür ich dankbar bin, sonst wäre es zu anstrengend geworden.«

»Typisch Vater«, sagte John. Ungesagt blieb sein anderer Gedanke: Typisch David. Offenbar war sein Bruder davon ausgegangen, dass Mary zu einer unchristlichen Zeit aufstehen würde, um den ersten Zug zu erwischen, einen Bummelzug, den David gut kannte und selbst gerne vermied, dass sie mit Paketen beladen durch London laufen würde, und all das nur für das sagenhafte Vergnügen, mit ihm zu Mittag zu speisen. Davids Wertmaßstäbe waren falsch. Er war so an reiche Mädchen gewohnt, die eigene Autos besaßen und denen es nichts ausmachte, hunderte Kilometer zu fahren, um mit ihm zu speisen, dass er sich in Mary, die gänzlich anders war, nicht hineinversetzen konnte oder wollte. Wenn David jetzt hier wäre, er würde ihm gehörig den Marsch blasen, wie Nannie sich ausgedrückt hätte. Gleichzeitig wusste er, dass es völlig nutzlos sein würde. David würde ihn mit seinem treuherzigen Staunen und einer charmant gespielten Zerknirschung unweigerlich wieder einwickeln. Der Junge hat einfach zu viel Charme, dachte er.

»Eine Tasse Tee hat Frauen noch immer geholfen«, sagte John und läutete nach seiner Sekretärin. »Ist das der Brief, Miss Badger? Vielen Dank. Sind Sie so nett und bringen Miss Preston und mir eine Tasse Tee?«

»Ist es nicht noch recht früh für Tee?«, fragte Mary.

»Wir haben jetzt halb vier. Miss Badger trinkt jeden Tag ab drei Uhr Tee in ihrem Zimmer. Der Tee ist gut, ich kümmere mich persönlich darum. Und wir reichen hier dazu gerne einen Abernethy Biscuit. Wäre das in deinem Sinne?«

Kurz darauf brachte Miss Badger den Tee auf einem Tablett herein, und Mary erholte sich an Leib und Seele.

»Ich war so ein Idiot«, sagte sie. »Ich glaube, es lag an dem Snake in the Grass, dem Cocktail, den David mir bestellt hat. Hat er Ihnen schon gesagt, dass die Rundfunkanstalt ihn abgelehnt hat? Sie hatten ihm einen Vorsprechtermin gewährt, oder wie sie das nennen. Für englische Dichtung. Er hat die Passage aus dem Milton gewählt, die er uns zu Hause schon vorgelesen hatte, als du dabei warst. Aber dann bekam er einen Lachanfall, so dass er nicht weiterlesen konnte, deswegen haben sie ihn …«

Mitten im Satz brach sie ab, lief rot an, der Mund stand offen, als wäre sie urplötzlich dem Wahnsinn verfallen. John war ernsthaft besorgt. Ein Weinkrampf erschien ihm noch plausibel, doch warum die Rede von Davids Milton-Lesung bei ihr diese Starre und den irren Blick auslöste, vermochte er nicht zu begreifen. Hatte David sie dermaßen geblendet, dass allein die Erwähnung seines Namens solche Hemmungen bei ihr verursachte? Dann bemerkte Mary, die John stur ansah, dass auch ihm die Röte ins Gesicht stieg. Er versuchte, etwas zu sagen, brachte aber nur ein Krächzen hervor. Eine stumme Pein erfüllte das Zimmer, bis Mary, mit brennenden Wangen und beinahe so unhörbar wie vor einer halben Stunde, die Sprache wiederfand.

»Ich habe an dem Abend, als David uns aus dem Milton vorlas, etwas schrecklich Dummes von mir gegeben. Ich weiß nicht, ob du es gehört hast, und wenn nicht, frag mich lieber nicht weiter aus, aber wenn doch, dann verzeih mir bitte – ich hatte ja keine Ahnung.«

»Ehrlich gesagt: Ich habe es gehört. Aber du musst

nicht glauben, es hätte mir etwas ausgemacht. Du hast vollkommen recht, was Milton betrifft. Keine vernünftige Frau würde so einen strapaziösen Witwer heiraten, aber da ich, Gott sei Dank, ganz anders geartet bin, kann man uns schlecht miteinander vergleichen. Außerdem, die Welt ist voller Witwer, und wenn man nicht mehr über Milton sprechen dürfte oder, da wir schon mal dabei sind, von Heinrich VIII – dürfte man sich ja über gar nichts mehr unterhalten.«

Marys Miene entspannte sich, und sie atmete erleichtert auf. Johns Güte, aber auch sein Mut, allein dieses komische Wort »Witwer« auszusprechen, waren enorm.

»Vielen herzlichen Dank«, sagte Mary. »Und mein Beileid für Mrs Leslie, wenn du mir gestattest. Agnes hat mir gesagt, was für ein lieber Mensch sie war. Ich wünschte nur, sie wäre nicht …«

Wieder brach sie mitten im Satz ab. Was ging sie Johns Vergangenheit an? Sie kam sich dumm vor. Und wie absolut töricht erst, was sie hatte sagen wollen! Doch John schien all das nichts auszumachen.

»Ja, ich auch«, sagte er. »Ich wünsche es mir immerzu. Aber es ist nun mal geschehen. Agnes soll dir ruhig von ihr erzählen. Sie stand ihr irgendwie näher als sogar meine Mutter. Wenn die gute Agnes nicht gewesen wäre, ich hätte es nicht ausgehalten, als Gay starb.«

»Tante Agnes ist zu allen Menschen gütig. Onkel Robert hat großes Glück, sie zur Frau zu haben. Güte tut einem so wohl«, fügte sie nachdenklich hinzu. Ob sie Agnes' oder Johns Güte meinte, wer weiß. John fragte sich sogar, ob sie dabei an David dachte. Der Gedanke an

Güte legte das Gegenteil nahe. Bosheit schon eher. Und sogleich schämte sich John dafür.

Er brachte Mary nach unten und setzte sie ins Auto. Danach ging er zurück in sein Büro, aus dem die tüchtige Miss Badger das Teegeschirr bereits entfernt hatte, und fuhr mit seiner Arbeit fort. Zwischen sechs und halb sieben rief er David in seiner Wohnung an.

»Hallo, David«, sagte er. »Fährst du am Wochenende raus nach Rushwater? Ach, ja? Dann richte bitte Macpherson etwas von mir aus.« Es betraf Reparaturen an einem Cottage.

»Ja, mache ich. Du hättest heute beim Lunch dabei sein sollen. Ich habe Mary und Miss Stevenson ausgeführt, und wir hätten noch gut einen zweiten Mann gebrauchen können. Ich habe dich angerufen, aber du warst nicht im Büro.«

»Mary hat mir davon erzählt. Sie ist vorbeigekommen, um einen Brief für Vater abzuholen. Soviel ich gehört habe, war der Lunch wohl ein voller Erfolg. Du hast nur die Erdbeeren vergessen, die du ihr versprochen hast.«

»Um Himmels willen! Aber sie wären sowieso einen Tag alt gewesen. Sie werden immer nur dienstags und freitags geliefert.«

»Dann bring morgen welche mit.«

»Ja. Wann kommst du mal wieder her, John?«

»Diesen Monat nicht mehr. Erst wieder im August, zu Martins Geburtstagsfest.«

»Dann geh doch vorher mit mir essen. Ich erzähle dir was über meinen Roman. Ich habe heute einen Mann getroffen, der ganz interessiert schien.«

Nachdem David alles vorweggenommen hatte, worüber er sich eigentlich mit seinem Bruder bei einem gemeinsamen Essen unterhalten wollte, stand John für einen Moment versonnen da. Er hatte wenigstens versucht, David zu helfen, sein Versäumnis wiedergutzumachen; ob David es auch beherzigen würde, stand auf einem anderen Blatt.

Mary fuhr mit gemischten Gefühlen zurück nach Rushwater. Hauptsächlich erfüllte sie Scham, nicht nur über ihr wenig damenhaftes Verhalten beim Lunch, sondern auch darüber, wie kindisch sie sich anschließend in Johns Büro aufgeführt hatte. Im ersten Fall tröstete sie sich damit, dass David es vermutlich gar nicht bemerkt hatte, was sie wiederum andererseits in höchstem Maße kränkte. Im zweiten Fall tröstete sie sich damit, dass es ihr wenigstens gelungen war, ihre dumme Bemerkung über Witwer ins richtige Licht zu rücken. John hatte eine solche Güte bewiesen, dass nicht das geringste Unbehagen ihre nächste Begegnung trüben würde. Es war das Wort »Witwer«, was einen so einschüchterte. Warum man beim Wort »Witwe« an eine attraktive oder Mitleid erregende, schlimmstenfalls kühne und verwegene Person denkt, während man »Witwer« eher mit dem Wort »Schwiegermutter« verbindet, lässt sich nicht erklären. Selbst ein Clive Newcome verliert an Glanz, wenn wir uns ihn als trauernden Witwer vorstellen. David Copperfield wird von seinem Schöpfer klugerweise sofort ins Ausland geschickt und, während er noch in England weilt, so von Ereignissen überwältigt, dass wir gar nicht dazu kommen, ihn als Witwer zu sehen.

Sie kam rechtzeitig zu Hause an, um rasch nach oben zu laufen und sich umzuziehen, und sah ihre Verwandten erst wieder, als man sich zum Dinner versammelte. Mr Leslie freute sich aufrecht darüber, dass sie wieder da war. Agnes und Lady Emily umarmten sie sanft und liebevoll. Macpherson gesellte sich zu ihnen.

»Und, Miss Mary?«, sagte er. »Haben Sie sich gut unterhalten in London?«

Sehr gut, sagte Mary. David habe sie zu einem köstlichen Lunch eingeladen und es sei noch eine nette Frau dabei gewesen, Miss Stevenson, eine schrecklich kluge Frau, die beim Rundfunk arbeite. Nach diesem Lippenbekenntnis zugunsten der verhassten Miss Stevenson fühlte sie ihr Gewissen wegen ihres schlechten Benehmens beim Lunch einigermaßen beruhigt.

»Wozu brauchen die bloß all diese Frauen?«, sagte Mr Leslie. »Nehmen doch nur den Männern die Arbeit weg. Ich bin froh, dass du nicht auch einen Job hast, Mary.«

»Ich hatte mal einen kleinen Job«, sagte Mary. »In einer Bücherei.«

»Ach, Bücher. Nichts dagegen. Ein bisschen Lektüre kann einem Mädchen nicht schaden. Nein, nein. Ich wende mich nur gegen diesen ganzen Bildungskram. Es ist überall dasselbe. All die jungen Leute, die eine Universität besuchen und noch grün hinter den Ohren abgehen. Neulich habe ich so einen Knaben im Radio gehört, der über eine Viehausstellung im Westen sprach. Und der sagt doch glatt – Macpherson, das wird Sie amüsieren –, er sagt, die Ausstellung sei in Westhampton Pollingford.«

Mr Leslie lachte laut und derb. Macpherson stieß ein kurzes bellendes Lachen aus und versank in innere Betrachtung über die Ungeheuerlichkeit dieser Ansage.

»Und wo fand sie tatsächlich statt?«, fragte Mary.

»Er muss Wumpton Pifford gemeint haben«, sagte Agnes. »Sehr sonderbar. Rushwater Rinaldo hat auf der Ausstellung einen Preis bekommen. Wahrscheinlich hat er sich nichts dabei gedacht, der arme Junge. Heute zum Tee gab es Aprikosenkonfitüre, und Clarissa-Darling hat Piepatz dazu gesagt.«

»Piepatz?«, fragte Mr Leslie, der sich nach seinem Lachanfall wieder in das Tischgespräch einmischte. »Was meint das Kind damit? Kann es Piepmatz noch nicht richtig aussprechen?«

»Doch, Vater«, sagte Agnes, die willkommene Gelegenheit nutzend, ihre begabte kleine Tochter zu loben, »es war Aprikosenkonfitüre, und sie hat Piepatz dazu gesagt.«

Mr Leslie ließ das unkommentiert, schien jedoch vom Denkvermögen seiner Enkelin nicht viel zu halten.

»Entschuldigen Sie, Sir«, sagte Gudgeon und trat an Macpherson heran, »Mr David ist am Telefon, er ruft aus London an, und er würde Sie gerne sprechen, falls Sie da sind, Sir.«

»Sie gestatten, Lady Emily«, entschuldigte sich Macpherson und stand auf.

»Macpherson beim Dinner zu stören! Er weiß doch, dass wir um acht Uhr zu Abend essen«, sagte Mr Leslie.

»Aber Henry«, beschwichtigte ihn Lady Emily, die sich furchtbar mit einem Hähnchenflügel abquälte, »in

London gehen die Uhren anders. Walter, bitte, nehmen Sie meinen Teller und durchtrennen Sie das Gelenk auf dem Buffet. Ihr wisst ja«, richtete sie sich an die Tischgesellschaft, »manchmal hat man Glück mit Hähnchen, manchmal nicht. Irgendwie sitzen die Gelenke immer an der falschen Stelle. Bei Truthähnen ist es noch schlimmer, am schlimmsten bei Enten. Kannst du dich noch an die Ente erinnern, Henry – danke, Walter, so ist es perfekt –, damals bei Papa, vor vielen, vielen Jahren?«

»Kann ich nicht behaupten, meine Liebe.«

»Es war kurz nach unserer Hochzeit, Henry, wir fuhren zu Papa, und es gab Ente.«

Sie machte eine lange Pause, so dass alle dachten, die Geschichte sei bereits zu Ende.

»Wäre nicht unüblich«, bemerkte Mr Leslie schließlich. »Wenn ich so sagen darf.«

»Nein. Moment«, sagte Lady Emily nachdrücklich.

»Es war nicht Ente, es war Steinbutt, ein sehr großer Steinbutt. Mama stellte ihn auf den Tisch, und Papa sagte zu einem der Diener: ›Nehmen Sie ihn da weg und zerlegen Sie ihn auf dem Buffet.‹«

Das Ende dieser bemerkenswerten Anekdote wurde mit respektvollem Schweigen quittiert.

»Steinbutte haben keine Gelenke, Emily«, stellte Mr Leslie klar. »Aber ich muss sagen, dein Vater hat recht daran getan, ihn nicht auf dem Esstisch zerlegen zu lassen, ganz recht.«

»Sie haben keine Gelenke, Henry, aber sie haben Gräten. Und als es mir eben nicht gelingen wollte, das Gelenk in meinem Hähnchen zu durchtrennen, musste ich an die Steinbuttgräten denken, wenn ich so sagen darf.«

»Sehr ungewöhnlich, wie uns die eine Sache auf etwas anderes bringt«, sagte Mr Leslie. »Nun, Macpherson? Was wollte David?«

»Eine Nachricht von Mr John, sie betrifft die Cottages.«

»John? Hatte Gudgeon nicht David gesagt?«

»Richtig, Mr Leslie. David hat angerufen, er könne sich dieses Wochenende nicht freimachen, wie geplant. Deswegen hat er mir am Telefon mitgeteilt, was Mr John ihn gebeten hatte mir auszurichten, wenn er kommt. Ich sage Ihnen gleich nach dem Essen, worum es sich handelt. Er lässt Sie herzlich grüßen, Lady Emily, und ich soll Ihnen sagen, er bedauere sehr, dieses Wochenende nicht mit Ihnen verbringen zu können.«

»Das ist wirklich schade«, sagte Agnes. »Ich wollte David zeigen, wie Emmy auf dem Pony reitet. Sie sieht so süß aus.«

»Ich finde es schade, dass David uns nicht wieder was vorlesen kann«, sagte Lady Emily und streute weißen Zucker auf ihren Würzbissen. »Es war ungezogen von Martin, so zu lachen, als David die schöne Passage aus dem Milton vortrug. Aber wie dem auch sei, wir haben auch so genug zu tun, müssen uns zurechtmachen für das Konzert im Racquet Court und dann das Abendessen. Hast du alle Sachen bekommen bei Woolworth, wie ich es dir aufgetragen habe, Mary?«

»Ja, Tante Emily.«

»Mamma«, sagte Agnes, die schonend versuchte, ihre

Mutter auf etwas aufmerksam zu machen, »du hast eben Zucker auf dein Käsesoufflé gestreut.«

»Ich dachte, es wäre Pfeffer. Conque hat mir wieder nicht die richtige Brille gegeben. Walter, bringen Sie mir einen sauberen Teller. Ich kratze einfach die Kruste ab und tu sie auf den Teller, wenn Sie ihn bitte gleich neben den anderen halten würden. Ja, so ist es besser. Sie können ihn jetzt wegbringen, Walter. Papa hat immer Portwein über seinen Käse gegossen.«

»Sehr vernünftig«, sagte Mr Leslie. »Vernünftiger Mann, Lord Pomfret.«

»Aber keinen Zucker, Mamma«, sagte Agnes streng. »Großvater hat keinen Zucker auf seinen Käse getan.«

»Natürlich nicht«, erregte sich Mr Leslie. »Schön blöd, wer sowas macht. Du weißt ja nicht, was du sagst, Agnes.«

Seine Tochter, die ungewöhnlich aufgeweckt reagiert hatte, als ihre Mutter Zucker auf den Würzbissen streute, war in ihren üblichen Gleichmut verfallen und lächelte ihren Vater bloß liebevoll und entrückt an.

8
David leistet Wiedergutmachung

Das Wochenende verflog mit Vorbereitungen. Schon seit geraumer Zeit veranstalteten die Bewohner des Anwesens einmal im Jahr in der Racquet Hall ein Konzert, gefolgt von einem Nachtmahl und Geschenken für alle Kinder. Die Racquet Hall war eine für Rückschlagspiele gebaute Halle, die aber kaum genutzt wurde. Organisiert wurde das Ganze von Macpherson und einigen der Farmerfrauen, und da die Abfolge seit Jahren unverändert war, hatte Lady Emily eigentlich keinen Grund zur Sorge. Doch ihre Neigung, sich einzumischen und alles komplizierter zu machen, war zu stark, um ihr zu widerstehen. Weshalb sie jedes Jahr uneingeladen in die Sitzung des Komitees platzte, das sich in Macphersons Büro traf.

»Da bin ich, der Störenfried«, sagte sie munter lachend, während sie sich ihrer Schals entledigte und den Stuhl übernahm, von dem Mr Macpherson, der Vorsitzende, sich erhoben hatte.

Sie erkundigte sich zunächst nach der werten Gesundheit der Ehemänner und Kinder, streute vereinzelt Informationen über ihre eigene Familie ein und fragte dann, was man bisher vereinbart habe. Sie bewunderte die Pläne, schlug unmögliche Abänderungen oder etwas gänzlich Neues vor und – nachdem sie den Laden eine geschlagene Stunde aufgehalten hatte – entschwand wieder. Aus diesem Grund hatte das Komitee mit viel List ein zweites Treffen angesetzt, das sie insgeheim das »Komitee Ihrer Ladyschaft« nannten und auf dem es allem zustimmte, was Ihre Lady ins Spiel brachte, allerdings mit der Absicht, die Vorschläge nicht ernst zu nehmen. Die eigentliche Arbeit wurde auf anderen, nicht öffentlichen Komiteesitzungen geleistet.

Dieses Jahr wollte Ihre Ladyschaft, dass Mary ein Lied vortrug. Mary schauderte bei dem Gedanken, und sie vertraute sich Macpherson an. »Das ist typisch für Ihre Ladyschaft«, bemerkte er spitz. »Der Sinn der ganzen Angelegenheit besteht ja darin, dass die Pächter von Rushwater das Unterhaltungsprogramm bestreiten, zusammen mit einigen Personen aus dem Ort, dem Postamtsleiter und dem Bahnhofsvorsteher. Nichts gegen ein feines schottisches Lied aus Ihrem Mund, Miss Mary, aber Ihr Platz ist im Salon, nicht im Racquet Court. Ich bringe Ihre Ladyschaft schon zur Räson.«

Mit dieser Bemerkung bewies er einen für seinen Charakter ungewöhnlichen Leichtsinn, dennoch war von Marys Teilnahme fortan keine Rede mehr. Ob er Lady Emily tatsächlich zur Räson gebracht hatte, was bisher noch niemandem gelungen war, oder nur ein paar strenge Worte gesagt hatte, was gelegentlich vorkam, wer weiß. Mary war klar, dass sie ohnehin nicht hätte auftreten können, denn ihre schlimmsten Befürchtungen waren eingetroffen. David war offenbar empört über ihr schlechtes Benehmen, jedoch zu höflich, um es offen auszusprechen. Ursprünglich hatte er zugesagt, nach Rushwater zu kommen, doch jetzt schien er auf die Freude, seine Eltern wiederzusehen, lieber verzichten zu wollen, statt ein Wochenende in Gesellschaft eines so schlecht erzogenen Mädchens zu verbringen. Wahrscheinlich wäre es für alle Beteiligten besser, sie wäre gar nicht erst geboren worden oder schon vor langer Zeit gestorben.

Nach diesen quälenden Selbstvorwürfen versank Mary in angenehmen Tagträumereien, in deren Verlauf Miss Stevenson auf Besuch nach Rushwater kommt. Das Haus fängt Feuer, und Miss Stevensons Schlafzimmer wird durch die Flammen abgeschnitten. Hastig wirft sich Mary eine mit Wasser aus ihrem Waschkrug befeuchtete Decke über den Kopf und rennt die in Rauchschwaden gehüllte Treppe hinauf. Dass sie wegen der Decke um den Kopf nichts sehen kann und bei jeder Stufe stolpert – Lappalien. Vor der Schlafzimmertür ruft sie: »Miss Stevenson! Miss Stevenson!« Keine Antwort. Sie stürzt ins Zimmer, und es dauert nur eine Sekunde, um die schlafende Frau zu wecken, eine weitere Decke anzufeuchten, sie Miss Stevenson um den Kopf zu wickeln und sie in Sicherheit zu bringen. Von der Treppe kommt ein verdächtiges Knacken, und ein grelles Licht erfüllt den Raum. Sie eilt ans Fenster, erblickt unten auf der Terrasse David. Wieder in Sekundenschnelle hat sie das Bettlaken in Streifen zerrissen, die Streifen zusammengeknotet und ein Ende am Bettpfosten befestigt. »Sie wiegen mehr als ich«, sagt sie zu Miss Stevenson (erster und einziger Moment der Rache), »Sie seilen sich als Erste ab.« Geschickt gleitet Miss Stevenson, in die Decke gehüllt, das improvisierte Seil hinunter, David in die Arme. Kaum hat Miss Stevenson festen Boden unter den Füßen, wirft Mary, noch oben am Fenster stehend, ihre Decke von sich und will ihr folgen. Doch sie ist fahrlässig, achtet nicht auf ihre eigene Sicherheit – sah sie nicht gerade erst Miss Stevenson in Davids Armen? –, bemerkt nicht, dass die Flammen an dem Bettpfosten züngeln. Die klapprige Leiter, an die sie sich klammert, gibt nach. Mary stürzt, bricht sich das Rückgrat, spürt jedoch keinen Schmerz, denn – Davids Arme legen sich um sie. »Ich bin der geprellte Feuerwehrmann«, sagt sie, frei nach Byron, in einem Ton bitterer Heiterkeit. Alle bewundern ihren Mut. »Ist Miss Stevenson in Sicherheit?«, murmelt sie, gegen den Schmerz ankämpfend – nein, es gibt ja keinen Schmerz – und gegen die Schwärze, die sie zu überwältigen droht. »Ich weiß es nicht, und es ist mir egal«, sagt David. »Ein nasses Bündel kam herunter. Aber Mary, oh, Mary, ich wollte immer nur dich.«

Zu diesem faszinierenden Gedankenspiel kehrte sie an dem Wochenende mit großer Genugtuung und mit Lust an detailreicher Ausschmückung wiederholt zurück.

Mit einem großen Aufwand an Diplomatie überzeugte Agnes ihre Mutter davon, dass die Geschenke niemals für die vielen Kinder reichen würden, und so verbrachte Lady Emily die Tage vor dem Konzert damit, kleine Pappschachteln, die Agnes in weiser Voraussicht Mary gebeten hatte aus der Stadt zu besorgen, anzumalen und mit Süßigkeiten zu füllen. Sonntag und Montag regnete es ununterbrochen, und es fiel leichter, zu Hause zu bleiben. Der Dienstag begann erneut mit strömendem Regen, so dass sich Lady Emilys Tätigkeit darauf beschränkte, widersprüchliche Nachrichten zu verschicken, die niemand zustellte.

Das Abendessen war für sieben Uhr angesetzt, das Konzert sollte von acht bis zehn dauern, das Nachtmahl von zehn bis elf. Um fünf Minuten vor acht setzte sich eine Prozession von Regenschirmen, Regenmänteln und Überschuhen in Bewegung, denn der Racquet Court war nur zu Fuß zu erreichen. Lady Emily in Königs- und Amethystblau, mit schwarzer Spitze im Haar, humpelte an einem Stock und gestützt von ihrem Mann in ausgezeichneter Laune die knapp hundert Meter durch den aufgeweichten Garten. Conque folgte mit Kissen und Schals. Im Racquet Court angekommen, ließ sich Lady Emily in dem kleinen Eingangsportal nieder, Conque zog ihr die Galoschen aus und befreite sie von einigen ihrer Umhängetücher.

»Komm, Emily«, sagte Mr Leslie ungeduldig, »sie warten schon alle.«

Seine Frau band sich die Schals neu, und sie gingen durch den Racquet Court zu ihren Plätzen in der ersten Reihe, hinter ihnen Agnes und Mary mit den Kissen und noch mehr Schals und Tüchern.

»So ist es gut«, sagte Lady Emily und setzte sich. »Jetzt bitte das Kissen in meinen Rücken, Agnes, und den Shawl über die Beine breiten, und Conque – wo ist Conque? – oh, da fällt mir ein, ich habe ihr gesagt, dass sie nach oben auf die Galerie gehen kann, als sie mir die Überschuhe ausgezogen hat. Mary, geh doch bitte zu Conque und frag sie, ob sie mein Fußbänkchen mitgebracht hat. Oh, guten Abend Mr Banister. Moment noch, Mary. Ich frage Mr Banister. Sie haben nicht zufällig ein Kniepolster, Mr Banister?«

»Nein, Lady Emily, leider nicht.«

»Wie schade. In der Kirche sind so viele, man stolpert förmlich drüber, deswegen dachte ich, sie hätten vielleicht eins dabei. Also gut, Mary, such die Conque und frag sie.«

Bevor Mary losging, hatte Macpherson ihr schon ein Fußschemelchen hingestellt.

»Ich hatte meine Zweifel, ob Ihre Ladyschaft an Ihre Fußbank denkt«, sagte er nachsichtig, »deswegen habe ich eine aus dem Büro mitgebracht. Miss Mary, könnte ich Sie mal kurz sprechen?«

Mary folgte ihm und stellte sich schon die abwegige Frage, ob David vielleicht plötzlich gestorben sei und Macpherson einen Brief erhalten habe mit der Bitte, die Familie zu benachrichtigen. Doch noch während sie im Kopf heldenmütig den Abend durchging – ohne dass man die Leslies informiert hätte, um den Angestellten nicht die Freude zu verderben –, wurde sie durch Macpherson in die Wirklichkeit zurückgerufen. Die Schullehrerin, die die Klavierbegleitung spiele, liege plötzlich mit Fieber im Bett, sagte er. Ob Mary die Situation retten und für sie einspringen könne. Da sie wusste, dass kein komplizierter Notensatz von ihr erwartet wurde, sagte sie dem sichtlich erleichterten Mr Macpherson sofort zu. Er führte sie hinter den grünen Friesvorhang seitlich des kleinen Podestes, wo die Künstler sich versammelt hatten. Alle waren freundlich und hilfsbereit, besonders der Postamtsvorsteher.

»Es geht hier nicht zu wie bei den Konzerten in London, Miss Preston«, beruhigte er sie.

Das glaube sie gern, sagte Mary.

Der Vorhang wurde zur Seite gezogen, und ihr Blick fiel auf Macpherson, der gerade bekannt gab, Miss Preston habe sich freundlicherweise bereit erklärt, Miss Stone zu ersetzen, die sich eine leichte Grippe zugezogen habe. Es folgte Beifall, der in tosenden Applaus überging, als Mary das Podest bestieg. Während sie am Klavier abwartete, bis sich das Publikum beruhigt hatte, beobachtete sie, wie Lady Emily ihren Shawl hartnäckig auch über Mr Banisters sich sträubende Knie breitete und Agnes den Stock und die Tasche ihrer Mutter aufhob. In der ersten Reihe auf dem Balkon saß fast die gesamte Dienerschaft, einschließlich Ivy, der Nannie großzügig die Erlaubnis erteilt hatte zu kommen, nicht ohne den Hinweis, dass Kirchgänger, wenn ihnen schon im Jenseits die Erlösung verwehrt würde, sich wenigstens im Diesseits vergnügen sollten, falls man dieses Spektakel als solches bezeichnen könne. Gudgeon konnte sie nirgendwo entdecken, doch ein Blick in das ans Klavier geheftete Programm kündigte für die zweite Hälfte an:

LIED: (auf besonderen Wunsch) – MR GUDGEON

Die Vorstellung begann. Musik vom Blatt zu spielen bereitete Mary keine Schwierigkeit, doch brauchte es einiges an Erfindungsgeist, um den Solisten zu folgen. Alle Sänger, musste sie erkennen, betrachteten sämtliche Stellen für Piano solo, seien es Introduktionen, Intermezzi zwischen Versen und Phrasen oder Schlussmelodien, als unnötiges Beiwerk, vom Komponisten nur hinzugefügt, um ihren eigenen Auftritt zu schmälern. Oftmals ohne den Einsatz abzuwarten und in der Gier, sich hervorzutun, stürzten sich die meisten in ihre Darbietung. Das Publikum hatte seinen Spaß. Die Hitze wurde drückend. Ein Racquet Court lässt sich nicht gut lüften, und bei der Fülle, mit all den Menschen in nassen Schuhen und Mänteln, kam man sich vor wie in einem Treibhaus.

In der Pause gesellte sich Mary zu ihren Leuten, die sie lauthals bewunderten.

»Sie schlagen sich prächtig, Miss Mary«, lobte Mr Macpherson. »Leider gibt es noch eine weitere schlechte Nachricht. Der junge Mann, der das komische Solo hat, die letzte Programmnummer, musste sich einen Zahn ziehen lassen, und er hat solche Schmerzen, dass ich ihn nach Hause geschickt habe. Wirklich schade, weil es ein guter Schlusspunkt gewesen wäre. Könnten Sie uns nicht etwas Schönes singen, Miss Mary?«

»Das kann ich unmöglich, tut mir leid«, sagte Mary. »Klavierbegleitung macht mir nichts aus, weil sowieso niemand zuhört, aber selbst im Mittelpunkt stehen, nein, bitte nicht.«

»Na gut, mal sehen, was sich machen lässt. Vielleicht singe ich selbst. Aber jetzt geht es weiter, Miss Mary.«

Das Konzert zog sich in die Länge. Die Sänger verfügten über keine eigenen Noten, und wenn sie sie nicht auswendig konnten, schauten sie Mary über die Schulter und pusteten ihr in den Nacken. Der Postamtsleiter gab eine komische Lesung auf Bühnen-Schottisch, was Begeisterungsstürme hervorrief. Gudgeon kam schließlich doch mit seinem Song und war auf der Bühne genauso unerschütterlich wie sonst bei Tisch.

»Ich bin sowohl mit den Noten als auch dem Text vertraut, Miss«, sagte er in verschwörerischem Ton zu Mary. »Deswegen überlasse ich Ihnen das Notenblatt. Wenn Sie so freundlich sind, meinem Gesang einfach zu folgen, kommen wir gut durch. Zwischendurch kehre ich zum Klavier zurück und wende mich Ihnen zu.«

Er bestieg das Podest, und während er abwartete, dass der Applaus abklang, hatte Mary Gelegenheit, einen Blick auf sein Lied zu werfen. Es stammte aus der Mottenkiste des Viktorianismus, »Die Katze im Sack«, und besang die Abenteuer eines Gentlemans, der eine Katze loswerden wollte, die in seiner Wohnung gestorben war. Mary schlug die einleitenden Takte an, einige Akkorde mit der Bezeichnung »*ad lib* bis Einsatz«. Sie blickte auf, und es packte sie das blanke Entsetzten. Der Song war offenbar ein Publikumserfolg, nur, was würden Tante Emily und Tante Agnes denken? Sie hatte das Lied nicht ausgewählt, es war also nicht ihre Schuld, und so machte sie sich auf alles gefasst. Die Begleitung war auf dem Niveau der populären Musikfibel *Sechs Lektionen in Improvisation*, was es ihr erlaubte, ihre ungeteilte Aufmerksamkeit Gudgeons Vortrag zu widmen. Er war meisterhaft. Seine Aussprache klar und deutlich, jede Pointe nicht nur gesetzt, sondern hervorgehoben, und sein gnädiges Warten auf Lacher machte es seinem Publikum unmöglich, auch nur das kleinste Wörtchen zu verpassen. Während des Refrains musste Gudgeon eine Posaune imitieren, was er sehr gekonnt tat, so dass seine Zuhörer zunehmend in die Melodie einfielen. Wie versprochen wandte er sich nach jeder Strophe Mary zu, obwohl sie ihm zugeraunt hatte, dass sie die Noten nun auswendig könne. Zwei Strophen vor Schluss machte er eine Kunstpause.

»Wenn Sie freundlicherweise einfach weitermachen, bis ich wieder einsetze, Miss«, bat er Mary. Dann trat er an den Rand der kleinen Bühne und sprach mit ehrfurchtsvoller und eindringlicher Stimme Lady Emily an.

»Ich möchte Ihnen nur ankündigen, my Lady, dass jetzt noch zwei Strophen kommen, und sie enthalten, wie man so sagt, die Moral von der Geschicht.«

»Vielen Dank, Gudgeon«, sagte Lady Emily. »Ach, Gudgeon, haben Sie daran gedacht, Mr Leslies andere Schuhe zur Reparatur abzugeben? Nicht die einen, wissen Sie, ich meine die anderen.«

»Ja, my Lady. Walter hat sie heute Nachmittag mit dem Fahrrad nach Southbridge gebracht.«

»Oh, vielen Dank, Gudgeon.«

»Danke, my Lady«, sagte er und wandte sich dann Mary zu. »Doch jetzt, Miss, wenn Sie so freundlich wären.«

Die Moral von der Geschicht, um Gudgeons unmissverständlichen Ausdruck zu benutzen, war diese: Nachdem der Sack mit der toten Katze auf Türschwellen abgelegt, in fließende Gewässer geworfen, in Schornsteine gestopft worden und trotzdem regelmäßig wiedergekehrt war, ließ sein Besitzer entnervt von dem Plan ab und entdeckte, als er den Sack zu Hause öffnete, dass er sich geirrt hatte und sieben kleine Katzen im Sack waren.

»*So stand ich da mit den Katzen in mei'm Sack, Katzen in mei'm Sack, Trara Trara*«, sang Gudgeon triumphierend. Und diejenigen im Publikum, die den Refrain nicht mitsangen, erklärten sich untereinander, dass es diesmal *Katzen* hieß und nicht *Katze*, so dass nach Abklingen des Beifalls auch wirklich der letzte Zuhörer begriffen hatte, worüber er lachte.

Die anschließenden Nummern waren im Vergleich dazu durchschnittlich. Während die Tochter des Postamtsleiters einen Monolog brachte, kam Mr Macpherson in dem beengten Raum hinter dem Podest auf Mary zu.

»Es läuft wirklich gut«, bemerkte er. »Ich wünschte nur, ich hätte Gudgeon ans Ende gesetzt. Es wäre ein feiner Schlussakkord gewesen. Ich bezweifle allerdings, dass seine Würde das zugelassen hätte«, gluckste er. »Aber gut, Mary, nur noch ein Lied. Bleiben Sie einfach am Klavier sitzen, und wie gesagt, vielleicht rezitiere ich Robert Burns ›Duncan Gray‹ selbst.«

Der Monolog und das anschließende Lied wurden brav vorgetragen, dann blieb Mary untätig am Klavier sitzen, fragte sich, wie Macphersons Stimme wohl klang, als der Gutsverwalter vor das Podest trat.

»Meine Damen und Herren«, sagte er, »leider müssen wir unsere letzte Nummer absagen, da der betreffende Gentleman mit Schmerzen im Bett liegt. Ich könnte Ihnen natürlich selbst etwas vorsingen, aber das würden Sie nicht aushalten. Es ist mir daher eine besondere Freude, Ihnen einen jungen Mann aus London ankündigen zu dürfen, der mit einem Liedvortrag einspringen wird.«

Der Beifall war ohrenbetäubend, als der Neuankömmling das Podest bestieg, ein Notenheft auf den Ständer legte und sich an Mary wandte.

»Kannst du das spielen?«

»David!«

»Warum nicht?«

»Oh, David!«

»Oh, Mary«, äffte er sie nach. »Sag schon, kannst du das vom Blatt spielen?«

»Nein, nein. Unmöglich«, sagte sie und räumte sofort ihren Platz. Sie hätte es tatsächlich nicht gekonnt, die neuesten Jazz-Hits überforderten ihre Spieltechnik. Und selbst wenn sie den richtigen Swing gehabt hätte – wie sollte sie, überwältigt von der Macht der Gefühle, mit zitternden Händen und verschwommenem Blick spielen?

»Ja. Habe ich mir schon gedacht«, sagte David. »Ich habe die Noten ja auch erst heute Morgen mit der Post aus Amerika bekommen. Ich kann es selbst nicht spielen. Aber wir könnten es doch probieren. Hol schnell einen zweiten Stuhl, dann kannst du für mich umblättern.«

Gehorsam holte Mary einen Schemel hinter dem Podest hervor, wo, ordentlich gestapelt, die Stühle für das Cheerio Trio standen, eine furchtbare Combo aus Klarinette, Geige und Cello, deren lahmes Tempo Marys Können unterforderte. David rückte das Klavier näher zum Bühnenrand, schwang den Schemel herum und entzündete ein wahres Tastenfeuerwerk und sang dazu mit herzzerreißender Stimme. Mary blieb nur die Freude, sich zwei-, dreimal über ihn zu beugen, um die Seite im Notenheft umzublättern.

Nichts hätte das Publikum mehr in Raserei versetzen

können als Mr Davids unerwarteter Auftritt und seine samtene Stimme. Kreischen, Fußgetrappel, Pfiffe und Rufe nach einer Zugabe.

»Nichts mehr. Keinen Piep«, rief David und warf den Zuhörern eine Kusshand zu.

Macpherson, der auf die Uhrzeit geachtet hatte, ließ den Vorhang fallen, und die Menge löste sich auf.

»Das war ein schöner Song, David«, sagte er. »Braver Junge. Nett, dass Sie gekommen sind. Aber warum haben Sie uns vorher nicht Bescheid gesagt?«

Ohne ein Antwort abzuwarten, begab er sich in die Halle, um den Aufbau der Tische und das Auspacken der Sandwichs, Kuchen und Bierflaschen zu überwachen, während Mrs Siddon sich um die Teemaschinen kümmerte.

Die Familie Leslie und Mary spazierten zurück ins Haus. Der Regen hatte aufgehört. David hakte sich bei seiner Mutter unter, während Agnes, Mary und Mr Leslie hinter ihnen gingen. In lauten Tönen pries Mr Leslie Marys Freundlichkeit und Talent.

»Spielt wie Paderewski«, sagte er. »Der Erfolg des Abends. Braves Mädchen.«

»Herzlichen Dank, Mr Leslie. Aber in Wahrheit war Mr Gudgeon der große Erfolg.«

»Ach was, Gudgeon mit seiner Katze im Sack. Ich hätte dich vorwarnen sollen. Das Lied singt er jedes Jahr. Ich hoffe, du findest es nicht schockierend.«

Im Esszimmer hatte man eine heiße Suppe und kleine feste Speisen zum Nachtmahl angerichtet. Mary, die zufällig als Letzte den Raum betrat, sah, dass der einzige freie Platz zwischen David und seinem Vater war. Vor dem Gedeck stand ein großes Paket, eingewickelt in Seidenpapier und mit einer Schlaufe versehen.

»Was ist das?«, fragte sie, als sie sich hinsetzte. »Doch nicht etwas ein Geschenk für mich?«

»Mach es auf«, sagte David.

Sie band die Schleife auf, löste das Papier, und zum Vorschein kam ein großer Korb mit winzigen Erdbeeren.

»Oh, David! Wilde Erdbeeren!«

»Freust du dich?«

»Oh, David. Das ist ja himmlisch!«

»Eine Entschädigung für gestern.«

»Oh, David. Dass du daran gedacht hast!«

»Natürlich habe ich daran gedacht«, sagte David und glaubte es im ersten Moment wirklich. »Es war hundsgemein, dass ich mein Verspechen gebrochen habe.«

Es war Belohnung genug, Mary so überaus glücklich zu sehen, während sie die Erdbeeren mit David teilte. Er hatte vorher mit Joan Stevenson im selben Restaurant zu Mittag gegessen, und der Besitzer hatte ihm mitgeteilt, dass es wieder wilde Erdbeeren gab. Das wiederum hatte ihn an Johns Vorschlag erinnert. Spontan bestellte er einen Korb, ließ ihn sich in seine Wohnung schicken und beschloss, die Früchte gleich selbst nach Rushwater zu bringen. Bei seiner Ankunft hatten sich bereits alle Familienmitglieder zum Konzert eingefunden, und er bat den Unterdiener, der vorübergehend Dienst tat, den Korb Erdbeeren auf den Nachtmahltisch zu stellen. Dann war er zum Racquet Court geeilt und dort, wie wir erleben durften, genau im richtigen Moment in Erscheinung getreten.

»Entschuldige meine unpassende Kleidung, Mutter«, sagte er. »Ich bin mit dem Auto hergefahren, und ich habe einen Heißhunger. Ich habe nicht zu Abend gegessen. Habe ich was verpasst in dem Konzert?«

David hat Hunger, weil er ohne Abendessen im Magen hergefahren ist, um mir Erdbeeren zu bringen, dachte Mary. Ein Gedanke, bei dem sich ihr das Herz zusammenzog, wenn auch auf angenehme Weise.

»Gudgeon war hoch in Form«, sagte Mr Leslie. »Katze im Sack, wie üblich. Kein schlechtes Lied.«

»Schade um die vielen Kätzchen«, sagte Agnes im klagenden Ton. »Er hätte merken müssen, dass es kein Kater war. Ich meine, das kündigt sich doch schon Tage vorher an, dass so eine arme Kreatur bald Junge werfen wird. Clarissa-Darling bekommt im Winter ein eigenes Kätzchen von uns. Ist das nicht süß?«

»Agnes, meine Liebe, du bist einmalig«, sagte David bewundernd.

»Nun ja, Zeit fürs Bett«, sagte Lady Emily, die es geschafft hatte, ein violettes Chiffontuch in ihrer Suppe zu versenken, und es nun in einem Weinglas auswusch. »Gudgeons Song ist einfach zauberhaft und deiner auch, David. Du musst ihn uns morgen Abend noch mal darbieten.«

»Tut mir leid, Mutter, da bin ich nicht mehr da. Ich breche morgen in aller Frühe auf. Ich bin nur so hergekommen, aus Lust und Laune.«

»Na gut, Darling. Reich mir meinen Stock, Agnes. Dieses feuchte Wetter tut meinem kranken Knie gar nicht gut. Mach die Kerzen aus, David. Die meisten Diener sind drüben im Racquet Court, und den anderen habe ich gesagt, dass sie ins Bett gehen können.«

Begleitet von ihrem Mann und ihrer Tochter humpelte sie aus dem Zimmer. Mary und David bliesen die Kerzen aus und begaben sich ebenfalls zur Tür.

»Haben dir die Erdbeeren wirklich geschmeckt?«

»Oh, David, sie waren köstlich. Aber du hättest nicht Auto fahren sollen, ohne vorher zu Abend zu essen.«

»Das macht mir nichts aus«, sagte David und meinte es ganz ehrlich, obwohl er zwischen sechs und halb sieben auf einer Cocktailparty ein geradezu herzhaftes Mahl zu sich genommen hatte.

»Ich war so traurig, weil ich dachte, du hättest sie vergessen«, sagte Mary, die der Versuchung, diesen schönen Moment in die Länge zu ziehen, nicht widerstehen konnte.

»Mein armes Kind. Du musst mich für einen Schuft halten.«

»Oh, nein. Ich finde, du bist …«

»Was?«

»Ich weiß nicht. Davidisch eben.«

Wenn David im Dämmerlich des Türdurchgangs den Arm um dich legt, wenn du dich an seine Brust schmiegst, so zählt das nicht als Kuss, natürlich nicht, dachte Mary entrüstet beim Auskleiden. Küssen ist ekelhaft. Das machen nur Filmstars, die ihre Lippen leidenschaftslos aufeinanderpressen. Doch in Tuchfühlung mit einem anderen Menschen zu stehen, seine Wange an deinem Haar zu spüren, das ist etwas völlig anderes. Und wenn David das wüsste, es würde mir nichts ausmachen, sagte sie sich, von oben herab und sich selbst belügend.

Rechtzeitig löste Lady Emily ihr vermeintliches Versprechen ein und bat die langweilige Lady Norton, Mr Holts spezielle Freundin, zum Lunch. In Wahrheit war Lady Norton nicht nur langweilig, sie war geradezu geistlos, aber sie liebte Blumen. Sie und Lady Emily verbrachten ein paar nette Stunden im Garten, tauschten Pflanzennamen aus und versprachen, sich gegenseitig mit Blumenzwiebeln und Setzlingen zu versorgen. Später zum Tee kam noch Mr Banister dazu, der aufgrund der Tatsache, dass er mal Samen aus dem Heiligen Land mitgebracht hatte, als gemeinsamer Gartenfreund akzeptiert wurde. Er fürchtete nur, Lady Norton könnte sich nach diesem Samen erkundigen, der leider nie aufgegangen war, entweder hatte er ihn verloren oder zur falschen Jahreszeit ausgesät, er wusste den Grund nicht mehr. Lady Norton brannte jedoch darauf, ihm zu erzählen, dass sie und Lord Norton einmal zu Ostern nach Jerusalem hatten reisen wollen, was dann wegen der allgemeinen Wahlen ins Wasser gefallen war. Zu Mr Banisters großer Erleichterung wurden die Samen nicht weiter erörtert.

»Darf ich noch etwas bleiben Lady Emily? Ich würde Sie gerne mal sprechen«, sagte er, nachdem Lady Norton sich resigniert verabschiedet hatte.

»Ja, bitte, Mr Banister. Sag, Mary, habe ich Lady Norton versprochen, sie irgendwann mal auf Norton Manor zu besuchen?«

»Ja, Tante Emily. Du hast sie gefragt, ob du dir mal ihre Mohnblumen ansehen darfst.«

»Tatsächlich? Dann muss ich es wohl. Was soll man bloß mit dermaßen langweiligen Menschen machen, Agnes? Aber von Gartenarbeit versteht sie was, und sie will mir einige Setzlinge geben.«

»Wie schön, Mutter. Aber Brown wird dir das übel nehmen.«

»Das Konzert war ein voller Erfolg«, sagte Mr Banister. »Wir sind Miss Preston überaus dankbar. So ein Glück, dass David gekommen ist. Das hat uns noch mal richtig in Stimmung gebracht. Und er hatte eine gute Nachricht für mich. Vielleicht hat er sie Ihnen bereits erzählt.«

»Nein, ich wüsste nicht«, sagte Agnes. »Was denn für eine?«

»Ein herzensguter Junge«, sagte der Pfarrer. »Ich hatte ihm gegenüber erwähnt – Sie werden sich daran erinnern, Miss Preston, Sie waren dabei, als ich im Vorgarten mein Fahrrad reparierte … Ich hatte ihm gesagt, dass sich meine Mieter über einen zahlenden Gast, der Französisch lernen will, freuen würden. Weil Martin ja nicht im Pfarrhaus schläft, ist ein Schlafzimmer frei.«

»Wie das denn?«, fragte Lady Emily höchst interessiert. »Es gibt doch nur fünf Schlafzimmer im Pfarrhaus, und soweit ich weiß, sind es fünf Personen. Haben Sie genug Betten? Ich kann Ihnen jederzeit eins leihen. Wir haben auch noch Clarissas Kinderbettchen, das seit letztem Jahr zu klein für sie ist. Es ist tadellos in Ordnung, nur die Decken nicht, da sind mittlerweile die Motten drin. Aber eine große Decke, gefaltet, tut es auch. Agnes, erinnere mich, dass ich Siddon mal darauf anspreche.«

»Ein Kinderbett wird ihnen leider nichts nützen, Lady Emily. Das jüngste Kind ist sechzehn.«

»Nein, dann wohl nicht. Trotzdem, wie wollen sie mit den wenigen Schlafzimmern auskommen? Monsieur und Madame Boulle nehmen Ihr Zimmer, mit einem zweiten aufgestellten Bett natürlich. Monsieur hat noch das Ankleidezimmer, und die drei jungen Leute bekommen die übrigen Schlafzimmer.«

»Ich weiß es wirklich nicht, Lady Emily.«

»Dann frage ich eben Madame Boulle, wenn ich meinen Anstandsbesuch mache. Am besten gleich, sobald sie sich eingerichtet haben.«

»Mamma«, sagte Agnes, »willst du denn Mr Banisters gute Nachricht gar nicht hören?«

»Aber ja doch, Agnes. Aber zuerst mussten wir die Bettenfrage klären. Was gibt es denn Mr Banister?«

»David hat mit gesagt, dass er einen Gast für die Boulles gefunden hat, der zwei Wochen bleiben will, um Französisch zu lernen.«

»Das ist ja wunderbar«, sagte Lady Emily. »Dann muss ich die Boulles unbedingt bitten, mit ihm zum Tennis zu kommen.«

»Es ist eine junge Frau, Lady Emily. Eine Miss Stevenson. David hat mir gesagt, dass sie beim Rundfunk in London arbeitet.«

»Dann kennt sie vielleicht ein paar schöne Gutenachtgeschichten, die sie den Kindern erzählen kann«, sagte Agnes.

»Ich glaube nicht, dass sie den Kinderfunk betreut«, sagte der Pfarrer. »Soviel ich weiß, arbeitet sie in der

Verwaltung. Muss eine brillante junge Frau sein. Sie hat einen Abschluss in Ökonomie und war ein Jahr lang Sekretärin von Professor Gilbert, bevor sie zum Rundfunk wechselte.«

»Wann kommt sie denn?«, fragte Mary, die befürchtete, ihr Verstummen könnte auffallen.

»Warten Sie. Er hat es mir gesagt. Ja. Zweite Augusthälfte.«

»Dann ist sie ja zu Martins Geburtstagsfest da«, sagte Lady Emily. »Am besten lade ich die ganze Familie ein. Es soll kein großes Fest werden, Herr Pfarrer, nur Nachbarn. Ich denke an die sechzig, siebzig Personen, dazu die Kapelle aus Southbridge. Und natürlich John und David.«

»Auf Wiedersehen, Mr Banister«, sagte Mary. »Ich gehe jetzt zugucken, wie Nannie die kleine Clarissa ins Bett bringt. Ich wünsche Ihnen einen schönen Urlaub.«

Sie lief nach oben ins Kinderzimmer, fest entschlossen, keine Sekunde an David zu denken. David, das Scheusal. Und diese grässliche Miss Stevenson erst! Sich durch die Hintertür hier einzuschleichen! Wahrscheinlich sprach sie längst fließend Französisch. Das lag nahe bei so einer brillanten Person. Davids Einladung war eher aus Höflichkeit erfolgt, vage gehalten, und nun hatte sie sich auf diese gerissene Weise hier aufgedrängt.

Clarissa sollte gerade gebadet werden, und Nannie gestattete Mary großzügig, sich ihre Schürze umzubinden und Clarissas göttlichen, glitschigen Körper einzuseifen.

David wollte Miss Stevenson in seiner Nähe haben, sonst hätte er ihr nicht erzählt, dass Familie Boulle einen zahlenden Gast aufnehmen würde. Offenbar hielt er es für anstößig, Miss Stevenson ins Elternhaus einzuladen, deswegen die Unterbringung im Pfarrhaus. Unterbringung, das Wort gefiel Mary sehr, weil es einen Beigeschmack hatte, automatisch dachte man an verbotene Beziehungen und *petits soupers*.

Sie half Clarissa aus der Badewanne und setzte sie zum Abtrocknen auf den Schoß.

David, das Scheusal. Was bildete er sich ein! Wieso denkt er, es würde ihr nichts ausmachen, wenn er den Arm um sie legt! Es war ihr überhaupt nicht recht, aber deswegen machte man heute keinen Aufstand. Vielleicht dachte er, sie hätte den Kopf auf seine Schulter gelegt, weil sie ihn gut leiden würde. Ja, du liebe Güte – wusste er denn nicht, dass das nur eine Geste war, die nichts zu bedeuten hatte, absolut nichts. Sie lachte so laut, um ihren Hohn über diese Vorstellung zum Ausdruck zu bringen, dass Clarissa ebenfalls anfing zu lachen.

»Mein Engel!«, sagte Mary, knöpfte Clarissas Schlafanzug zu und stülpte die Nachtpantoffeln über ihre Füße. »Du bist kein gehässiges, egoistisches Schwein und hintergehst andere Leute, nicht wahr?«

Sie küsste Clarissa mit großem Behagen auf den Nacken und setzte sie auf einen hohen Kinderstuhl. Als Nannie zurückkam, hörte sie Miss Mary zu Clarissa sagen: »Dies kleine Schweinchen ging auf den Markt«, während das Kind artig seine Biscuits aß.

»Na, Baby. Hat die liebe Tante Mary dich gebadet?«, fragte sie.

Clarissa umfasste den Becher Milch mit beiden Händen, kippte ihn leicht nach vorne und führte ihn zum Mund. Nach einem ausgiebigen Schluck setzte sie ihn an der Tischkante ab, und er fiel zu Boden.

»Baby, Baby, du unartiges Mädchen. Das macht sie jetzt schon zum zweiten Mal, Miss. Sie hat Spaß dran. Komm her, Ivy, wisch die Milch vom Boden auf und lass das Wasser aus der Wanne. Danach kannst du James und Emmy aus Mrs Siddons Zimmer holen. Sie trinken dort Tee, Miss.«

Mary wischte Clarissa mit dem Lätzchen die Milch von den Lippen und nahm das Kind wieder auf den Schoß. In solchen Momenten, wenn die Welt um einen herum zusammenbrach und einem klar wurde, dass alles eine Täuschung war, hohl und leer, in erster Linie David, dann war es eine echte Wohltat, sich den kleinen Wonneproppen Clarissa auf den Schoß zu setzen.

»Haben Sie schon von unserem Unglück mit dem Kanarienvogel gehört, Miss?«, fragte Nannie.

»Nein. Was ist passiert?«

»Wir wollten ihm doch ein Weibchen besorgen. Aber dann hat sich herausgestellt, dass es wieder nur ein Männchen war. Unser Dicky hat sich furchtbar mit ihm gezankt und so schlimm auf ihn eingehackt, dass wir ihn in einen anderen Käfig sperren mussten. Heute Morgen dann lag unser neues Männchen tot auf dem Käfigboden.«

»Oh, Nannie. Wie traurig.«

»Ja, Miss. Das ist sehr traurig. Ivy hat nur geheult. Sie konnte nicht einmal den Frühstücksabwasch machen, so aufgebracht war sie den ganzen Tag«, sagte Nannie, in deren Augen Ivy durch diesen Gefühlsausbruch voll und ganz rehabilitiert war. »Aber ich bin in dem Glauben erzogen worden, dass sich alles zum Guten wendet, wenn man sich nur richtig kümmert. Und James hat den kleinen Gentleman würdig beerdigt, nicht, Ivy?«

»Er sah niedlich aus in seinem Sarg, Miss«, sagte Ivy und fing wieder an zu weinen. »Master James hat den Karton von seinen neuen Schuhen genommen und ihn schön mit Moos ausgepolstert. Man hätte denken können, der kleine Vogel schläft nur, so friedlich hat er ausgesehen. Es war wunderschön, Miss.«

»Lass gut sein, Ivy«, verkürzte Nannie barsch. »Und jetzt sag Tante Mary gute Nacht, Baby.«

Clarissa zeigte sich plötzlich schüchtern, und Mary bedeckte ihren zarten Hals mit Küssen und ging. Ja, dachte sie, als sie sich für das Abendessen umzog, so ist das Leben. Kanarienvögel werden zu Tode gepickt, und David fühlte sich zu Frauen wie Miss Stevenson hingezogen. Hätte sie gewusst, was er plante, ja, bereits in die Tat umgesetzt hatte, sie hätte seine Erdbeeren auf den Boden geworfen und zertreten, wenn es nicht so einen ekligen Matsch gegeben hätte.

9
Lady Emily macht einen Anstandsbesuch

Ende Juli kam Martin für die Ferien nach Hause. Er war während des Sommersemesters in vieler Hinsicht gereift und ausgesprochen hübsch geworden. Da die Familie Boulle das Pfarrhaus am ersten August beziehen sollte, galt es keine Zeit zu verlieren. Voller Tatendrang machte sich Martin daran, eine Dorf-Mannschaft zusammenzutrommeln und ein Cricketmatch zu organisieren, das an seinem siebzehnten Geburtstag stattfinden sollte, ein Spiel zwischen den Pachtbauern auf der einen und den Beschäftigten von Rushwater House, verstärkt durch David, Martin und John, auf der anderen Seite. In der Pause sollte es Tee im Racquet Court geben, und ein Abendessen mit anschließendem Ball sollte die Feierlichkeiten abrunden. Wenn auch die Festvorbereitungen den Leslies schmerzlich vor Augen führten, dass der Sohn ihres Ältesten mündig wurde, so verdrängten sie den Gedanken resolut.

Agnes, die sich aus diesem Anlass ein neues Abendkleid anfertigen ließ, wollte ebenfalls eins für Mary bestellen, und als Mr Leslie davon erfuhr, bestand er darauf, dass es ein Geschenk sein sollte.

»Kauf dir, was du möchtest«, sagte er. »Denk nicht daran, ob es lange hält oder nicht. Kauf dir das, was dir am besten steht. Du sollst uns doch Ehre machen. Fahr mit Agnes in die Stadt. Sie wird schon dafür sorgen, dass du das Richtige bekommst. Agnes hat Geschmack.«

Agnes' Kleidung, Gemeinschaftsprodukt aus eigenem Geschmack, einem ausgezeichneten Schneider und einem reichen Ehemann, der seine Frau gerne gut ausstaffiert sah, war stets makellos. Der Auftrag sagte ihr zu, und sie machte John den Vorschlag, sich zum Lunch in der Stadt zu verabreden. John war begeistert, und ein Termin wurde festgelegt. Mary, eigentlich überzeugt, dass das Leben, jedenfalls was sie betraf, vorüber war, fand die Aussicht auf ein neues Kleid nicht unattraktiv. Außerdem konnte man sich in London mit David treffen.

Lady Emily quälte die Frage, wann sie ihren Antrittsbesuch bei Madame Boulle machen sollte, vor Martins erster Französischstunde oder lieber danach. Ihr reichhaltiger Schatz an gesellschaftlicher Erfahrung half ihr in dieser Sache nicht weiter. Noch am Tag der Ankunft der Familie Boulle im Pfarrhaus war sie unentschieden.

»Wenn ich sie vor Martins erstem Unterricht besuche«, argumentierte sie beim Lunch, »könnten sie denken, ich will überprüfen, ob alles gut genug ist für meinen Enkel. Wenn ich aber erst nach seiner ersten Stunde hingehe, könnte es unhöflich erscheinen. Als Papa Gouverneur in Indien war, kamen die Leute zu uns und trugen sich mit ihrem Namen ins Gästebuch ein, aber das ist natürlich viele Jahre her, und wir sind auch keine Franzosen. Mr Banister sagt, sie seien sehr nette, einfache Leute, aber das macht es auch nicht leichter. Was würdest du tun, Henry?«

»Worum geht es, Emily?«

»Den Antrittsbesuch bei den Boulles.«

»Bei wem? Ach ja, Banisters Mieter. Ja, natürlich, meine Liebe, besuch sie nur.«

»Lad sie doch zum Tee ein, Mamma. Die Kinder könnten dazukommen«, sagte Agnes.

»Kinder?« Mr Leslie hob den Blick von seinem Teller, auf dem er gerade einen Pfirsich schälte. »Ich dachte, die jungen Leute wären alle erwachsen. Spielen Tennis und so. Aber bitte, besuch sie. Unbedingt.«

Lady Emily und ihre Tochter wechselten vielsagende Blicke. Warum mussten Väter die Welt noch komplizierter machen, indem sie sich in Gespräche einmischten, ohne zu wissen, worum es ging. Mary schlug vor, dass Lady Emily ihren Besuch auf morgen verlegte, dass sie gerade so lange bleiben solle, wie es der Anstand erforderte, und die ganze Familie dann für übermorgen zum Tee und zum Tennis einlade. Nach zahllosen weiteren, untauglichen Vorschlägen wurde dieser Plan schließlich angenommen, und Lady Emily zeigte sich enorm erleichtert.

Am Nachmittag des folgenden Tages brach also Lady Emily in Begleitung von Agnes und Martin, den man zu dieser Visite genötigt hatte, über die Pfarrei herein.

Madame Boulle, eine korpulente Frau mittleren Alters mit einer Menge grauer Haare, erwartete ihre Gäste im Salon und begrüßte sie in fließendem Englisch.

»Sehr freundlich, dass Sie uns besuchen kommen«, sagte sie. »Wir haben uns schon gut eingerichtet, alles ist höchst komfortabel. Das ist wohl Ihr Enkel, der bei uns Französisch lernen soll. *Bien*. Wie heißen Sie, Sir?«

Martin, nicht gewohnt, auf diese Weise angesprochen zu werden, lief feuerrot an und murmelte: »Leslie.«

»Leslie, selbstverständlich«, sagte Madame Boulle. »Aber wir wollen Sie doch nicht Leslie nennen, Sie werden schon bald wie ein Sohn für mich sein. Ich bin selbst Mutter«, wandte sie sich an Agnes. »Und ich kann Ihnen versichern, dass ich mich um Ihren Sohn kümmern werde, als wäre er mein eigener.«

»Er ist nicht mein Sohn, Madame Boulle, er ist nur mein …«

»Aber natürlich. Ich habe mich schon gewundert, dass Sie einen Sohn haben, der so alt ist. Er ist natürlich Ihr Cousin.«

»Nein, tut mir leid.« Agnes fühlte sich geradezu schuldig, weil sie die verwandtschaftliche Beziehung, die Madame Boulle soeben konstruiert hatte, verneinen musste. »Er ist nur mein Neffe.«

»Ich gebe auf«, sagte Madame Boulle. »Es ist zu kompliziert. *Tu m' expliqueras tout cela plus tard, mon petit, n' est-ce pas?*«, wandte sie sich an Martin, der auf der Stelle alle Anwesenden mit unverhohlener Verachtung strafte.

»Ganz mein Sohn«, erklärte Madame Boulle. »Darf ich Ihnen unsere Familie vorstellen?« Sie rief durch die offene Tür ihre Namen: »Henri, Pierre, Ursule, Jean-Claude!«

Keine Antwort. Madame Boulle sagte, sie seien bestimmt alle im Garten, und bat ihre Gäste, ihr zu folgen.

»Oh, Sie humpeln?«, fragte sie mit Blick auf Lady Emilys Stock.

»Eigentlich nicht«, sagte Lady Emily. »Ich habe nur eine starke Arthritis. Ich bin mal nach Aix gefahren, aber geholfen hat es anscheinend nichts.«

»Ach, Aix«, sagte Madame Boulle. »Hören Sie mir auf mit Aix. Ein Haufen Ärzte, die nur die Engländer ausnehmen wollen. Ich sage Ihnen eins: Kennen Sie Droitwich? Nein? Dann werde ich Ihnen später mal davon berichten. Ich kenne mich sehr gut aus in England. Hier sind mein Mann und die Kinder.«

Die übrigen Mitglieder der Familie Boulle saßen unter einem Baum im Garten; sie standen auf, als sich die Besucher näherten. Professor Boulle war ein großer, gut aussehender Mann mit einem melancholischen Gesicht und einer zuvorkommenden Art. Wenn er nur selten das Wort ergriff, dann deswegen, weil er der Überzeugung war, dass alles, was er von sich gab, nur halbherzig aufgenommen oder gleich ganz ignoriert wurde. Pierre, ein Mann von etwa fünfundzwanzig Jahren, war in der Beziehung wie sein Vater, wenn auch nicht ganz so schweigsam, und Ursule korpulent wie ihre Mutter, nur nicht so redselig. In Jean-Claude erkannte Martin mit Schrecken das Bild, das David ihm an dem Abend, als er die Idee mit dem Französischunterricht zum ersten Mal angesprochen hatte, gezeichnet hatte. Er war etwa so groß wie Martin, aber knochendürr, trug Khaki-Shorts, Pullover, Socken und Sandschuhe, hatte ein unglaublich verpickeltes Gesicht, und auf der Oberlippe, den Wangen und am Kinn wuchs ihm dichter blonder Flaum.

»Die beiden Jungen werden gute Freunde«, verkündete Madame Boulle, was von ihrem Sohn stillschweigend hingenommen, von Martin mit einem wütenden Blick quittiert wurde. »Jean-Claude ist, wie Sie sehen, bei den Pfadfindern. Und er ist leidenschaftlich gern in der freien Natur.«

»Ich liebe die Natur ebenfalls, *maman*«, sagte Ursule kichernd.

»Ihr drei werdet Wanderungen in der näheren Umgebung unternehmen«, sagte sie wieder in ihrem Ankündigungston. »Du, Ursule, und Jean-Claude und Leslie.«

»Sie dürfen ihn aber nicht Leslie nennen«, sagte Lady Emily. »Er heißt Martin.«

»Ah, Martin. *Nom bien français, par example.* Aber ich werde Sie *Martine* nennen, da Sie ein englischer Junge sind.«

Ursule kicherte noch lauter und flüsterte ihrer Mutter etwas ins Ohr.

»*Tais-toi*, Ursule«, ermahnte Madame Boulle ihre Tochter. »Habe ich dir nicht wiederholt gesagt, dass es sich nicht gehört, in Gegenwart von anderen zu flüstern?«

»Ja, *maman*, aber wenn du Martine zu ihm sagst, denkt jeder, er wäre ein Mädchen«, sagte Ursule.

»Man gibt seiner Mutter keine Widerworte, Ursule. Wenn du verheiratet bist und einen eigenen Haushalt führst, kannst du sagen, was du willst. Aber bis dahin heißt es gehorchen.«

»Trotzdem, es stimmt, was Ursule sagt«, bemerkte ihr Vater.

»Henri, wirklich, das geht zu weit. Ursule in ihrer Ungezogenheit am ersten Tag unserer Ferien auch noch zu bestärken!« Sie wandte sich an Lady Emily. »Wird aus Martine dann Sir Leslie, wenn er mal erbt?«, fragte sie.

»Was soll er erben?«, fragte Lady Emily, die der abrupte Themenwechsel überforderte.

»Den Titel von seinem Großvater, dem gegenwärtigen Sir Leslie.«

»Mein Mann ist nur ein einfacher Mr Leslie«, setzte Lady Emily zu einer längeren Erklärung an, wurde jedoch von Madame Boulles Wortschwall unterbrochen. Madame war nämlich, nachdem sie den Debrett, das Taschenbuch des Adels, im Pfarrhaus entdeckte hatte, fest davon überzeugt, dass Martin als Urenkel des Earls mütterlicherseits nach dem Tod des Vaters selbstverständlich in den Rang eines Baronets aufsteigen würde. Lady Emily und Agnes versuchten zu erklären, wie es sich damit verhielt, gleichwohl, Madame Boulles Wissen überwältigte sie. Es stellte sich heraus, dass sie früher einmal Gouvernante in englischen Familien aus den höchsten Kreisen der Gesellschaft gewesen war und seit ihrer Hochzeit Sprösslinge des Adels als zahlende Gäste aufnahm.

»Sie haben den erblichen Adelsstand in Ihrem Land nicht abgeschafft, so wie wir leider«, sagte sie, »und deswegen wird Martine, wenn schon nicht Sir Leslie, dann mindestens ein Honourable sein.«

Martin, der nun nicht mehr an sich halten konnte, sagte laut und deutlich, Titel seien eine schreckliche Unsitte. Jean-Claude ballte daraufhin die Fäuste, Zornesröte stieg in sein pickliges Gesicht, der blässliche Flaum schien sich zu versteifen. Er trat dicht vor Martin hin, zog ihn zur Seite, rückte mit seinem Gesicht noch näher an Martin heran und sagte leise, in drohendem Unterton: »Dann bist du also ein Republikaner?«

»Um Gottes willen, nein. Wir leben hier nicht in einer Republik. Wir haben King George, *Roi* George«, erklärte er.

Jean-Claudes Wut verrauchte so schnell, wie sie gekommen war.

»Dann ist ja gut«, antwortete er geheimnisvoll und beließ es dabei.

Lady Emily sammelte ihre Getreuen und verabschiedete sich, nicht ohne vorher noch eine Einladung an alle Boulles zu Tee und Tennis für den kommenden Tag auszusprechen.

Madame Boulle nahm die Einladung mit wortreicher Begeisterung an. Ihr letzes Tennismatch sei Jahre her, Pierre, Ursule und Jean-Claude dagegen seien prächtige Spieler. Und ihr Mann, nun ja, ihr Mann sei Künstler, auf den sei kein Verlass.

»Hat Mr Banister nicht gesagt, er sei Professor?«, fragte Lady Emily.

»Ja, er ist Professor, doch tief in seiner Seele ist er Künstler, ein Dichter. Obwohl ich aus einer alteingesessenen Familie stamme, mit Prädikat, fühle ich mich schon geadelt, eine Künstlerseele zum Mann zu haben. Pierre hat es von meinem Mann geerbt. Er ist auch ein Künstler, aber nicht in den Geisteswissenschaften, sondern auf einem anderen Gebiet. Die Welt wird noch von ihm hören.«

Ohne eine weitere Erklärung brachte sie, gefolgt von Jean Claude, ihre Gäste zur Tür.

»*Eh bien*, verabschiede dich von deinem Freund, Jean-Claude«, sagte seine Mutter.

Martin, aus Angst, Jean-Claude könnte ihn auf die Wange küssen, wie das bei Ausländern ja so üblich war, lief schnurstracks zum Auto, nahm wortlos Platz und blickte seine Familie finster an. Die schien zu seiner großen Überraschung nichts Besonderes an den Boulles zu finden und unterhielt sich über andere Dinge, so dass Martin seinen Ärger zunächst hinunterschlucken und erkennen musste: Worauf immer er sich eingelassen hatte, es war ganz und gar seine Schuld. Zu Hause machte er sich auf die Suche nach Mary, die Emmy auf einem Pony longierte. Ihr schüttete er sein Herz aus und berichtete von den Schrecknissen der nachmittäglichen Exkursion.

»David hatte recht«, erklärte er trübsinnig. »Der junge Claude mit seinem Streuselkuchengesicht ist der grausigste Anblick, den ich je gesehen habe. Schlimmer noch, der Kerl ist verrückt. Er wollte wissen, ob ich ein Republikaner bin, und Madame wollte wissen, ob ich mich Sir Leslie nennen darf, wenn Großvater tot ist. Der alte Professor ist nicht ganz so schlimm und Pierre, der ältere Sohn, auch nicht, Gott sei Dank. Ich glaube, Pierre wird mein Französischlehrer sein. Das Mädchen ist dick und kichert andauernd, die reinste Pest, ungefähr zwanzig, aber tut so, als wäre sie hundert. Morgen kommen sie alle zum Tennisspielen. Hilfe, Mary, was soll ich bloß machen? Morgen ist auch meine erste Stunde, und nachmittags sehe ich die Bande schon wieder. Das werden furchtbare Ferien. Und wenn ich daran denke, dass alles nur meine Schuld ist!«

Verzweiflung packte ihn, er warf sich auf den Boden und riss Gänseblümchen aus.

»Nimm es dir nicht so zu Herzen, Martin«, sagte Mary. »Da kommt Ivy, Emmy holen. Bring das Pony in den Stall, ich hole meine Tennisschuhe, und wir üben ein bisschen für morgen.«

Emmy wurde ins Bett gebracht, und Martin, dessen Füße beim Reiten über den Boden schleiften, lenkte das Pony in den Stall, wo es vom Burschen freudig empfangen wurde. Danach gewann er beim Tennis zweimal haushoch gegen Mary, und das Leben erschien auf einmal nicht mehr ganz so hoffnungslos.

Mit sinkendem Mut allerdings machte er sich am nächsten Morgen auf den Weg zum Pfarrhaus. Seine Hauptsorge war, dass jemand ihn küssen könnte, wenn nicht Jean-Claude, dann Madame Boulle in ihrer mütterlichen Fürsorge oder gar der Professor. Welche Erleichterung daher, als er von Pierre begrüßt wurde, der ihn in das Arbeitszimmer des Pfarrers führte, seine Französischkenntnisse überprüfte und mit dem Unterricht begann. Pierre war ruhig und unaufdringlich. Martin fühlte sich wohl in seiner Gesellschaft und fand die Französischstunden am Ende doch nicht mehr so schlimm. Einzig verwirrend war, dass Pierre ihn ab und zu neugierig taxierte, Luft holte, als wollte er etwas sagen, doch dann den Unterricht wieder aufnahm und weitermachte, als wäre nichts gewesen. Martin schob es auf das generell seltsame Verhalten von Ausländern und beachtete es nicht weiter.

Beim Lunch jedoch kehrte sein altes Misstrauen zurück. Madame Boulle begrüßte ihn freudestrahlend mit *ce cher petit Martine*, Ursule kicherte wieder, und Jean-Claude sah noch genauso unvorteilhaft aus wie am Tag zuvor. Nachdem sie angefangen hatten, kam auch der Professor und setzte sich schweigend an seinen Platz.

»Was für eine Suppe gibt es heute?«, erkundigte er sich.

»Linsensuppe«, antwortete Madame Boulle. »Diese Linsen, Martine, sind eine Spezialität, die ich extra aus Frankreich mitgebracht habe. In England bekommt man sie nicht, auch nicht in Deutschland oder Russland …«

»Ich versichere dir, Madeleine, dass mir diese Linsen schon oft in Deutschland begegnet sind«, sagte ihr Mann.

»Im Gegenteil, Henri, ich versichere dir, dass man diese Linsen nur in Frankreich bekommt. Sie sind sehr teuer, Martine. Das Leben ist überall teuer. In Frankreich muss man ungeheuer viel für Lebensmittel bezahlen. Lebensmittel sind in Frankreich teurer als woanders.«

»In Spanien sind Lebensmittel auch nicht gerade billig«, warf der Professor ein.

»Schon möglich.«

Martin, der der Unterhaltung mühelos folgte, hoffte inständig, dass die Boulles immer weiterredeten, so dass er den Mund nicht aufzumachen brauchte. Mit Pierre allein, im Arbeitszimmer, hatte er, seiner eigenen Einschätzung nach, fließend Französisch gesprochen, sogar mit idiomatischen Wendungen. Doch in Gegenwart der kichernden Ursule und des schrecklichen Jean-Claude etwas zu sagen war undenkbar.

Madame Boulle, eine pflichtbewusste Frau, wollte sich gerade mit einer Bemerkung an Martin richten, die ihn zwingen würde, sich ein wenig am Gespräch zu beteiligen, als Jean-Claude sich über den Tisch beugte und mit seiner Gabel Essiggurken in einem Glas aufspießte. Eine so exzellente Gelegenheit zur Belehrung konnte sich seine Mutter nicht entgehen lassen.

»Jean-Claude, nur sehr schlecht erzogene Menschen spießen Gurken aus einem Glas mit ihrer Gabel auf. Außerdem bietet man sie zuerst anderen an, bevor man sich selbst welche nimmt.«

»*Maman!* Die Gurken stehen direkt vor mir. Warum soll ich mir also keine nehmen dürfen? Sie erst herumzureichen und sich dann welche zu nehmen dauert viel länger. Außerdem wüsste ich nicht, dass sie sonst noch jemand isst.«

»Wie sooft soll ich dir noch sagen, dass man seiner Mutter keine Widerworte gibt, Jean-Claude! Du bist noch ein Kind. Ich sage schon immer zu Ursule, eines Tages hast du ein eigenes Heim, da kannst du dich so schlecht benehmen, wie du willst, aber solange du unter meinem Dach wohnst, verlange ich Gehorsam.«

»Es ist Monsieur Banisters Dach«, entgegnete Jean-Claude mit leisem Trotz, aber seine Mutter hatte es zum Glück nicht gehört. Danach zog er sich in seine Schmollecke zurück.

»Martine«, wandte sich Madame Boulle nun an ihren Gast. »Möchten Sie etwas Senf?«

Jetzt war er am Zug. Rot bis über beide Ohren murmelte Martin: »*Merci.*«

»Da Sie Engländer sind«, sagte Madame, »weiß ich, dass Sie ›Ja, bitte‹ meinen. Alle Engländer machen diesen Fehler einmal, das ist ganz natürlich, und ich weise Sie nur darauf hin, damit Sie ihn nicht wiederholen. Das ist französischer Senf. Französischer Senf ist in der ganzen Welt berühmt. Er gilt als der beste Senf. Diese spezielle Sorte ist sehr teuer. Ich beziehe ihn von einem Feinkostgeschäft in Paris.«

»Der von letzter Woche war besser, Madeleine«, sagte der Professor.

»Hör mal, Henri. Ich habe seit Jahren eine Haushälterin, und ich kann dir versichern ...«

»Aber, Madeleine ...«

»Es ist kein gutes Vorbild für Martine, am Tisch über das Essen zu sprechen. Ich habe dich schon oft gebeten, das zu unterlassen, Henri. Nun, Martine, Sie sind nicht sehr gesprächig.«

Die nächste kritische Situation.

»*Non, Madame*«, sagte er mit einem gezwungenen Lächeln.

Zum ersten Mal meldete sich Pierre zu Wort.

»Hast du in letzter Zeit mal was von René gehört, Ursule?«

»Ja«, sagte Ursule, ausnahmsweise ohne zu kichern. »Er hat geschrieben und will ...«

»Pierre«, unterbrach seine Mutter, »wie oft soll ich dir noch sagen, dass es sich nicht gehört, am Tisch über jemanden zu sprechen, den die anderen nicht kennen.

Wenn du über René sprechen willst, dann tu das bitte nach dem Essen.«

In diesem Moment überwand Martin aus Mitleid für seinen so gnadenlos gequälten Lehrer seine Schüchternheit und fragte Pierre stockend, ob er gerne Tennis spiele. Obwohl die ganze Familie zu Martins großer Verlegenheit plötzlich aufhörte zu reden und zu essen, um nur ja kein Wort zu verpassen, antwortete Pierre so freundlich, dass Martin Mut fasste und begann, frei zu sprechen, ja, geradezu in der französischen Sprache zu baden. Nach dem Kaffee, begleitet von Madame Boulles Auslassungen über die Vorzüge der französischen Kaffeesorten gegenüber allen anderen sowie den extrem hohen Preis, den man für französischen Kaffee zahlen muss, entschuldigte sich Martin und brach auf. Pierre begleitete ihn zur Tür. Wieder machte er den Eindruck, als wollte er etwas sagen, und Martin wartete. Doch wieder schien er sich eines Besseren zu besinnen. Dann sagte er auf Englisch, das er so fließend beherrschte wie die ganze Familie: »Danke, dass du mir zu Hilfe geeilt bist. Du bist genau der Typ, den wir brauchen.«

Pierre verabschiedete sich, und Martin ging nach Hause, verwirrt und neugierig. Während er sich für das Tennisspiel umzog, packte ihn erneut Angst vor der Familie Boulle. Angenommen, Madame belehrte seinen Großvater so, wie sie den Professor belehrte. Angenommen, Ursule würde die ganze Zeit kichern. Angenommen, Jean-Claude kreuzte in Shorts und Strümpfen auf. Zum Glück war David nicht da, er hätte für Martins selbstverschuldete Qualen nur Spott übriggehabt. In einem Anfall von Verdruss nahm sich Martin ein Buch und ging durch den Garten zum Friedhof, von wo aus er seine Gäste sehen konnte, ohne selbst gesehen zu werden. Das Pfarrhaus, ein Neubau, den zu errichten Mr Banister die Erlaubnis erhalten hatte, weil die alte Pfarrei zu groß und im Unterhalt zu teuer war, lag knapp einen Kilometer entfernt, am anderen Ende des Dorfes. Um zum Rushwater House zu gelangen, mussten die Boulles zwangsläufig an der Kirche vorbei. Gleich jenseits der niedrigen Friedhofsmauer wuchs ein großer Busch, in dem Martin schon früher häufig Schutz gesucht oder sich vor dem Kindermädchen versteckt hatte. Von hier aus hatte er seine Freunde im Dorf oft mit Erbsen beschossen. Er hockte sich auf das Mäuerchen, las in dem mitgebrachten Buch, behielt aber auch die Dorfstraße im Auge, die im Mittagslicht weiß und leer vor ihm lag. Nicht nur seine Aufmerksamkeit war gespalten, auch seine Gedanken, einerseits Shelley, der unter den Intellektuellen an seiner Schule gerade in Mode war, andererseits Familie Boulle, vor allem Pierre. Wenn er daran dachte, was Pierre sich bei Tisch hatte gefallen lassen müssen, geriet sein Blut in Wallung. Es war ihm, der in seinem Tun und Handeln völlige Freiheit genoss, solange es nicht, wie in der Sache mit Milton, eine grobe Verletzung darstellte, unverständlich, dass ein Mann von fünfundzwanzig Jahren, ein Professor beinahe, sich so widerspruchslos seiner Mutter fügte. Ebenso unverständlich war ihm, Kind seiner Zeit und seines Landes, dass eine Mutter sich herausnahm, in diesem Ton mit ihren Söhnen zu reden. Pierre war ein grundanständiger Kerl. Wenn doch nur alle Franzosen so wären wie er, dann könnte man mit ihnen auskommen. Und wieder fragte sich Martin, was Pierre mit seinem letzten Satz, »Du bist genau der Typ, den wir brauchen«, gemeint hatte. Vielleicht der richtige Typ Schüler, den er brauchte? Aber was für eine merkwürdige Ausdrucksweise.

Die noch ferne Stimme von Madame Boulle rief ihn in die Gegenwart zurück. Er steckte das Gedichtbändchen in die Hosentasche, sprang von der Mauer und zwängte sich in den Busch, bis er von der Straße aus nicht mehr zu sehen war. Zu seiner großen Erleichterung war Jean-Claude jetzt wie jeder andere Junge auch gekleidet, graue Baumwollhose, Baumwollhemd und Tweed-Mantel, weißes Halstuch. Die Kleidung von vorhin war wahrscheinlich nur seine Pfadfinderkluft gewesen. Martine konnte wieder freier atmen. Jedenfalls würde er sich jetzt nicht vor den Hausangestellten in Grund und Boden schämen müssen. Ursule, in kurzem Tennisrock, sah recht vorzeigbar aus, wenn auch nicht elegant, und die übrige Familie genügte den allgemeinen Anforderungen – nur Professor Boulles Alpaka-Jacke ließ ein wenig zu wünschen übrig.

»*Mais voyons, Ursule*«, hörte er Madame Boulles Stimme im Vorbeigehen, »wie oft habe ich dir schon gesagt, dass es sich für ein wohlerzogenes Mädchen nicht gehört, Schokolade in ihrem Schlafzimmer zu essen. Die Ernährung, die wir dir zukommen lassen, ist gesund und ausreichend. Wenn du Hunger hast, brauchst du es nur zu sagen. Schokolade ist eine unnötige Geldausgabe. Schokolade als Getränk nehme ich davon aus, die ist gesund und gibt Kraft. Englische Schokolade ist übertrieben teuer. Französische Schokolade ist die beste der Welt. Ich muss uns welche aus Paris besorgen, auch wenn sie nahezu täglich teurer wird. Hast du gelesen, Henri, dass der Preis von Schokolade mittlerweile bei …«

Als die Gruppe das Gelände von Rushwater House erreichte, verlor sich die Stimme in der Ferne. Martin schlich sich durch das Friedhofstörchen davon und stand kurz darauf vor der Haustür, um die Gäste zu begrüßen.

Beim Tee fiel Professor Boulle umgehend Lady Emily zum Opfer, die ihn mit dem Respekt behandelte, der einem Professor mit der Seele eines Dichters und Künstlers zustand und den er von daheim nicht gewohnt war.

»Wie kommt es«, fragte sie, »dass Sie alle so gut Englisch sprechen, Herr Professor?«

»Meine Mutter war Engländerin, und meine Frau hat nach ihrem Abschluss und vor unserer Ehe einige Jahre in englischen Familien unterrichtet. Wir haben immer Kontakt zu dieser Sprache gehabt. Aber ich kann Sie beruhigen, Lady Emily, dass kein einziges englisches Wort fällt, wenn Ihr Enkel bei uns ist.«

»Ganz bestimmt nicht. Und Sie sprechen alle so ein wunderschönes Französisch«, sagte Lady Emily, die dieses Phänomen besonders beeindruckte.

»Unsere Muttersprache«, sagte der Professor schmunzelnd.

»Sagten Sie nicht, Ihre Mutter sei Engländerin.«

»Ihre schnelle Auffassungsgabe verblüfft mich, Madame.«

»Noch etwas Tee, Madame Boulle«, fragte Agnes, die gerade nachschenkte.

»Danke, wenn ich darf. Sie werden bemerkt haben, *mon petit*«, sagte sie zu Martin, der bei dieser Form der Ansprache nervös wurde, »dass ich ›danke‹ hier im englischen Sinn verwende, wonach es Zustimmung bedeutet, nicht Ablehnung, wie im Französischen, worauf ich Ihren Enkel, Lady Emily, schon beim Mittagessen hingewiesen habe. Ihr Tee ist allerdings köstlich. Tee ist eine Spezialität der englischen Nation. Englischer Tee ist der beste der Welt. Ich beziehe meinen Tee von einem Händler in London. Eine besondere Sorte, die er für mich reserviert. Für den Genuss von Tee ist die französische Nation nicht sonderlich begabt. Jean-Claude! Bevor man sich vom Kuchen nimmt, bietet man ihn anderen an.«

»*Eh bien, en veux-tu, maman?*«, sagte Jean-Claude und schob den Teller mürrisch seiner Mutter zu.

»*Ah, par exemple*«, entfuhr es Madame Boulle. »Der ist nicht für mich, der ist für die jungen Leute, für Miss Preston, für deinen Freund, Martine. Martines Französisch hat bereits exzellente Fortschritte gemacht, Lady Emily. Er ist ein kluger Kopf, *ce petit Martine*. Er wird seinen Platz in der Welt finden.«

Lady Emily hatte ihre Unterhaltung mit Professor Boulle wieder aufgenommen. Gemeinsam stellten sie fest, dass er ein handsigniertes Gedicht von Ronsard besaß, welches ihr Großvater, der verstorbene Lord Pomfret, übersetzt hatte, allerdings sehr schlecht, und auf eigene Kosten hatte drucken und in großen Mengen den führenden französischen Universitäten zukommen lassen. Sie war entzückt über diese Verbindung und betörte den Professor so sehr, dass dieser seiner Frau später vorschwärmte, Lady Emily sei *pétrie d' esprit et de grace.*

Agnes saß neben Pierre, und sie bedauerte ihn. Seine Mutter hatte offenbar eine erdrückende Wirkung auf ihn, und er hatte ihr unter den Familienmitgliedern scheinbar am wenigstens entgegenzusetzen. Ursule war frech, Jean-Claude schmollte, nur Pierre war ausnahmslos höflich, registrierte jedoch aufmerksam, welchen Eindruck seine Mutter auf andere Leute machte. Agnes, unfähig, ihre Gedanken zu ordnen, hatte keine Erklärung dafür, jedoch trieb ihre natürliche Freundlichkeit sie dazu, sich mit Pierre über das zu unterhalten, was ihn ihrer Meinung nach unbedingt interessieren musste.

»Sie lieben doch sicher Kinder«, sagte sie. »Ich möchte Ihnen gerne meine Kinder vorstellen. James ist sieben, Emmy ist fünf, und Clarissa ist zweieinhalb. Ganz reizende Wesen. James kommt nächstes Jahr in die Schule, er wird mir dann schrecklich fehlen. Emmy hat ein Pony, und sie wird einmal eine sehr schöne Frau.«

»So wie Sie, Mrs Graham.«

»Ja, sie kommt ein bisschen nach mir und ein bisschen nach ihrem Vater«, sagte Agnes, auf die Pierres Schmeichelei keinen Eindruck machte. »Möchten Sie sie nach dem Essen sehen?«

»Liebend gerne. Aber wollten wir nicht Tennis spielen?«

Agnes sah sich um.

»Ihr Bruder und Ihre Schwester, dazu Mary und Martin, das sind schon vier. Ich gehe mit Ihnen zu den

Kindern, danach können Sie immer noch zu dem Spiel dazustoßen.«

»Ich schließe mich den jungen Leuten an«, sagte Madame Boulle, als sie alle aufstanden. »Ich gebe den Schiedsrichter. Fair Play«, fügte sie scherzhaft hinzu.

Martin und Jean-Claude wechselten Blicke. Die beiden mochten sich nicht besonders, nur die gemeinsame Ablehnung gegenüber Madame Boulles herrischem Wesen verband sie miteinander. Auf dem Tennisplatz konnte sie jedoch kein Unheil anrichten, und niemand musste auf das hören, was sie sagte. Alle standen auf und ließen Lady Emily und den Professor in ein Gespräch über Bücher versunken zurück.

Agnes führte Pierre in den Küchengarten, wo die Kinder wieder einmal damit beschäftigt waren, die Goldfische im Teich zu fangen. Pierre war sogleich ein voller Erfolg bei den Kindern. Er legte sein Jackett ab, unter dem er ein kurzärmliges Tennishemd trug, dann tauchte er seine Arme ins Wasser und tat so, als würde er die nichtsahnenden Fische zu fassen kriegen, die am Boden dahinglitten. Agnes beobachtete sie gelassen vom anderen Ende des Teichs, Clarissa auf dem Schoß, und dachte an gar nichts.

Früher oder später musste eines der Kinder in den Teich fallen, es schien unvermeidlich, und so geschah es. Emmy beugte sich zu weit vor, ein Schrei, und sie plumpste ins Wasser. Im ersten Moment hatte Pierre nur seine weiße Baumwollhose im Kopf, dann sah er Agnes' liebreizendes Gesicht, schreckensbleich, und wie sie Clarissa an die Brust presste, als wollte sie sie vor einer eingebildeten Gefahr schützen. Er stieg in den Teich, der nur einen halben Meter tief war, hob die schreiende Emmy hoch und brachte sie an Land. Durch den Lärm aufgeweckt, kamen Nannie und Ivy herbeigeeilt.

»Emmy, du unartiges Mädchen«, schimpfte Nanny und schüttelte ihren Schützling. »Lauf und hol die Decke aus dem Kinderwagen, Ivy, und wickel Emmy darin ein. Ich trage das Kind ins Haus. Das kommt davon, wenn man sich zu weit vorbeugt, Emmy. Guck mal, der arme französische Gentleman ist jetzt ganz nass. Du böses Mädchen, du.«

Ivy kam mit der Decke angelaufen, und Nannie brachte die noch immer weinende Emmy ins Haus, legte sie erst in eine heiße Badewanne, dann ins Bett.

»Oh, Monsieur Boulle«, sagte Agnes, die Clarissa fest in den Armen hielt, wie Niobe, die das letzte ihrer Kinder beschützt, »Sie sind ja nass.«

Pierre, der das Wasser aus seinen Hosenbeinen wrang, wünschte, er würde ertrunken Mrs Graham zu Füßen liegen, wenn sie nur noch einmal so einen Blick auf seinen Körper warf, noch einmal so erlesene Worte sprach. Der arme Mann stand triefend vor ihr, er himmelte sie an und wusste nicht, was er machen sollte.

»Ivy, bringen Sie Mr Boulle bitte ins Haus, gehen Sie durch den Hintereingang und sagen Sie Walter, er soll ihm trockene Kleidung geben, von Mr David oder Mr Martin. Dann kommen Sie wieder her und nehmen die Kinder, während ich nach Emmy schaue. Clarissa-Darling, wir bleiben bei James, bis Ivy wieder da ist, ja?«

Pierre ließ sich ergeben ins Haus führen, Walter übergeben und in Martins Zimmer bringen, wo er in eine von Martins weißen Hosen schlüpfte, die ihm einigermaßen passte. Walter, der draußen wartete, um ihm den Weg zum Tennisplatz zu zeigen, wunderte sich, dass der französische Gentleman so lange brauchte. Ein Blick ins Zimmer hätte ihn nicht klüger gemacht. Pierre, ans Fußende des Bettes gelehnt, mit einem Bein in Martins Hose, dachte an Mrs Graham. Ihre Liebenswürdigkeit, ihre Schönheit, so blass und derangiert – ein selbstverständlich dichterischer Freiheit geschuldeter Eindruck, denn Agnes war solcher Gemütserregung unfähig –, ihr *cet amour d' enfant* an die Brust gepresst, all das hatte den romantisch veranlagten jungen Mann völlig durcheinander gebracht. Die Seele des Künstlers, auf die seine Mutter angespielt hatte, schaffte sich Raum in ihm.

Endlich erlangte er sein Gleichgewicht, das ihm die künstlerische Ablenkung beinahe geraubt hätte, wieder, schlüpfte auch mit dem anderen Bein in Martins Hose und entwarf bereits ein Gedicht an die Göttin, kam jedoch nicht weiter als: *Ô toi qui …*, als Walter an die Tür klopfte und fragte, ob er etwas für den Herrn tun könne.

Am Tennisplatz angekommen, musste er feststellen, dass die anderen gerade ein Set beendet hatten. Martin und Ursule hatten Mary und Jean-Claude geschlagen. Lady Emily, Madame Boulle und der Professor schauten ihnen zu.

»Wo ist Agnes?«, fragte Lady Emily.

»Ich glaube, Mrs Graham ist im Kinderzimmer, Lady Emily. Die kleine Emmy ist in den Fischteich gefallen und nass geworden.«

»*Ah, mon Dieu!*«, rief seine Mutter, »das ist ja furchtbar. Sie müssen unbedingt sorgfältigst darauf achten, Lady Emily, dass sie keine Lungenentzündung bekommt! Ins Wasser fallen ist überaus gefährlich. Ich habe meinen Kindern stets verboten, auch nur in die Nähe von Wasser zu gehen, solange sie nicht schwimmen konnten.«

»Im Fischteich ist wohl kaum genug Platz zum schwimmen«, sagte Lady Emily. »Er ist klein und flach. Ist Emmy wohlauf, Monsieur Boulle?«

»Ich glaube, ja. Ich habe sie aus dem Wasser gehoben. Ihre Mutter und das Kindermädchen haben sie gleich ins Kinderzimmer gebracht.«

»Sie sind doch hoffentlich nicht nass geworden?«, fragte Mary.

»Nur meine Beine.«

»Du Trottel«, sagte Martin. »Warum bist du auch ins Wasser gestiegen? Ich hätte Emmy an ihren Petticoats herausgefischt. Dummes kleines Ding.«

»Wenn du nass bist, wirst du dir unweigerlich eine Bronchitis zuziehen, Pierre!«, kreischte Madame Boulle.

»Nicht doch, *maman*. Ich habe eine trockene Hose an. Ich glaube, sie ist von Martin.«

»Komm, wir spielen noch ein Set«, sagte Martin. »Jean-Claude, du bist der Schlechteste. Setz eine Runde aus, Pierre kann mit Mary spielen. Na los, Ursule, wir fegen sie nochmal vom Platz.«

Madame Boulle konnte nur staunen über Lady Emilys Gelassenheit, die ganz im Gegensatz zu ihrer Erfahrung mit englischen Familien aus den höchsten Kreisen stand. Eine Enkelin, kurz vor dem Ertrinken, ein junger Mann, dem eine Lungenentzündung oder Bronchitis droht, und sie blieb dabei völlig ruhig, sogar gänzlich unbeeindruckt von Pierres Tapferkeit. Tapferkeit angesichts von Gefahr, erklärte Madame Boulle, sei ein Wesenszug ihrer Familie. Ihr Urgroßvater, der Comte de Florel, war berühmt für seine Tapferkeit im Angesicht furchtbarster Gefahren. Tapferkeit sei eine besondere Eigenschaft der französischen Nation. Die Engländer hätten ein *sang-froid*, ein *phlegme britannique*, zugegeben, doch solche Tapferkeit, wie Pierre sie bewiesen habe, sei Franzosen im Allgemeinen zu eigen und dem Geschlecht der de Florels im Besonderen. Madame Boulle schluchzte gefühlvoll. Zum Trost lud Lady Emily sie und ihre Familie kurzerhand zu Martins Geburtstagsball ein.

»Mr Banister hat mir gesagt, dass eine junge Engländerin bei Ihnen wohnen wird, eine Bekannte meines Sohnes David. Ich hoffe, Sie bringen sie mit.«

Madame Boulles Laune hellte sich umgehend auf, und sie nahm die Einladung im Namen ihrer Familie an. Miss Stevenson werde Mitte August eintreffen und sicher sehr gerne zu dem Ball kommen. Danach erging sie sich in der Beschreibung einer *toilette de bal*, die sie einst als junges Mädchen getragen hatte. Sie redete in einem fort bis zum Ende des Sets. Mary und Pierre hatten Martin und Ursule besiegt.

»Jean-Claude ist nicht so gut«, sagte Martin mit der herzlosen Offenheit seines Alters. »Wir spielen morgen nochmal, wir vier.«

Pierre wurde schwach. Eigentlich hätte er morgen arbeiten müssen, aber wenn er zum Tennis herkam, würde er vielleicht Mrs Graham wiedersehen. Während er noch zwischen Leidenschaft und Pflicht hin und her schwankte, brach plötzlich ein Lärm los, verursacht durch seine Mutter, die behauptete, keine englische Wäscherei würde Pierres weiße Baumwollhose je wieder sauber bekommen. Französische Wäschereien seien die besten der Welt, aber da eine französische Wäscherei nicht in der Nähe sei, werde sie die Hose mit nach Hause nehmen und sie selbst waschen.

»Ich habe echtes Talent als Wäscherin«, gab sie kund. »Ich verrate Ihnen auch meine Methode, Lady Emily, denn sie ist praktisch und ausgezeichnet. Zunächst mal…«

»Ich lasse Ihnen die Hose nach der Wäsche zukommen«, sagte Lady Emily und erhob sich, ohne Madame Boulle auch nur im Geringsten zu beachten. »Unser französisches Hausmädchen soll sie waschen. Es war wirklich überaus liebenswürdig von Ihnen, Monsieur Boulle, die arme Emmy aus dem Teich zu holen. Agnes ist Ihnen zutiefst dankbar. Immer wieder fallen Kinder in den Teich. Meine Kinder jedenfalls haben sich alle schon mal nassgemacht. Aber nun: Ihr Besuch hat mich sehr gefreut, und dass Sie zu unserem Ball kommen wollen, freut mich besonders.«

Ihr Abschied kam einem sanften Hinauswurf gleich. Die Boulles sagten Lebewohl und gingen zurück zum Pfarrhaus. Pierre war noch schweigsamer als sonst, was seiner Mutter, infolge der Ereignisse des Nachmittags, Anlass zur Sorge gab. Er zog sich früh in sein Zimmer zurück, ihm war eine Idee für den Anfang eines Sonetts gekommen *Belle éplorée*…, doch bevor er weiterschreiben konnte, klopfte seine Mutter an die Tür.

»Hast du Husten, Pierre?«, fragte sie besorgt.

»Nein, *mamam*.«

»Und du hast auch kein Fieber?«

»Nein, *maman*, bestimmt nicht.«

»Frierst du auch nicht?«

»Nein, *maman*, ich liege im Bett«, rief Pierre und sprang auf der Matratze herum, so dass die Federn quietschten und sich seine Mutter zufriedengab. Für einen Moment war es still, und er hoffte schon, sie sei gegangen. Doch dann vernahm er wieder ihre Stimme durch die Tür.

»Sag, Pierre, wenn du im Bett bist, schwitzt du dann auch?«

»Ja, *maman*!«, schrie der entnervte junge Mann schließlich aus vollem Hals, worauf ein Laut der Zustimmung zu vernehmen war und Madame Boulles Schritte sich entfernten. Einige Stunden lang wartete er darauf, von der Muse geküsst zu werden, vergeblich. Gegen Mitternacht zog er auf sein Sofa um und schlief sofort ein.

10
Aufstieg der Lilien

*I*n den Tagen danach fiel Mary auf, dass Martins Haltung gegenüber der Familie Boulle sich veränderte. Er machte nicht mehr so einen Aufstand wegen des Französischunterrichts, lud anschließend sogar die jüngeren Boulle-Geschwister zum Tennis ein oder verbrachte den Nachmittag mit ihnen im Pfarrhaus. Auch mit seiner eigenen Familie pflegte er einen anderen Umgang, eine Art altmodischer Galanterie gegenüber seinen älteren Verwandten, eine Beflissenheit gegenüber Frauen. Mary fragte sich, ob Madame Boulle ihm auch Nachhilfe in Manieren gab, doch da sie wusste, dass jede Ermahnung zur Höflichkeit Martin nur umso mehr provoziert hätte, sich betont grob zu verhalten, ließ sie den Gedanken wieder fallen.

Von David gab es weiter keine Neuigkeiten, außer dass er verreist war. Gelegentlich schrieb er ein paar zärtliche Zeilen an seine Mutter mit Nachrichten an den ganzen Haushalt, ohne im Einzelnen auf sein Tun und Lassen einzugehen. Auf jeden Fall käme er zum Ball, schrieb er, wahrscheinlich sogar einen Tag früher, aber versprechen könne er nichts. Mary verzehrte sich insgeheim nach ihm, doch die Anwesenheit der Boulles, die

Vorbereitungen für Martins Geburtstag und der Gedanke an das neue Kleid ließen ihr kaum Zeit für solches Verzehren. Wochenlang flüsterte sie »David«, bevor sie abends die Nachttischlampe löschte, aber nachdem sie es einmal vergessen hatte, fühlte sie sich ein bisschen zu gehemmt, um wieder damit anzufangen.

Schließlich wurde ein Tag für den Besuch bei Agnes' Schneider und das Treffen mit John festgelegt. Nach dem Frühstück nahm Martin Mary verschwörerisch zur Seite.

»Könntest du mir etwas aus der Stadt mitbringen?«, fragte er.

»Ja, selbstverständlich. Was soll es sein?«

Martin gab ihr den unerwarteten Auftrag, weiße und gelbe Seide zu kaufen, wollte aber nicht verraten, wozu er sie brauchte.

»Im Moment soll es noch ein Geheimnis bleiben, Mary, aber vor dem Ball sage ich dir Bescheid. Es ist äußerst wichtig, dass niemand davon erfährt, sag also auch Tante Agnes nichts.«

Mary, gleichermaßen belustigt wie verblüfft, versprach es ihm; sie kam zu dem Schluss, dass es wohl ein Kostümball werden würde, und dachte nicht weiter daran. Der Besuch bei dem Schneider war ein voller Erfolg. Eine Anzahl nymphenhafter Wesen in erlesenen Kreationen schlichen in dem Atelier herum, doch da Mary noch nie ein teures Abendkleid besessen hatte, konnte sie sich nur schwer entscheiden. Agnes übernahm das Kommando und wählte einen modischen Stoff mit Blumenmuster aus. Agnes selbst würde ein weißes Spitzenkleid tragen. Sofort änderte Mary ihre Meinung und wollte etwas Ähnliches, doch Agnes blieb streng.

»Solange du jung bist, Mary, trag weder Spitze noch Samt«, sagte sie ernst. »Es ist beliebt bei Mädchen, aber es ist unklug. Ich freue mich schon darauf, Emmy einzukleiden, wenn sie debütiert. Und später auch Clarissa. Clarissa sieht in Grüntönen am besten aus, und Emmy könnte Rosa tragen. Eine schwierige Farbe, aber Emmy hat genau den richtigen Teint dafür. Sie wird Rosa tragen, mit einem Hauch Orange.«

Zu ihrer großen Überraschung kaufte Agnes ihr anschließend noch elegante Schuhe und Strümpfe; das hätte sie sich niemals träumen lassen, und sie war ihr zutiefst dankbar.

»Jetzt gehen wir zu John«, sagte Agnes.

»Oh, Tante Agnes, ich hätte noch einen kleinen privaten Einkauf zu erledigen. Kann ich das unterwegs machen?«

Sie hielten vor einem großen Geschäft, und während Agnes im Auto wartete, arbeitete Mary Martins Einkaufsliste ab.

»Wohin gehen wir zum Mittagessen, Tante Agnes?«, fragte Mary, als sie mit ihren Paketen wieder einstieg. Vielleicht war es ja das Lokal, wo sie mit David gesessen hatte, und vielleicht war ja David auch da.

»In Johns Wohnung. Da ist es angenehmer als in einem Restaurant, und ich kann dich beruhigt dort lassen, wenn ich beim Frisör bin, es sei denn, du willst ins Kino.«

John erwartete die beiden in seiner gemütlichen Wohnung im vierten Stock, von der aus man einen hübschen Ausblick hatte. Mary hatte John seit dem denkwürdigen Tag in seinem Büro nicht wiedergesehen, und sie war erleichtert, wie unbefangen sie sich jetzt begegneten. Sie wäre überrascht gewesen, hätte sie gewusst, dass John diesen Eindruck teilte. Er freute sich, dass sie gesund und munter war, hübsch aussah und sich nicht mehr über David ärgerte. Wahrscheinlich, dachte er, habe ich mich in dem Punkt geirrt, was ihn sogleich fröhlicher stimmte.

Agnes und John hatten viel zu besprechen, und so blieb Mary nichts anderes übrig, als zuzuhören und das Essen zu genießen.

»Wie lange hast du die Wohnung noch, John?«, fragte Agnes.

»Nur bis Ende des Jahres. Danach weiß ich nicht, wie es weitergeht. Die Mieter in meinem Haus in Chelsea wollen vorher ausziehen, und ich neige dazu, es zu verkaufen.«

»Du darfst das Haus nicht verkaufen, John. Könntest du nicht wieder darin wohnen?«

»Ich weiß nicht. Ich war seit Gays Tod nicht mehr da, ich käme mir verloren vor.«

Mary bemerkte mit Interesse, dass seine Stimme nicht brach, als er über seine verstorbene Frau sprach.

»Und mit einem Mann würdest du nicht zusammenwohnen wollen, oder?«, fuhr Agnes fort. »Ich könnte den Gedanken nicht ertragen, dass dieses wunderschöne Haus unserer Familie verloren geht. Ich würde es ja gerne selbst übernehmen, aber wir hätten nicht genug Platz für die

Kinder. Wir brauchen jetzt schon so viele Zimmer. Ein Spiel- und ein Schlafzimmer, ein Zimmer für James und eins für Ivy. Und wenn Emmy größer ist, will sie sicher auch ein eigenes Zimmer haben. Und sollte ich noch mehr Kinder kriegen, benötigen wir ein zweites Schlafzimmer.«

John lachte und fragte seine Schwester, ob es nicht jetzt schon schwierig genug sei, so einen großen Haushalt zu bewältigen.

»Aber nein«, sagte sie überrascht. »Es fällt mir nicht schwer. Und wenn ich noch mehr Kinder habe, suche ich mir eben ein zweites Kindermädchen. Wirklich, das ist kein Problem.«

Mary, die sich die Worte gut zurechtgelegt hatte, fragte John, wie es David gehe. Sie war erstaunt, wie leicht ihr der Name über die Lippen kam. John antwortete, als er ihn das letzte Mal getroffen habe, sei es ihm gut gegangen.

»Da fällt mir ein, Agnes, eigentlich will ich schon lange mal mit dir über David sprechen«, sagte er. »Es geht mich ja eigentlich nichts an, aber ich mache mir ein bisschen Sorgen. Wir können unseren Kaffee hier bei mir trinken und uns weiter unterhalten.«

»Wenn du dich langweilst, Mary«, sagte Agnes, als der Kaffee serviert wurde, »in der Bibliothek findest du einen Haufen Bücher.«

Ein Wink mit dem Zaunpfahl, und Mary ging hinaus. John hielt ihr die Tür auf.

»Es ist nichts Vertrauliches, Mary. Wenn dir also meine Bücher nicht gefallen, komm einfach zurück oder setz dich ans Klavier.«

»Danke, vorerst reichen mir die Bücher«, sagte sie und betrat die Bibliothek. Sie schlenderte durch den Raum, betrachtete Bilder und bewunderte die Aussicht aus dem Fenster. Ein Stapel Notenhefte auf dem Klavier fiel ihr auf, und sie fing an, darin herumzublättern. Sie nahm ein Blatt zur Hand, sah es sich an, zuckte die Schultern und legte es wieder hin. Dann nahm sie sich ein Buch und ließ sich in einem Sessel neben dem Fenster nieder.

Agnes und John unterdessen tauschten sich über das Thema David aus.

»Natürlich hat David alles Recht der Welt, so zu leben, wie er will«, sagte John, »und es gibt nichts an ihm auszusetzen, außer vielleicht, dass er sich ständig verzettelt. Ich weiß nicht, ob die Arbeitsbienen besser dran sind als die Drohnen. Ich könnte nicht mal mit Sicherheit sagen, dass ich selbst zu den Bienen gehöre, aber wenn doch, dann bin ich gerne eine. Wenn ich so leben würde wie David, ich würde verrückt. Umgekehrt könnte man aber genauso gut behaupten, dass David verrückt würde, wenn er einer regelmäßigen Arbeit nachginge. Allerdings spricht einiges dagegen. Er hat gemerkt, dass es ihm trotz seines Geldes und seines Charmes – und ich registriere sehr genau, wie charmant er ist, Agnes – nicht gelingen will, einen Roman zustande zu bringen, geschweige denn zu veröffentlichen. Er bekommt keine Arbeit beim Rundfunk, weil er sie nicht ernst nimmt. Und seine Experimente im Bereich Film und Theater haben auch zu nichts geführt. Mir könnte das alles egal sein, wenn Vater nicht so darunter leiden würde. Bei meinem letzten Besuch in Rushworth hat er sich mir anvertraut, und ich habe ihm versprochen, mal zu schauen, ob ich etwas ausrichten kann. Hättest du einen Vorschlag?«

»Leider nicht, John. Das Problem ist, dass David auf niemanden hört. Gay war der einzige Mensch, von dem er sich etwas sagen ließ. Er hatte Respekt vor ihr, uns dagegen achtet er nicht so hoch. Ich könnte natürlich Robert schreiben und ihn fragen, ob er eine Idee hat.«

»Glaubst du«, sagte John, ohne auf die letzte Bemerkung seiner Schwester einzugehen, »dass er etwas für eine andere Frau empfinden könnte? Wenn er eine Frau wirklich gerne hätte und Achtung vor ihr hätte, würde er sich vielleicht zusammenreißen.«

»Das weiß ich nicht, John. Aber ich kenne auch die Frauen nicht, mit denen er verkehrt. Die Frauen, die er ab und zu nach Rushwater mitgebracht hat, waren alle sehr nett, aber es war keine darunter, von der ich sagen würde, das ist eine von uns. Und Robert hätte sie schon gar nicht gemocht.«

»Das verstehe ich. Er kann selbstverständlich heiraten, wen er will, falls er sich überhaupt je bindet, und Mutter und Vater werden gute Miene machen, ganz egal, wen er sich nimmt. In letzter Zeit war er viel mit einer Miss Stevenson zusammen. Was weißt du über sie?«

»Nur, dass sie eine Bekannte oder Freundin ist. Mr Banister hat sie erwähnt. Er vermietet das Pfarrhaus an Leute aus Frankreich, Familie Boulle, und David hat ihm eine Frau empfohlen, die sich gerne als zahlender Gast bei ihnen einquartieren würde, um Französisch zu lernen. Ich glaube, sie arbeitet beim Rundfunk.«

»Ich habe sie schon mal mit David zusammen gesehen. Macht einen abgebrühten Eindruck. Ziemlich attraktiv. Sag mal, Agnes«, setzte John an und schaute dabei stur auf das Tischtuch, »könnte es sein, dass sich David zu Mary hingezogen fühlt?«

»Zu Mary? Nein. Wie kommst du darauf?«

»Ich weiß nicht.« John stand auf und ging im Raum umher. »Ich hatte irgendwie den Eindruck, die beiden könnten sich gut leiden.«

»Nein, John. Mary denkt ganz sicher nicht an David, und was David betrifft, der war seit dem Konzert nicht mehr in Rushwater. Ach, John, mein Lieber, ich würde euch Jungs so gerne unter die Haube bringen.«

»Du bist unersättlich, Agnes. Nur weil du Robert so ergeben bist, wirst du nicht eher ruhen, bis du uns alle verheiratet hast, einschließlich Martin. Für David kannst du von mir aus eine Frau finden – falls es dir gelingt –, aber ich habe ausgedient, Agnes. Ich hatte Glück, ich hatte Gay.«

»Komm her, John, und setz dich wieder hin. David interessiert sich keinen Funken für Mary. Und wie ist es mit dir?«

John sah sie an.

»Was geht bloß in deinem Kopf vor, Agnes. Ich kenne die Antwort auf deine Frage nicht.«

»Ist Gay die Antwort?«

»Nein. Ich glaube nicht. Wenn mir jemand so lieb wäre wie Gay, ich würde es riskieren, mit dem Wenigen, das ich anzubieten habe. Als ich Mary in Rushwater singen hörte, habe ich mich in ihre Stimme verliebt. Aber ich hatte, wie gesagt, den Eindruck, dass zwischen ihr und David irgendetwas ist, ich weiß auch nicht warum. Jedenfalls habe ich deswegen nicht weiter an sie gedacht. Beantwortet das deine Frage?«

»Wenn zwischen ihr und David nichts wäre, würde deine Antwort dann anders ausfallen?«

»Oh, Agnes, sowas darfst du mich nicht fragen«, sagte John und stand, von innerer Unruhe getrieben, wieder auf.

»Entschuldige, Darling«, sagte sie mit ihrer sanften Stimme. »Du weißt, nach Robert und den Kindern kommst du. Wenn du in Rushwater bist, sprechen wir weiter. Und jetzt lasse ich dir Mary für eine Stunde hier, während ich zum Friseur gehe. Mary weiß sich auch gut alleine zu beschäftigen, falls du zu tun hast. Ich komme später her und hole sie ab. Bis später also.«

Nachdem er Agnes zur Tür gebracht hatte, ging John in die Bibliothek. Es war ein warmer Nachmittag, Sonnenstrahlen fielen durch die bunten Fensterläden. Das Dröhnen der Stadt, im August ohnehin nicht so laut wie sonst, störte nicht, und der Raum war sehr still. John fand Mary schlafend in einem Sessel, mit einem Buch in der Hand. Ihr Schlummer war so leicht, dass seine Anwesenheit genügte, um sie zu wecken, obwohl er kein Geräusch gemacht hatte. Im ersten Moment verwirrt, richtete sie sich auf und tat sich zunächst schwer mit der fremden Umgebung. Diese Versunkenheit in sommerlicher Schläfrigkeit, die nur kurz währende Orientierungslosigkeit beim Aufwachen, die unsichere Rückkehr in die Wirklichkeit – für John war all das unendlich anrührend. Er entschuldigte sich, dass er sie geweckt habe, worauf Mary verwirrt antwortete, sie schäme sich.

»Ist Tante Agnes gegangen?«, fragte sie.

»Ja. Sie hat mich beauftragt, dich zu unterhalten, bis sie wiederkommt. Es dauert ungefähr eine Stunde, sagt sie.«

»Aber geht das denn? Ich meine, willst du nicht lieber arbeiten?«

Wieder diese kindliche Demut vor jemandem, der, so glaubte sie offenbar, wirklich arbeitete. John fiel wieder ein, dass sie, mitten in ihrem Tränenausbruch in diesem Büro, ihm angeboten hatte, sich lieber draußen im Auto auszuheulen, falls er einen Geschäftstermin habe.

»Der heutige Tag gehört Agnes«, beruhigte er sie, »und dir. Ich habe ihn mir freigehalten, und jetzt hat Agnes mich im Stich gelassen. Wenn du mir also hilfst, die Zeit zu vertreiben – das wäre sehr nett.«

»Du hast so viele Noten«, sagte Mary. »Ich habe nach dem Essen mal darin geblättert.«

»Hast du auch eins von deinen Liedern gefunden?«

»Ja, nicht nur eins, ich kenne viele. Meinst du ein besonderes?«

»Das von Bach.«

»Oh, *Bist du bei mir*. Ja, ist das nicht wunderschön?«

»Ich habe dich in Rushwater singen hören. Dieses Lied. Danach habe ich mir die Noten besorgt.«

»Aber du warst doch gar nicht dabei.«

»Doch. Es war an dem Abend, als David sein Spontanspiritual über Sirup und Rum zum Besten gegeben hat.«

»Das war nach dem Abendessen, bevor die Männer hereingekommen sind. Ich habe nur so vor mich hin gesummt, damit Tante Emily und Tante Agnes sich in Ruhe unterhalten konnten«, sagte Mary aufgeschreckt.

»Ich war etwas eher da. Das Zimmer war dunkel, bis auf Mutters Leselampe und das Kaminfeuer. Du hast im Kerzenschein am anderen Ende des Raums am Klavier gesessen. Du hast die schönste Stimme, die ich je gehört habe. Ich habe mich zu Mutter und Agnes gesetzt, bis du das Lied beendet hast. Die beiden haben mich verstanden.«

»Wenn ich das gewusst hätte, ich hätte aufgehört.«

Mary war so bestürzt, dass John schon fast bereute, sein Geheimnis verraten zu haben.

»Wenn ich heimlich gelauscht hätte, würde ich mich entschuldigen«, sagte er, »aber dass ich so etwas Kostbares hören durfte, darum tut es mir nicht leid. Würdest du das Lied wohl nochmal singen, Mary?«

»Oh nein.«

»Die Noten sind hier, und es würde auch niemand hereinkommen.«

»Das geht nicht. Außerdem ist es nicht die richtige Tonart.«

»Und wenn ich es transponiere?«, fragte John und setzte sich ans Klavier.

»Kannst du so was?«, fragte Mary neugierig.

»Ich könnte es einen halben oder einen ganzen Ton höhersetzen«, sagte John ernst. »Heruntersetzen würde mich überfordern. Welche Tonart willst du?«

Mary nannte sie ihm.

»Herauf, Gott sein Dank«, sagte John. Er spielte ein paar Takte. »Reicht das?«

»Bitte. Ich kann unmöglich«, sagte Mary und duckte sich hinter einen Lehnsessel.

»Wenn du nicht kannst«, sagte John und spielte die Begleitung, »kann es keiner. Aber das macht nichts. Ich habe dich ein Mal gehört. Vielleicht höre ich es noch mal in Rushwater, nach dem Abendessen, bei Kerzenlicht. Ich sehe ein, es ist nicht gerade sehr taktvoll, jemanden um drei Uhr nachmittags zu bitten, für einen zu singen. So kurz nach dem Essen sollte ich nicht um Frieden bitten. Ich will nicht … *… zum Sterben und zu meiner Ruh*«, sang er und klappte den Klavierdeckel zu.

»Sei mir nicht böse«, sagte Mary. »Bitte. Es macht mich nur verlegen. Für Tante Emily oder Mr Leslie zu singen würde mir nichts ausmachen, aber für dich …«

»Warum?«

»Du würdest zuhören.«

John lachte.

»Nach der Logik kannst du also nur vor Leuten singen, die nicht zuhören.«

Mary nickte. »Ja. Oder wenn ich nicht weiß, ob sie zuhören oder nicht«, ergänzte sie leise; eine Bemerkung, die John ins Grübeln brachte. Sie sprachen über Rushwater; Mary berichtete von dem Konzert und brachte John erneut zum Lachen.

»Und beim Abendessen«, sagte sie, »hat David mir einen großen Korb mit wilden Erdbeeren überreicht, als Wiedergutmachung. War das nicht lieb von ihm?«

»Reizend.«

Agnes kam zurück, um Mary abzuholen. John schenkte ihnen noch etwas Tee ein, danach brachen sie nach Rushwater auf. Agnes war von der Hitze und der Aufregung beim Frisör müde, so dass die Autofahrt weitgehend schweigend verlief. Mary dachte, wie töricht sie John vorgekommen sein musste, erst in seinem Büro loszuheulen, dann in seiner Wohnung einzuschlafen und jetzt zu schüchtern um ihm vorzusingen. Und dennoch, egal wie man sich verhielt, bei John fühlte man sich immer sicher und geborgen.

Zu Hause angekommen, übergab Mary das Paket mit den Stoffballen Martin, der sich herzlich bedankte.

»Wenn du willst«, sagte er schüchtern, »verrate ich dir, wofür die Seide gedacht ist. Nur, es ist äußerst wichtig, dass es geheim bleibt. Du musst schwören, es niemandem zu erzählen.«

»Es ist doch hoffentlich nichts, gegen das Tante Emily etwas einzuwenden haben könnte.«

»Nein, nein. Wenn sie wüsste, um was es sich handelt, wäre sie einverstanden, aber bei Großvater sind wir uns unsicher.«

»Weiß Madame Boulle Bescheid?«

»Sie ist sehr gespannt und auch der Professor, aber von dieser speziellen Sache wissen sie nichts. Das machen wir in eigener Regie, und wenn es klappt, dann wird es eine enorme Wirkung haben.«

»Um was geht es denn überhaupt, Martin?«

»Das darf ich dir nicht sagen, Mary. Ich würde es ja gerne, ehrlich. Ich frage Pierre und die anderen, und wenn sie meinen, es sei in Ordnung, dann weihe ich dich ein.«

Mary konnte sich keinen Reim auf diese Geheimniskrämerei machen, versprach jedoch hoch und heilig, nichts weiterzutragen, an wen auch immer, ganz egal, um was es ging. Nach dem Abendessen verschwand Martin, vermutlich ins Pfarrhaus, denn als Mary zu Bett ging, fand sie einen mehrfach gefalteten, ziemlich verschmierten Zettel auf ihrer Frisierkommode. Am oberen Rand prangte etwas, das wie das Zeichen der Pfadfinder aussah, darunter Martins leicht verstellte Handschrift.

Sie sind einverstanden. Morgen, drei Uhr am Tempel. Verschwiegenheit. Geheimhaltung.

Der Tempel, von Mr Leslies Großvater als hübscher Abschluss einer kleinen Anhöhe errichtet, vereinte in sich Eigenschaften einer Pyramide, einer Pagode und eines Mausoleums. Der gelbliche Stein war porös, ließ sich leicht einritzen und aushöhlen, wie mehrere Generationen experimentierfreudiger Kinder herausgefunden hatten. Vier riesige Schiebefenster, die keine menschliche Muskelkraft jemals zu öffnen vermocht hätte, brachten Licht in das untere Geschoss. Über eine Holztreppe und eine Falltür in der Decke erreichte man im oberen Geschoss eine Kammer, deren vier halbkreisförmige Fenster in Bodenhöhe wohl eher im Hinblick auf die äußeren Proportionen und nicht auf einen tatsächlichen Nutzen eingebaut worden waren. Die Wände dieses ungemütlichen Domizils neigten sich nach innen, und die Dachkrone sah einem gezackten Gipfel ähnlich. Für alle Kinder bedeutete der Tempel romantisches Abenteuer, gepaart mit Angst und Schrecken. Jeder junge Leslie war einmal in seinem Leben von einem älteren Bruder oder einer älteren Schwester in der oberen Kammer eingesperrt worden und hatte sich aus Furcht, zwischen all dem Ungeziefer, das in den Gemäuern hauste, einsam zu verenden, die Seele aus dem Leib geschrien. Ebenso hatte fast jeder ältere Leslie einmal im Leben versucht, die Dachzinne zu erklimmen, und hatte aufgeben müssen. Dagegen interessierte sich von den erwachsenen Leslies niemand für den Tempel, galt er doch zu Recht als stickig, dreckig und unwirtlich. Deswegen war er ein sicherer Ort für Geheimnisse aller Art.

Es war ein glühend heißer Nachmittag, als Mary den Serpentinenweg unter den Buchen zur Anhöhe hinaufstieg. Am Gipfel befand sich eine leichte Senke im Boden, wie eine Taupfütze, in der der Tempel stand. Auch dieser Umstand bot Gewähr gegen Spione und störende Erwachsene, denn niemand konnte die grasbewachsene Kuhle überqueren, ohne von einem der vier halbkreisförmigen Fenster aus gesehen zu werden.

Die Tür zum Tempel war verschlossen, und Mary klopfte. Keine Antwort. Sie klopfte ein zweites Mal, ungeduldig, denn die Sonne brannte ihr auf den Pelz, und der Farbanstrich der Tür fühlte sich heiß an. Ein Schlurfen war zu hören, dann Martins heiseres Flüstern.

»Klopf bitte zweimal laut, dreimal leise und wieder einmal laut.«

Gehorsam kam Mary dieser Bitte nach, worauf ihr die Tür von Jean-Claude geöffnet wurde.

»Guten Tag, Jean-Claude«, sagte Mary. »Was soll das Ganze?«

»Die Parole«, sagte Jean-Claude mit sturem Blick geradeaus.

»*Orléans*«, raunte Martin.

»*Orléans*«, wiederholte Mary artig.

»Also gut«, sagte Jean-Claude. »Folge mir.«

Er führte sie die Leiter hinauf, durch die geöffnete Falltür in den oberen Raum. Von den halbkreisförmigen Fenstern ließ sich keines öffnen, die Hitze war erdrückend. In alten Spinnenweben summten die obligatorischen Schmeißfliegen. Die getünchten Wände waren bedeckt mit den frühen Kritzeleien der jüngeren Leslies. Mit vierzehn hatte David an einer Wand eine Märchenszene gemalt, eine Prinzessin, die aus einem Turmfenster herausschaut, unten galoppiert ein Ritter vorbei. An der Wand gegenüber hatte John in jungen Jahren mit roter und blauer Kreide die Worte geschrieben: *Ding, dong, die Glocke ruft, Fräulein, ab in die Gruft*, die Agnes vergebens wegzuwischen versucht hatte. Rechenaufgaben, gemeine Bemerkungen über Geschwister, angeberische und fehlerhafte lateinische Verse, alles stand dort wild durcheinander. Selbst James hatte sich hier bereits mit einer schlichten Kreidezeichnung von Clarissa im Kinderwagen verewigt.

Martin, der hinter Mary die Leiter erklommen hatte, ließ die Bodenklappe mit einem lauten Knall zufallen. Der aufgewirbelte Staub und die Putzbrocken, die von der Decke fielen, machten den Raum noch ungemütlicher. Pierre und Ursule hockten auf einer der vielen herumliegenden Holzkisten.

»Wir müssen uns an die Formalitäten halten«, sagte Jean-Claude. Martin nickte.

Es sollte erwähnt werden, dass Englisch das Mittel der Verständigung zwischen Martin und den jüngeren Boulles war, außer wenn Madame Boulle ein Auge auf sie hatte. Für Pierre, Ursule und Jean-Claude war es ohnehin fast egal, welcher Sprache sie sich bedienten, während es für Martins geistiges Wohlbefinden von entscheidender Bedeutung war, dass er so wenig wie möglich Französisch sprach. Bei Pierre im Unterricht verhielt es sich anders, er vermittelte ihm das Gefühl, sich intelligent und idiomatisch ausdrücken zu können. Sein französisches Gestammel im Umgang mit Ursule und Jean-Claude dagegen war ihm peinlich. Zudem könnte Jean-Claude dadurch aus seiner minderwertigen Position, in die ihn sein schlechtes Tennisspiel gebracht hatte, wieder hervortreten, was es zu verhindern galt. Folglich gab sich Martin erst gar keine Mühe, die Fremdsprache zu üben, obwohl seine Mutter viel Geld für die Stunden zahlte. Meldete sich sein Gewissen doch einmal, so redete er sich beruhigend ein, mit der dreistündigen Büffelei jeden Vormittag sowie dem anschließenden Absitzen der Mittagsmahlzeit im Kreis der Familie Boulle seien die mütterlichen Wünsche doch ausreichend erfüllt. Zu jeder anderen Zeit hätte Pierre, der zwar sanftmütig, aber gewissenhaft war, alles versucht, die jungen Leute zu einem regen Gebrauch des Französischen im Alltag zu ermuntern, doch seine Bewunderung für Mrs Graham und das unvollendete Sonett okkupierten seinen Verstand und beeinträchtigten sein sonst ausgeprägtes Pflichtgefühl. Während er auf Mary wartete, hatte er sich literarisch an der Wand ausgetobt.

Et pourtant son regard me trouble étrangement.

Diese Worte, mit einem Bleistiftstummel gekritzelt, hatten ihn sogleich in Zweifel gestürzt, ob nicht schon jemand anders vor ihm sie irgendwo niedergeschrieben haben mochte. Dennoch, es lohnte sich, an einer letzten Sonettzeile festzuhalten, auch wenn sie einem als erste einfiel; die vorhergehenden dreizehn Zeilen konnten später, wenn einem die Muse holder war, immer noch folgen.

»*Alors, fais ton devoir, Ursule*«, sagte Jean-Claude.

Ursule, unbeherrscht kichernd, trat vor Mary hin und tastete sie ab.

»Nur so, um zu prüfen, ob du auch kein Spion bist mit versteckten Waffen«, erklärte sie und kicherte noch mehr.

»Was macht ihr hier bloß, und was soll das ganze Theater?«, fragte Mary.

»Setz dich«, sagte Pierre. »Wir bedauern die Unannehmlichkeiten, aber sie sind nötig. Wenn du uns helfen willst, musst du eine von uns sein und unsere Geheimnisse teilen. Wir können nicht vorsichtig genug sein.«

»Um was geht es? Eine Schatzsuche?«

»Oh, Pierre«, sagte Martin. »Darf ich es ihr sagen?«

»Sie hat es doch bestimmt schon erraten«, wandte Pierre ein. »Ist dir unsere Parole aufgefallen, Mary?«

»Ja.«

»Sagt sie dir denn gar nichts?«

»Nein. Ich weiß, dass Orléans irgendwo in Frankreich liegt. Ich war aber noch nie da.«

»Dann darfst du es ihr erklären, Martin«, sagte Pierre.

»Wir sind Monarchisten«, sagte Martin ehrfurchtsvoll.

Pierre, Ursule und Jean-Claude erhoben sich umgehend.

»*A bas la république*«, sagte Ursule kichernd.

»*A bas la république*«, sagten die anderen und setzten sich wieder.

»Mary«, sagte Martin beflissen, »du kannst dir nicht vorstellen, wie wichtig das ist. Wir könnten hier in England enorme Hilfe leisten. Die Boulles sind alle königstreu und setzen sich für die Wiedererrichtung der Monarchie ein. Du willst doch auch, dass Frankreich eine Monarchie wird, oder nicht?«

»Doch, selbstverständlich. Einen Präsidenten, der tagsüber Abendgarderobe tragen muss, fand ich schon immer lächerlich.«

Pierres gequälter Gesichtsausdruck warnte sie, dass man zwar Monarchist, aber noch immer Franzose war, der die präsidiale Amtskleidung nicht auf die Schippe genommen wissen wollte.

»Erzähl mir etwas mehr über euch«, sagte sie rasch.

»Pierre und Jean-Claude sind *camelots du roi*«, fuhr Martin fort, »und ich kann auch einer werden. Man muss nur ein Formular unterschreiben. Pierre wurde einmal beinahe von der Polizei verhaftet, weil er die *L' Action Francaise* verkauft hat, die Zeitung der Monarchisten. Es wird bestimmt bald zu einer großen monarchistischen Erhebung kommen, und wir sollen auf der englischen Seite behilflich sein. Weißt du, woher Jean-Claude seinen Namen hat?«

»Nein.«

»Der Duc de Guise ist Jean«, sagte Martin ergriffen.

»Und wo ist der Claude geblieben?«, fragte Mary.

»Na gut, wenn du dich darüber lustig machen willst …«, sagte Martin gekränkt.

»Tut mir leid, Martin. Ich habe es nicht so gemeint. Sag mir, was du hier verloren hast.«

Die vier fingen alle auf einmal an zu reden, in zwei verschiedenen Sprachen. Am Ende hatte Mary verstanden, dass Martins Geburtstagsfest für ein öffentliches monarchistisches Bekenntnis auserkoren worden war. Dazu sollte Ursule aus der Seide, die Mary in der Stadt gekauft hatte, eine Fahne nähen. Eigentlich hätten sie vorgehabt, erklärten sie ihr, die monarchistische Fahne mit Wappenschild, also die *tricolore* mit den *écusson fleur de lis* zu verwenden, aber das wäre zu aufwändig geworden, deswegen hätten sie sich für drei goldene Lilien auf weißem Grund entschieden. In einem bestimmten Moment sollte Jean-Claude, gefolgt von Martin und Ursule, mit der Fahne den Ballsaal betreten. Pierre sollte vom Balkon aus »*Vive le roi!*« rufen und so den Funken entzünden, der sich wie ein Lauffeuer über ganz England verbreiten sollte, den Kanal überspringen, den Duc de Guise auf seinem Anwesen in Belgien ergreifen, die Barrikaden in Paris errichten, die französische Republik bei den Wahlen hinwegfegen und den rechtmäßigen Erben auf den Thron der Capets heben.

»Und welche Rolle spiele ich dabei?«, fragte Mary.

»Du sollst die Musikkapelle bitten, ihr Spiel für einen Moment zu unterbrechen, mitten im Tanz. So hat der Auftritt eine viel größere Wirkung«, sagte Pierre.

»Was sagen denn dein Vater und deine Mutter dazu?«

»Wir haben es ihnen noch nicht gesagt«, gestand Claude. »Sie würden die Notwendigkeit zu handeln nicht einsehen. Sie werden es am Ende begrüßen, aber wir können nicht von ihnen verlangen, dass sie für eine solche Geste ihr Leben aufs Spiel setzen.«

»Außerdem«, sagte Pierre, »könnte *maman* unseren Plan für allzu exaltiert halten. Sie ist eher praktisch veranlagt. Die Idee mit dem Abfalleimer stammte von ihr.«

Mary blickte verwirrt in die Runde, und Martin schob eine Erklärung nach. »Madame Boulle denkt wahnsinnig praktisch«, sagte er begeistert. »Sie hat *La République* auf ihren Abfalleimer geschrieben. Ist das nicht herrlich? Immer wenn sie irgendwelchen Dreck wegschmeißt, beleidigt sie die alte Republik.«

»Du hilfst uns doch, Mary, oder?«, sagte Pierre, dessen sanfte braune Augen leuchteten.

»Wenn ihr so sicher seid, dass sich Tante Emily nicht darüber aufregt. Es ist immerhin ihr Haus. Nein, ich kann nicht mitmachen. Nur, wenn ich sie einweihen darf.«

Eine erneute zweisprachige Diskussion brach los, und es wurde entschieden, dass Mary gegenüber ihrer Tante, da diese ohnehin so gut wie nie richtig zuhörte, durchaus andeuten könne, Familie Boulle und Martin planten für den Ball einen kleinen Festumzug. Martin und Jean-Claude fanden diese Haltung feige, doch der ältere und reifere Pierre beruhigte sie, Täuschung für eine gute Sache sei im Ganzen gesehen eine Tugend. Nachdem dieses wichtige Detail geklärt war, gingen die Verschwörer auseinander, die drei Boulles zurück ins Pfarrhaus, Martin und Mary nach Rushwater. Unterwegs überschüttete er sie mit Informationen über die monarchistische Bewegung, was Mary recht ermüdend fand. Immerhin besser, als sich Cricket-Ergebnisse anhören zu müssen.

»Es gibt jetzt noch einen Störfaktor«, sagte Martin bekümmert. »Die Freundin von David, wie immer sie heißen mag. Sie kommt schon drei Tage vor dem Fest, und wir können sie nicht einweihen, weil wir nicht wissen, ob sie vertrauenswürdig ist oder nicht. Ihre Anwesenheit würde schrecklich stören. Deswegen wollte ich dich fragen, Mary, ob du dich nicht mit ihr anfreunden und sie zu Spaziergängen überreden könntest, das wird sie ablenken.«

Mary packte die kalte Wut, als sie an die verhasste Miss Stevenson erinnert wurde.

»Das kann ich leider nicht, Martin«, sagte sie. »Ich habe genug damit zu tun, Lady Emily zu helfen. Du musst Madame Boulle auf sie ansetzen.«

11
Demütigung eines Schleimers

Drei Tage vor dem Fest kam Lady Emily mit zerstreuter Miene zum Lunch.

»Etwas ganz und gar Schreckliches ist passiert«, verkündete sie. »Hol mir doch bitte meine Tasche aus dem Salon, Martin, dann erzähle ich euch alles.«

Martin, der sich heute frei genommen hatte vom Französischunterricht, um sich den Regeln des Cricketspiels zu widmen, stand auf und ging die Tasche suchen.

»Es handelt sich um einen höchst ungewöhnlichen Brief von Mr Holt«, fuhr sie fort. »Er kam heute Morgen. Aus irgendeinem unerfindlichen Grund habe ich ihn nicht gleich geöffnet, aber als ich dann später nach unten kam, habe ich ihn wieder aus der Tasche geholt und ihn gelesen. Nur kann ich ihn jetzt nirgends finden. Oh, danke, Martin. Vielleicht habe ich ihn ja doch wieder in die Tasche gesteckt. Ach, hier ist er ja! Also, dieser Mr Holt ist ein sonderbarer Mensch. Ich glaube, er hatte mich gebeten, Lady Norton einzuladen, oder nicht, Agnes?«

»Ja, das stimmt, Mamma. Du hast nach Mr Holts Abreise davon gesprochen, Lady Norton zu uns zu bitten. Ich erinnere mich deswegen daran, weil James sich an dem Tag sein Kittelchen nassgemacht hat, als er versuchte, den Goldfisch im Teich zu fangen. Der Arme. Er musste das Kittelchen sofort ausziehen. Nannie war schnell zur Stelle, und zum Glück hat er sich nicht erkältet. Seit der Impfung letzten Winter ist er nur noch halb so oft erkältet wie sonst.«

»Warum schreibt Mr Holt dann so seltsame Sachen?«, fragte Ihre Ladyschaft. »Wo ist der Brief? Vor einer Minute hatte ich ihn doch noch in der Hand.«

Nach einiger Aufregung entdeckte Mary den Brief in Lady Emilys Serviette, die auf den Boden gefallen war.

»Vielen Dank, Mary. Wahrscheinlich hatte ich ihn in der Hand, und als ich anfing zu erzählen, habe ich ihn mir auf den Schoß gelegt. Dann ist mir die Serviette vom Schoß gerutscht und zusammen mit dem Brief auf den Boden gefallen. Sie entgleiten einem so leicht. Manchmal denke ich, man sollte die Wäscherei bitten, keine Stärke zu verwenden, aber ohne sie bekommt man die Tischwäsche nicht so schön hin. Und jetzt, befürchte ich, kann ich den Brief ohne meine Brille nicht lesen. Wirklich erstaunlich, dass Conque immer alles vergisst. Also muss ich euch den Inhalt aus dem Kopf erzählen. Holt ärgert sich sehr über mich. Der Gedanke, ich könnte ihn verletzt haben, schmerzt mich wirklich. Ach, hier ist ja meine Brille. In der Tasche, wo sonst. Conque muss sie hineingelegt haben, kurz bevor ich nach unten gekommen bin. David, mein Lieber, wie schön! Wo kommst du denn auf einmal her?«

David stand in der Tür und musterte wohlwollend seine Familie. Er drehte eine Runde um den Tisch, küsste

Agnes auf die Stirn, berührte seinen Vater an der Schulter, ebenso Martin, begrüßte Mary und stellte sich zwischen sie und seine Mutter.

»Aus London. Und ich habe einen Bärenhunger mitgebracht. Hat Gudgeon noch etwas zu essen für mich? Oh, Gudgeon, ich habe einige Koffer dabei. Ich möchte, dass sie auf mein Zimmer gebracht werden. Ich will bis nach dem Ball bleiben, Mutter, wenn es geht. Was macht der Bulle, Vater?«

»Der wird Ende des Monats nach Argentinien verschifft.«

»Prächtig. Und was macht dein Französisch, Martin? Kannst du schon *Le Chêne et le Roseau* auswendig aufsagen?«

»Halt die Klappe, David.«

»Du musst mir helfen, David«, sagte Lady Emily. »Mr Holt hat mir einen höchst merkwürdigen Brief geschrieben. Ich brauche den Rat von euch allen. Henry, sag du mir, was ich tun soll.«

»Das kann ich schlecht, solange ich nicht weiß, worum es geht, Emily.«

»Hör zu, was er schreibt: ›Verehrte Lady Emily. Ich muss gestehen, ich war sehr verletzt, als ich von meiner alten Freundin Lady Norton erfuhr, dass Sie sie nach Rushwater eingeladen haben, ohne auch mich zu bitten. Schließlich haben Sie Lady Norton durch mich kennengelernt …‹«

»Und damit«, sagte Ihre Ladyschaft, faltete den Brief zusammen, steckte ihn in ihre Tasche und richtete ihren Blick in die Vergangenheit, »hat er absolut recht. Er hat sie mir auf einer Blumenschau vorgestellt, in Chelsea, glaube ich, vielleicht war es auch am Vincent Square. Jedenfalls in dem Jahr, als die blaue Meconopsis auf den Markt kam. Ich fand die Lady unerträglich stumpfsinnig. Ich hätte mich nicht weiter mit ihr abgegeben, wenn er mich nicht darum gebeten hätte, und ich muss sagen, beim zweiten Mal fand ich sie noch stumpfsinniger als beim ersten Mal. Allerdings kennt sie sich sehr gut mit Mohnblumen aus und will mir Samen schicken. Ist das nicht alles seltsam?«

»Du hast den Brief noch nicht zu Ende vorgelesen, Tante Emily«, brachte Mary den Wunsch der Zuhörer zum Ausdruck.

»›… schließlich haben Sie Lady Norton durch mich kennengelernt, daher hätte ich gedacht, dass Sie mich in eine Einladung an sie selbstverständlich einbeziehen würden. Bedauerlicherweise habe ich Sie und Ihren Garten bei meinem letzten Besuch kaum zu Gesicht bekommen. Ich hoffe, Mrs Grahams Kinder, die ihre Mutter so sehr in Anspruch nehmen, sind wohlauf.‹ Ihr ergebenster und so weiter.«

»Was für ein grässlicher Giftzwerg, Tante Emily.«

»Tja, Emily«, sagte Mr Leslie. »Was soll ich dir raten? Ich habe den Kerl noch nie gemocht, und jetzt hat er dir einen sehr beleidigenden Brief geschrieben.«

»Ich meine doch nur: Was soll ich machen? Es tut mir einfach leid, dass er sich so verletzt fühlt. Es stimmt, wir haben uns den Garten kaum angesehen, das darf sich diesmal nicht wiederholen.«

»Diesmal? Was heißt das, Emily?«, fragte ihr Mann.

Lady Emily errötete leicht.

»Jetzt weiß ich, was du getan hast«, sagte David vorwurfsvoll und zeigte mit dem Finger auf seine Mutter. »Du hast diesen Giftpilz aufgefordert herzukommen.«

»Das war nicht meine Absicht, David«, verteidigte sich seine Mutter. »Aber ist das nicht furchtbar? Sich wegen so einer Lappalie dermaßen gekränkt zu fühlen? Noch dazu jemand wie Mr Holt, der allgemein verhasst ist. Mir blieb nichts anderes übrig, als ihn einzuladen.«

»Damit nicht genug«, sagte David, der seine Mutter regelrecht anstarrte. »Ich sag es dir ins Gesicht: Du hast ihn gebeten, bis zu Martins Geburtstagsfest zu bleiben.«

»Mein Gott, Emily, das darf nicht wahr sein!«, zürnte Mr Leslie.

»Es muss dich nicht stören, Henry. Es geschah aus reiner Freundlichkeit.«

»Es stört mich aber, Emily.« Mr Leslie stand auf. »Freundlichkeit gut und schön, aber was ist mit deiner Familie? Dieses Haus ist nicht die Arche Noah, Emily. Ständig lädst du Leute ein.«

»Wenigstens bittet sie sie nicht, paarweise aufzutauchen«, sagte David. »Mrs Holt! Eine grausige Vorstellung.«

»Es reicht«, sagte sein Vater. »Wenn Mr Holt dieses Haus betritt, verlasse ich es.«

Er nahm sich eine Zigarre von der Anrichte und hätte beim Hinausgehen beinahe noch die Tür zugeknallt.

»Wie unerfreulich«, sagte Agnes ruhig. »Das wird ein hübsches Stück Arbeit, Papa wieder zu besänftigen. Mutter, Darling, ich glaube, ich fahre mit den Kindern morgen nach Southbridge. Sie brauchen neue Schuhe, und James muss zum Friseur. Auf dem Land wächst sein Haar anscheinend immer schneller. Warum nur? Vielleicht liegt es daran, dass ich es hier nicht so oft schneiden lasse? Aber jetzt komm, Mutter, dein Mittagsschlaf.«

Agnes und ihre Mutter verließen den Raum, Martin tat es ihnen nach, raunte vorher aber Mary noch zu: »Ich muss gehen. Schrecklich wichtig. Du weißt, warum.«

»Was sich Martin bloß diesmal in den Kopf gesetzt hat?«, fragte David. »Jedes Jahr eine neue Spinnerei. Letzten Sommer war er Sozialist, zu Weihnachten setzte er sich plötzlich für ein vereinigtes Irland ein oder so. Jedenfalls rezitierte er Yeats und trauerte um die schöne Deirdre aus der irischen Mythologie.«

»Es ist etwas, das ihn und die Boulles gemeinsam interessiert. Ich verstehe es nicht genau«, sagte Mary wahrheitsmäßig.

»Wie Jungs eben so sind. Langweilig. Was gibt es Neues bei dir, Mary? Ich will alles wissen. Ich habe viel Zeit mit meinem Roman verbracht. Ich kenne einen Mann, der ihn unbedingt verfilmen will. Und es besteht die Chance, dass eine dramatische Version im Rundfunk gesendet wird. Deswegen war ich die ganze Zeit weg. Ich hatte viel zu tun.«

»Der Roman ist also fertig«, sagte Mary.

»Oh nein. Erst die Verfilmung, dann die Hörspielfassung, und mit dem Erfolg im Rücken wird es ein Leichtes sein, den Roman zu schreiben. Das ist keine Seltenheit, man nennt es dann ›nach dem bekannten Theaterstück‹. Was machen die Vorbereitungen für Martins Fest?«

»Es wird wunderbar. Dein Vater hat mir ein himmlisches Kleid spendiert, und Tante Agnes hat mir Schuhe und Strümpfe gekauft. Ich freue mich riesig darauf.«

»Fang!« David warf ihr ein Päckchen zu. Vor lauter Überraschung verfehlte sie es. »Oh, du Tollpatsch. Du bist unmöglich! Wie Mamma.« Er hob das Päckchen auf und gab es ihr.

»Für mich?«, fragte Mary und öffnete es, ohne seine Antwort abzuwarten. In dem Einwickelpapier war eine Abendtasche mit feinsten Stickereien, bunte Blumen, von Vögeln umflattert.

»Oh, David! Wie reizend. Und sie passt genau zu meinem Kleid. Wirklich, du darfst mir nicht ...«

»Jetzt sag nicht, deine Mutter hätte dir eingebläut, niemals Geschenke von Männern anzunehmen, wenn sie dir nicht hoch und heilig die Ehe versprechen. So etwas ist furchtbar altmodisch. Gefällt dir mein Geschenk?«

»Ja, sehr. Zuletzt hast du mir einen Korb mit Erdbeeren geschenkt und davor meine eigene Hand, in ein Seidentaschentuch gewickelt. Erinnerst du dich?«

»Deine eigene Hand? Ach so, ja, natürlich. So etwas Perfektes wie deine Hand kann ich dir natürlich nicht schenken, aber das hier genügt hoffentlich auch deinen Ansprüchen.«

»Die Tasche ist wunderschön.«

»Lass sehen, ob deine Hand immer noch perfekt ist«, sagte David. Er nahm ihre Hand und betrachtete sie aufmerksam.

»Perfekt«, stellte er fest. »Wirst du mir die Ehre erweisen, dich auf Martins Ball auffordern zu dürfen?«

»Aber natürlich. Sammelst du schon Tanzpartner? Ich werde wohl nicht viele Leute kennen auf dem Ball, außer dich und John und Martin und die Boulles natürlich.«

»Keine schlechten Leute, diese Boulles«, sagte David, küsste sie flüchtig und geschäftsmäßig auf die Handfläche, schloss ihre Finger um den Kuss und verlor umgehend das Interesse. »Madame Boulle ist ein bisschen geschwätzig und das Mädchen ein Kicheraffe. Den Professor allerdings mag ich und den älteren Sohn. Der jüngere ist nicht so verpickelt, wie ich gehofft hatte.« Er nahm einen Pfirsich und begann ihn zu schälen.

»Ich wusste nicht, dass du die Boulles kennst«, sagte Mary. Ihr Herz hatte nach dem Kuss wie wild angefangen zu schlagen, so dass sie den Einwand des gesunden Menschenverstandes, der Kuss sei doch nur eine flüchtige Geste, kaum ertragen konnte. Sie war sich unsicher, ob sie die soeben hofierte Hand an die Lippen legen oder David damit eine Ohrfeige verpassen sollte.

»Ich habe sie heute gesehen, als ich Joan Stevenson dort hinbrachte«, sagte er, und Pfirsichsaft quoll aus seinem Mund hervor.

Hatte Davids hübsche Geste sie vorhin noch überwältigt, so veränderte sein abscheulicher Verrat jetzt alles. Die helle Stimmung schlug um, finstere Gedanken quälten sie, aus den sommerlichen Geräuschen wurde grollender Donner. David chauffierte diese grässliche Miss Stevenson in seinem Sportwagen hierher und brachte es, kaum ihren Armen entflohen oder, um fair zu sein, dem Fahrersitz neben ihr, fertig, Mary ein Geschenk zu überreichen, es ihr zuzuwerfen, als würde er Almosen an Bettler verteilen. Wäre ihre alte Abendtasche nicht so ausgesprochen hässlich, sie hätte sein Danaergeschenk auf den Boden geworfen. Sie hasste David mehr als je zuvor. Sie würde dafür sorgen, dass ihre Tanzkarte schon vor dem Ball vollständig ausgefüllt war, und wenn es bedeutete, sich mit Mr Holt zu langweilen.

»Lust auf einen Spaziergang heute Nachmittag?«, fragte David.

»Mit Miss Stevenson?«, entgegnete Mary. Sie legte Kühle und Desinteresse in ihren Ausdruck, doch wenn Davids betörende Stimme einen so in Erregung versetzt, dass man sich beinahe verschluckt, dann klingt Gefühlskälte schnell wie Heiserkeit.

»Joan? Glaube ich nicht. Das Gehen fällt ihr schwer, und ich muss mir die Beine vertreten. Komm schon.«

»Gut, David. Ich freue mich«, sagte Mary.

Die Familie Boulle und Miss Stevenson kamen nach dem Tee zum Tennisspielen. Ursule befand sich bereits in einem Zustand kichernder Ergebenheit gegenüber Miss Stevenson und beharrte darauf, sich beim Gehen bei ihr unterzuhaken. Miss Stevenson, nach drei Jahren in Oxford mit jeder Art von Schwärmerei vertraut, war nicht unempfänglich für Ursules arglose Huldigungen, fand jedoch deren körperliches Gewicht ermüdend. Da Mary und David noch spazieren waren, übernahm es Madame Boulle, Miss Stevenson den übrigen Familienmitgliedern vorzustellen.

»Lady Emily«, sagte sie. »Darf ich Ihnen Miss Stevenson vorstellen, von der Sie sicher schon gehört haben. Miss Stevenson ist leitende Angestellte beim Rundfunk und steht daher mit den interessantesten Bewegungen unserer Zeit in Kontakt. Eigentlich absurd, dass Miss Stevenson extra zu uns kommt, um Französisch zu lernen, denn sie spricht es bereits erstaunlich fehlerfrei und beinahe ohne jeden englischen Akzent, welcher, obwohl unangenehm, wenn übertrieben, für französische Ohren an sich nicht unattraktiv ist. Ich verrate dir etwas, Martine: In Frankreich nennen wir die englische Sprache *la langue des oiseaux*, weil sie auf uns diesen Effekt hat, ein Vogelzwitschern und -zischen sozusagen. Deutsch dagegen nennen wir *la langue des chevaux*, weil es eine gewisse Schwere an sich hat, eine Unbeholfenheit, einem wiehernden Pferd nicht unähnlich. Pferdewiehern heißt auf Französisch *hennir, qui se prononce ha-nir, mais je te conseille d' eviter ce dernier, Martine*, womit ich nur sagen will, dass du dir darüber klar sein solltest, denn diese Frage wird manchmal in Prüfungen gestellt. Das Wort *hennir* hatte ganz sicher auch euer Swift im Sinn, wenn er von seinen sprechenden Pferden schreibt, sein Houyhnhnms.«

»Onomatopoesie«, warf Professor Boulle ein, aber niemand beachtete ihn.

»Wie klug Sie sind«, sagte Lady Emily zu Madame Boulle. »Das Wort habe ich schon häufig gelesen, aber mich nie laut auszusprechen getraut.«

Danach machten alle vor, wie sie das Wort Houyhnhnms aussprechen würden, außer Ursule, die nur kicherte.

»Beim Sender«, sagte Miss Stevenson, »haben wir uns auf ›Winnim‹ als die korrekte Aussprache geeinigt. Wahrscheinlich wird es in unsere nächste verbindliche Liste aufgenommen.«

»Dennoch«, fuhr Madame Boulle fort, »gibt es bestimmte Fehler, geringfügige vielleicht, doch dem französischen Ohr fallen sie auf, wie ich Miss Stevenson gegenüber bereits erwähnt habe, und sie wird sie rasch korrigieren, denn sie hat ein sehr feines Gehör. Martine hat nicht so ein feines Gehör, dafür ist er ein feiner Kerl«, ergänzte sie zu Martins Schreck jovial. »Es freut mich, dass er außerhalb des Unterrichts viel Zeit mit meinen Kindern verbringt. So eignet er sich leicht ein ganz natürliches Französisch an, das als die reinste und schönste Sprache in der zivilisierten Welt gilt. Das Französisch von Touraine ist besonders berühmt für seine Reinheit. Meine Vorfahren, die de Fleurs, leben seit dem elften Jahrhundert in Touraine und sind seit jeher bekannt für ihre klare Aussprache.«

»Na, los«, sagte Martin, der dieses Gerede nicht länger ertrug, »wir spielen ein Set. Ich und Ursule gegen Pierre und Miss Stevenson.«

Während des Spiels kehrten David und Mary von ihrem Spaziergang zurück. Jean-Claude rannte gleich auf Mary zu und zog sie beiseite.

»Unsere Fahne ist fast fertig«, sagte er aufgeregt. »Ursule hat zwei Nächte durchgearbeitet. Wir haben unseren Plan etwas geändert. Statt das Tuch aufgerollt auf einem Stock hereinzubringen, der nur schwer zu verbergen ist, trage ich es zusammengefaltet unter meinem Mantel. Wenn du die Musik angehalten hast, marschieren Martin, Ursule und ich in den Ballsaal ein. Pierre ruft von der Galerie aus: ›*Vive le roi*‹, wir antworten im Chor ›*Vive le dauphin*‹, und ich entfalte die Fahne. Das wird seine Wirkung nicht verfehlen, glaubst du nicht auch?«

»Es wird prächtig!«, sagte Mary. »Aber ist der Kronprinz nicht in der französischen Revolution gestorben?«

»Ludwig XVII, der ist in dem schrecklichen Gefängnis, in das ihn die Mörder seines Vaters gesteckt haben, gestorben«, sagte Jean-Claude mit Leidenschaft in der Stimme, »doch solange der französische König einen Sohn hat, ist dieser Sohn der Kronprinz. Du hast doch bestimmt schon von dem Comte de Paris gehört.«

»War das nicht der Sohn von Louis Philippe?«

»Deine geschichtlichen Vorstellungen sind einigermaßen überkommen«, sagte Jean-Claude mitleidig. »Der Comte de Paris ist der Sohn des Duc de Guise, Jean III, des rechtmäßigen Königs von Frankreich. Sein Name ist Henri, wie mein Vater. Was sagst du dazu? In der Familie Boulle gibt es einen Henri und einen Jean. Ist doch auffällig, nicht? Die Familie Boulle war schon immer bekannt für ihre Königstreue. Und auch die Familie meiner Mutter, die de Florels. Die de Florels sogar schon seit Chlodwigs Zeiten.«

Mary, die der traurige Gedanke bewegte, dass Jean-Claude mit zunehmendem Alter wie seine Mutter werden würde, entschuldigte sich für ihre Ignoranz und brachte ihre Zustimmung für die Pläne zum Ausdruck. Sie fragte, was sie nach der Kundgebung zu tun gedächten.

»Nichts«, antwortete Jean-Claude. »Das reicht. Die Engländer werden unseren Mut und unsere Überzeugung würdigen und zu uns überlaufen. Die Engländer bewundern Mut. Außer den Franzosen sind sie die mutigste und tapferste Nation der Welt.«

»Komm, Mary, ein neues Doppel«, sagte Martin, der wie aus dem Nichts aufgetaucht war. »Miss Stevenson spielt zu schlecht. Du und ich gegen David und Ursule. Danach ein Kinderdoppel mit Jean-Claude und Miss Stevenson. Ist alles gut so weit?«, fügte er zum Schluss hinzu und sah seine Mitverschwörer bedeutungsvoll an. Jean-Claude, der ihm das abwertende Urteil über sein Tennisspiel nicht übel nahm, nickte wichtigtuerisch.

»Sollte sich etwas am Plan ändern, schreibe ich es auf einen Zettel und lege ihn dir auf den Tisch«, sagte Martin zu Mary, als sie zum Tennisplatz gingen. »Freies Reden ist mir zu unsicher.«

»Warum war auf deinem Brief über das Treffen im Tempel eigentlich das Pfadfinderabzeichen abgebildet?«, fragte Mary.

Martin sah sie mit vornehmem Hochmut an.

»Hast du die *fleur-de-lis* nicht erkannt, meine Gute?«, fragte er nach.

»Entschuldige, Martin.«

Nach zwei weiteren Sets, bei denen weder Jean-Claude noch Miss Stevenson mitspielen durften, ging die Gruppe auseinander. Miss Stevenson landete einen Erfolg bei Mr Leslie, der sich gerne erklären ließ, wie Dinge funktionierten, und dem sie von ihrer Arbeit beim Rundfunk erzählte. Pierre hatte sich mit Agnes unterhalten und sich dabei gefühlt wie der Troubadour Jaufré Rudel, der eine ferne Geliebte anhimmelte, obwohl es ihm sicher schwergefallen wäre, genau zu erklären warum. Agnes hatte in ihm einen dankbaren Zuhörer gefunden, ihm von Clarissa erzählt, die Piepatz zu Aprikosen sagte, von James, dessen Haar anscheinend schneller wuchs, wenn es nicht geschnitten wurde, und von Emmy, die wieder ganz wohlauf sei, nachdem Monsieur Boulle sie freundlicherweise vor dem Ertrinken im Teich gerettet hatte.

»Hoffentlich hast du dich nicht erkältet«, sagte sie zum siebten oder achten Mal. »Ich selbst mag Nässe nicht. Sie stört mich. Ich erinnere mich, als James noch klein war, sind wir mal zur Isle of Wight gefahren, und ich wurde ziemlich nass. Wir gingen gerade spazieren, als es anfing zu regnen. Nannie war nicht bei mir, und ich nahm James unter meinen Schirm, und mein Mann schlug seinen Mantelkragen hoch. Es war sehr unangenehm.«

Auf dem Heimweg war Pierre ganz erfüllt von dem Gedanken an die junge Mutter, die ihr Kind beschützt, und er entwarf bereits die ersten Zeilen eines Gedichts, das mit den Worten »*Dieu pluvial!*« beginnen und mit der hübschen Fantasie eines süßen Lämmleins enden sollte, »*ce doux agneau*«. Was die mittleren Zeilen betraf, hatte die Muse ihn im Stich gelassen.

12
Alles Gute zum Geburtstag

Am Morgen von Martins siebzehntem Geburtstag stieg die Sonne in einem wolkenlosen Himmel auf. Dunst lag über dem Garten und der Wiese, und es versprach ein herrlicher Augusttag zu werden. Martins Zimmer ging nach Osten, und erste Sonnenstrahlen fielen durch das gardinenlose Fenster auf sein Bett, in dem er tief und fest schlummerte, die Pyjamajacke abgestreift, die Laken in der warmen Nacht von sich getreten. Als die Sonne sein nacktes Kinn kitzelte, fing er an, sich im Halbschlaf genüsslich zu rekeln. Eine Wespe, die sich ins Zimmer verirrt hatte, schwirrte ihm um den Kopf. Martin richtete sich auf, schlug nach ihr, verfehlte sie aber. Wütend flog die Wespe auf, prallte gegen eine Fensterscheibe, entdeckte einen offenen Fensterflügel und entschwand. Von der Stille eingelullt, wäre Martin beinahe wieder in Schlaf versunken, als ihm einfiel, was für ein Tag heute war.

»Meine Güte«, sagte er, setzte sich im Bett auf und strich sich die Haare zurück. »Ich bin jetzt siebzehn.«

Nach vorne gebeugt, die Arme um die Knie geschlungen, sann er einen Moment darüber nach. Mit siebzehn war man praktisch so gut wie erwachsen. Man konnte ungestraft Auto fahren, den Ford oder sogar Davids

Sportwagen, wenn er einen ließ. Siebzehn war ein Alter, in dem alles passieren konnte. Abenteuer, Liebesaffären lagen vor ihm. Und alles würde ganz wunderbar werden. Gestern war John gekommen, und sie hatten sich einen bunten Abend gemacht, David hatte seine witzigen Lieder gesungen und zum Tanzen auf dem Klavier aufgespielt, nachdem die Großeltern zu Bett gegangen waren. Für heute stand ein Cricketmatch auf dem Programm. In der Ferne hörte er ein Hämmern, die Männer, die noch dabei waren, zusätzliche Sitzreihen am Platzrand aufzustellen. Es war lustig, wenn man sich die Mühe machte, aufzustehen und in den Garten hinauszuschauen, den Männern bei der Arbeit zuzuschauen, zu beobachten, wie die Hämmer durch die Luft sausten, sie aufschlagen zu sehen, bevor das Geräusch einen erreichte. Das hatte etwas mit Wissenschaft zu tun. Nach dem Cricket das Dinner und gemeinsames Anstoßen, danach der Ball.

Martin streckte Arme und Beine und schoss aus dem Bett. Beinahe hätte er es vergessen. Heute war nicht nur sein Geburtstag, sondern auch DER TAG. Die Fahne mit den *fleurs-de-lis* war rechtzeitig fertig geworden, auch wenn Ursule dazu hatte gedrängt werden müssen; urplötzlich nämlich hatte sich ihr Interesse auf diese Miss Stevenson verlagert, der sie fortan kichernd zu Füßen saß, statt die Fahne zu nähen. Alle Vorbereitungen waren getroffen, und Martin wollte seinen siebzehnten Geburtstag dafür nutzen, sich der Sache eines gestürzten Königshauses zu verschreiben. Aus einem Taschenbuch auf seinem Nachttisch nahm er einen Zeitungsausschnitt über den Duc de Guise und den Comte de Paris. Furchtbar, was die Zeitungsfotos mit den Dargestellten anrichteten: Der Graf sah aus wie ein Glatzkopf, der sich mit einem Bart tarnt, und der Comte wie ein kleiner Ganove. Martin wusste es besser. Selbst die englische Presse erkannte, welche Macht diese beiden Männer ausstrahlten.

»*Die französische Regierung*«, las er laut vor, »*erkennt den Herzog an, so wie sie seinen Vater anerkannt hat. Der Herzog von Chartres wurde vor vierzig Jahren von der französischen Armee entlassen, weil er ihr brillantester General war. Der Herzog von Guise ist groß, hübsch, sechzig Jahre alt und durfte – wegen seines Vaters – nicht in der französischen Armee dienen.*«

»Tyrannen!«, murmelte Martin. Dann legte er den Ausschnitt auf den Kaminsims und nahm Haltung an.

»*Mon roi*«, sagte er mit der gebührenden Achtung zu dem Herzog von Guise und salutierte.

»*Mon dauphin*«, sagte er mit artigem Respekt zu dem Grafen von Paris und salutierte.

Danach hielt er zu Ehren des jungen, durch hinterhältige Verräter zu Tode gekommenen Daudet kurz innere Einkehr. Der Gedanke, dass Pierre, Ursule und Jean-Claude dasselbe taten, wahrscheinlich sogar just in diesem Moment, brachte sein Blut in Wallung. Solange solch' königstreue Herzen schlugen, war die Sache der Lilien nicht verloren.

Wenn Martin zum Pfarrhaus hätte fliegen und durch die Fenster hineinschauen können, sein Glaube hätte einen empfindlichen Dämpfer bekommen. Pierre huldigte tatsächlich einer Fotografie, aber es war weder die eines Königs noch eines Kronprinzen. Es war ein Ausschnitt aus dem *Tatler*, der Mrs Robert Graham im angeregten Gespräch mit einer Freundin auf einer Gardenparty im Buckingham Palace zeigte. Agnes' Schönheit war von der seltenen Art, die auch Fotoapparaten trotze. Ihre regelmäßigen Gesichtszüge, ihr strahlendes, einnehmendes Lächeln, ihre exquisite Figur, all dem wurde das Foto des Partyfotografen nur gerecht.

»›*Moi, j' aime la lointaine Princesse*‹«, murmelte Pierre. Er legte das Foto in eine Schublade, damit seine geliebte ferne Prinzessin ihn nicht beim Rasieren beobachten konnte.

Ursule, in Morgenrock und Nachtpantoffeln, saß am Fußende von Miss Stevensons Bett und lauschte Worten der Weisheit.

»Die Ehe ist ein so gewaltiges Thema«, sagte Miss Stevenson, während sie ihren Morgentee trank. »Darüber sollten wir beide uns einmal austauschen. Ich bin unbedingt dafür, zu allen Themen so viele verschiedene Meinungen einzuholen wie möglich. Und deine interessiert mich besonders, Ursule. Ich glaube, in England ist die Kameradschaftsehe noch nicht voll und ganz anerkannt, aber das wird schon noch kommen. Beim Sender müssen wir uns natürlich zurückhalten, da die meisten unserer Zuhörer immer noch voller Vorurteile sind. Vor allem erachten wir es für nötig, dass die Redakteure der Kinderstunde hohen moralischen Normen genügen. In meiner Abteilung sind die Normen offiziell auch sehr hoch, doch Scheidung zum Beispiel ist nicht mit dem selben Stigma behaftet wie in der Kinderstunde.«

Ursule kicherte bewundernd.

Jean-Claude schließlich schlief noch tief und fest.

Auch Marys Gedanken waren wenig angemessen für diesen Anlass. Die Tage zuvor hatten für Aufruhr in ihrem Herzen gesorgt. Herrliche Spaziergänge mit David, der ihr über mehrere Zaunübertritte geholfen hatte, unnötigerweise, doch falls ihm tatsächlich daran gelegen gewesen wäre, ihr zu helfen, obwohl sie es auch gut allein geschafft hätte, dann wäre es taktvoller gewesen, dachte sie, er hätte es nicht so lässig getan. Ihr nur einfach die Hand zu reichen und ihr dabei fast den Rücken zuzukehren und zu sagen: »Nun spring schon, gutes Mädchen!«, konnte bei aller Gutmütigkeit kaum als Ausdruck echter Zuneigung gedeutet werden. Dagegen stand die Tatsache, dass er ihr diese wunderschöne Handtasche geschenkt hatte. Allerdings durfte man auch nicht vergessen, dass er Miss Stevenson nach Rushwater eingeladen hatte. Gewürdigt hatte er sie jedoch seit ihrer Ankunft keines Blickes. Weder hatte er Tennis mit ihr gespielt noch sie im Pfarrhaus besucht, ja noch nicht einmal mit ihr gesprochen.

Gestern war nun John angereist, freundlich und verlässlich wie immer. Er hatte Tennis mit ihr, David und Martin gespielt und sich gut geschlagen. Beim Abendessen war er sehr liebenswürdig zu ihr gewesen, hatte kein Wort über ihren Gesang verloren, wofür sie ihm zutiefst dankbar war. David hatte die Rolle des Sängers übernommen und, nachdem die Großeltern zu Bett gegangen waren, sie alle mit den neuesten Songs unterhalten, darunter auch einige höchst unfeine Strophen seines Spirituals über das Trinken, »Trinke Sirup, trinke Rum«.

Danach hatte er himmlische Jazztunes zum Tanzen gespielt.

»Du tanzt aber gut«, hatte John zu ihr gesagt. »Du bist der federfüßigste Mensch, der mir je begegnet ist.«

»Aber du bist auch kein schlechter Tänzer. Besser als David.«

»Weißt du, ich bin bei der Navy gewesen. Ich musste sie zwar verlassen, weil ich zu groß war und mir überall den Kopf gestoßen habe, aber vorher haben sie mir noch das Tanzen beigebracht. Du tanzt doch morgen Abend auch wieder mit mir, oder?«

David hatte sie gefragt, ob sie ihr Geschenk auch sicher aufbewahre.

»Ja, doch«, sagte sie. »Ich habe es zur Seite gelegt, noch eingewickelt, bis morgen. Ich trage die Tasche zum Ball.«

»Ach so, die Tasche«, sagte David. »Unwichtig. Ich meinte das Geschenk, das ich dir in deine perfekte Hand gelegt habe. Ist es da auch sicher?«

Flammend rot vor Verlegenheit und unzusammenhängendes Zeug stammelnd, war sie zu Agnes geflüchtet. Was bildete er sich ein! Glaubte er etwa, sie würde einen Kuss auf ihre Hand besonders wertschätzen? Wie charmant, dass er sich an etwas erinnerte, was sie für eine eher oberflächliche Geste gehalten hatte. Und Gott sei Dank würde er niemals erfahren, dass sie abends im Bett die Hand unter ihre Wange gelegt hatte, bis diese Schlafhaltung doch zu unbequem wurde.

Agnes' Gedanken am Morgen von Martins Geburtstag waren kleiner. Sie bedauerte, dass Emmy und Clarissa-Darling noch zu jung für einen Ball waren, und sie beschloss, John endlich zu verkuppeln. Mit Wohlwollen hatte sie John und Mary gestern Abend zusammen tanzen sehen, sich sogar bemüht, Martin als Tanzpartner bei sich zu halten, damit John öfter bei Mary zum Zuge kam.

Für Mr Leslie und Lady Emily beschwor Martins siebzehnter Geburtstag unweigerlich Erinnerungen an Martins Vater herauf. Auf dem Weg nach unten zum Frühstück schaute Mr Leslie im Zimmer seiner Frau vorbei.

»Guten Morgen, meine Liebe«, sagte er. »Ein herrlicher Tag für Martins Cricketmatch. Weißt du, woran es mich erinnert?«

»Ja, Henry. Ich muss auch daran denken. Es war ein heißer Tag, so wie heute, und ich erinnere mich an die Hammerschläge der Männer auf dem Cricketplatz, als sie die Sitze aufstellten.«

Mr Leslie sah aus dem Fenster. »Es kommt alles wieder hoch«, sagte er. »Martin ähnelt ihm von Tag zu Tag mehr, Emily. Als ich heute Morgen Martins Stimme auf der Treppe hörte, ich hätte schwören können … Na ja, jetzt muss ich aber erst mal frühstücken«, sagte Mr Leslie und schnäuzte sich die Nase. »Nicht zu früh aufstehen, meine Liebe. Es wird ein langer Tag heute.«

In der Tür kam ihm John entgegen, der seiner Mutter einen guten Morgen wünschen wollte.

»Guten Morgen, John«, sagte sein Vater beim Hinausgehen.

»Guten Morgen, Vater«, sagte John. »Guten Morgen, Mutter. Alles Gute zu Martins Geburtstag. Stimmt was nicht mit Vater?«

»Die Erinnerungen, John. Martin gleicht immer mehr seinem Vater. Es gibt Dinge, die vergisst man nie, und dann gibt es welche, an die erinnert man sich nur hin und wieder, aber sie sind nicht weniger schmerzhaft.«

»Ich weiß, ich weiß.«

»Man ist ja schon zufrieden, wenn die Jungen glücklich sind«, sagte Emily, eher zu sich selbst.

»Man erfährt Glück, indem man anderen Glück schenkt«, sagte John.

»Ich wünschte, ich könnte dir welches schenken.«

»Vielleicht ist man mit dem Älterwerden eher bereit, sein Glück zu teilen«, sagte John. »Allerdings wünsche ich mir manchmal, ich könnte egoistisch sein und mir das Glück einfach nehmen, so wie Gay es mir geschenkt hat, als ich jung war.«

Lady Emily wusste darauf nichts zu erwidern. Johns letzte Worte trafen sie ins Mark. Es bestürzte sie, dass er von seiner Jugend in der Vergangenheit sprach. Sie hatte die uralte mütterliche Klage im Ohr: »Was verstehst du schon von Trauer. Du hast kein Kind verloren!« Das Bild, dem sie sich so oft, so standhaft verwehrt hatte, erhob sich nun vor ihr: Ihr Erstgeborener, der irgendwo im Jenseits herumirrte, der nach ihr verlangte, der glaubte, sie habe ihn im Stich gelassen, und der nicht wusste, dass er derjenige war, der sie mit dem Älterwerden allein gelassen hatte. Sie schob den Gedanken beiseite; John war am Leben, und John brauchte Hilfe.

»John, mein Lieber«, sagte sie, »was für eine traurige Unterhaltung an Martins Geburtstag! Sprich nicht so über deine Jugend. Ich fühle mich gleich viel älter.«

»Du hältst mich für jung, weil ich dein Sohn bin, Mamma. Andere finden das nicht. Guten Morgen, Mary. Findest du mich jung?«

Mary, die auf dem Weg nach unten zum Frühstück ebenfalls vorbeischaute, stutzte.

»Bist du sehr viel älter als David?«, fragte sie argwöhnisch.

»Sieben, acht Jahre. Je nachdem, wer als Letzter Geburtstag hatte.«

»Dann kannst du nicht so alt ein. Tante Emily«, sagte sie, als John das Zimmer verlassen hatte, »ich habe vergessen, dir zu sagen, dass Martin und die Boulles heute Abend eine kleine Vorstellung geben wollen. Sie dauert nur wenige Minuten, und ich soll dich fragen, ob du etwas dagegen hast. Ich glaube, sie wollen sich kostümieren und etwas vortragen.«

»Wie sollte ich etwas dagegen haben? Brauchen sie einen Raum zum Umkleiden? Dann müssten sie eins der Schlafzimmer nehmen, weil die unteren Räume alle in Benutzung sind. Conque könnte ihnen helfen. Sie kann prächtige Kleider nähen. Klingel nach ihr, Mary, dann sage ich ihr Bescheid. Oder ich sage es ihr beim Frühstück, wie ich das immer mache, wenn ich etwas von ihr will. Du musst es mir nur auf einen Zettel schreiben. Drüben auf dem Tisch liegt Papier, und bis eben hatte ich auch einen Stift hier irgendwo, aber zwischen dem Bettzeug geht immer alles verloren.«

»Ich glaube, sie brauchen keine Hilfe, Tante Emily. Trotzdem vielen Dank. Es ist schon alles vorbereitet. Ich richte ihnen aus, dass du einverstanden bist.«

Als Martin etwas später zum Frühstück nach unten kam, saßen bereits alle am Tisch. Er wurde von einem Chor Gratulanten begrüßt, und neben seinem Teller wartete ein Haufen Geschenke. Sein Großvater und John hatten ihm Schecks überreicht, die ihm die Erfüllung seines Wunsches, die Anschaffung eines Motorrads, ein gutes Stück näherbrachten. David hatte ihm eine Schachtel mit Hemden, Strümpfen und Krawatten mitgebracht, neuste Mode, edle Ware. Agnes hatte echte Perlensteckknöpfe und Manschettenknöpfe für ihn gekauft und Mary ihm einen Schal und einen weißen, mit den Farben seiner Schule abgesetzten Pullover gestrickt. Außerdem lagen an seinem Platz diverse Briefe und Telegramme von Verwandten und Freunden.

»Oh, tausend Dank euch allen«, sagte Martin glücklich und verlegen. »Tausend Dank, Großvater, für die Schecks. Tausend Dank, John, das ist wirklich lieb von euch. Tausend Dank, David, die Sachen sind klasse. Tausend Dank, Tante Agnes, einfach toll. Tausend Dank, Mary, sensationell.«

Er setzte sich hin, um zu frühstücken, und träumte davon, England auf einem Motorrad mit röhrendem, offenen Auspuff zu durchstreifen. Dann kamen Nanni und Ivy mit James, Emmy und Clarissa herein.

»Sag Mr Martin herzlichen Glückwunsch, James«, forderte Nannie ihn auf. »Ich und Ivy wünschen Ihnen auch alles Gute zum Geburtstag, Mr Martin.«

»Oh, tausend Dank, Nannie, ganz lieb von Ihnen.«

»Komm, James, gib deinem Vetter dein Geschenk«, redete Nannie ihm zu.

James überreichte Martin eine ausdrucksstarke, jedoch sehr ungenaue aquarellierte Zeichnung von zwei kollidierenden Eisenbahnen.

»Oh, tausend Dank, James. So ein schönes Bild. Tausend Dank.«

»Eigentlich wollte ich dir ein Pausbild schenken«, sagte James, »aber die kosten Sixpence, und ich spare für neue Farbe, deswegen habe ich selbst eins gemalt. Ach so, und herzlichen Glückwunsch.«

»Tausend Dank, mein Junge. Das ist einfach wundervoll.«

Jetzt wurden Emmy und Clarissa nach vorne geschoben. Emmy sollte »Herzlichen Glückwunsch« sagen, brach aber in Tränen aus und lief zu Ivy.

»Oh, wie unartig«, sagte Agnes. »Geben Sie Mr Martin das Geschenk, Ivy.«

»Oh, tausend Dank, Emmy«, sagte Martin und öffnete den ihm überreichten Umschlag, in dem sich das Bild eines Schwans befand, auf rote und blaue Flicken gestickt, das Ganze auf Pappe aufgeklebt. »Es ist wunderschön.«

»Nehmen Sie Emmy lieber mit, Ivy«, sagte Agnes. »Sie ist heute mal wieder weinerlicher Stimmung. Sehr lästig. Komm, Clarissa, gib Martin dein Geschenk.«

Clarissas Beitrag bestand aus einem Sträußchen vertrockneter Gänseblümchen, das sie krampfhaft in ihrem warmen Händchen hielt.

»Oh, tausend Dank, Clarissa. Das ist das schönste Geschenk von allen«, sagte Martin.

»Sie hat sie selbst für Mr Martin gepflückt«, sagte

Nannie stolz. »Gestern Nachmittag. Und nichts konnte sie dazu bringen, sie ins Wasser zu stellen. Sie hat sie über Nacht mit ins Bett genommen, Mr Martin, und heute Morgen ist sie aufgewacht und hielt sie noch immer fest in der Hand, sogar während des ganzen Frühstücks, so dass Ivy sie mit einem Löffel füttern musste.«

Martin hob seine kleine Kusine hoch und gab ihr einen Kuss. Alle waren zu Tränen gerührt. Nannie nahm Emmy und Clarissa an die Hand und verließ den Raum.

»Warte, bist du so alt bist wie ich, mein Junge«, sagte David. »Das hier ist noch gar nichts. Dann musst du auch Siddon und Conk und die ganze Truppe küssen und eine Rede halten.«

Die Tür ging auf, und zu aller Überraschung und Leidwesen kam Lady Emily herein, auf ihren Stock gestützt, ein schwarzes Spitzentuch um Kopf und Schultern.

»Da bin ich. Um euch zu stören und mit euch zu planen«, verkündete sie boshaft. »Allerherzlichsten Glückwunsch zum Geburtstag, lieber Martin.«

Martin sprang auf und umarmte seine Großmutter.

»Ich habe dir ein Geschenk mitgebracht«, sagte sie, setzte sich neben ihn und gab ihm eine kleine Schachtel. »Sie hat Papa gehört, und dein Vater hätte sie geerbt, Martin, aber ich habe sie für dich aufbewahrt.«

Martin entnahm der Schachtel eine große goldene Uhr, dünn wie ein Plätzchen, mit einer goldenen Kette.

»Oh, Großmutter«, sagte er ehrfürchtig. »Ist die wirklich für mich?«

»Sie ist wirklich für dich, Martin. Mal sehen, wie spät es ist.«

Sie nahm ihm die Uhr ab und drückte auf eine Feder. Ein helles Glöckchen schlug neun Mal, gefolgt von drei Viertelschlägen.

»Viertel vor zehn«, sagte Lady Emily und gab Martin die Uhr zurück.

»Oh, Großmutter, das ist einfach umwerfend. Du darfst mir solche Geschenke nicht machen. Die Uhr ist einfach spitze.«

Mit der stolzen Miene eines Könners ließ er sie erneut die Zeit ansagen.

»Das würde Clarissa-Darling bestimmt liebend gerne hören«, sagte Agnes.

»Nein, Agnes«, sagte David streng. »Die Uhr gehört zwar nicht mir, aber als Martins Onkel muss ich hier mal ein Machtwort sprechen. Halte deine Kinder fern von dieser zauberhaften Uhr. Hast du gehört, Martin? Kommen sie ihr auch nur in die Nähe, würde James sie auseinandernehmen, Emmy würde sie kaputtmachen, und Clarissa würde sie in die Badewanne werfen. Habe ich recht, Agnes? Und dann würdest du sagen: ›Ihr unartigen Kinder. Jetzt muss ich euch eine neue Uhr kaufen, mit der ihr spielen könnt.‹«

Ob Absicht oder nicht, David brachte mit seiner Parodie alle zum Lachen und zerstörte die gefühlsselige Atmosphäre, die die Übergabe von Lord Pomfrets Uhr an Martin erzeugt hatte.

»Ich kann mich gut an diese Uhr erinnern, Emily«, sagte Mr Leslie. »Meistens trug dein Vater sie abends. Damals hatten die Männer noch keine Armbanduhren. Blöde Erfindung. Dein Vater hätte niemals eine Armbanduhr angelegt. Vernünftiger Mann, Lord Pomfret. Hat auch diese albernen rückenfreien Westen nie angezogen.«

»Weil es sie damals noch nicht gab«, bemerkte David nebenbei, was Martin zu einem wiehernden Lachen provozierte. Mr Leslie sah ihn argwöhnisch an, aber dann fiel ihm wieder ein, dass ja heute Martins Geburtstag war, und er schwieg.

Im weiteren Verlauf machte Lady Emily alle Anwesenden halb verrückt, indem sie längst beschlossene Pläne erneut zur Diskussion stellte, vor Tagen getroffene Entscheidungen in Frage stellte und schließlich den Vorschlag machte, alle derzeitigen Bewohner des Pfarrhauses zum Dinner einzuladen. Noch während sie redete, verließen, irgendetwas von Cricket murmelnd, Mr Leslie, David und Martin den Raum. Agnes, die kein Ende sah, wenn Lady Emily ihnen weiter solche Schwierigkeiten bereitete, schlug vor, Mrs Siddon aufzusuchen und die Vorbereitungen für den Nachmittagstee mit ihr zu besprechen. Mrs Siddon nämlich hatte durch lange Übung gelernt, sich noch jedem Projekt Ihrer Ladyschaft, das ihren eigenen, ausgezeichneten Plänen in die Quere kam, zu widersetzen.

»Kommst du mit nach draußen, Mary?«, fragte John. »Das Cricketmatch fängt sowieso nicht vor zwölf Uhr an.«

Sie schlenderten über den abschüssigen Rasen bis zu einer niedrigen Backsteinmauer, die den Garten von den angrenzenden Feldern und einem Wald trennte. Hinter der Mauer verlief der kleine Bach Rushmere Brook, der früher Rushmere Abbey und die Fischteiche mit Wasser versorgt hatte. An einem Ende der Mauer stand eine Gartenlaube aus rotem Backstein, eigentlich ein Sommerhaus, zu dem ein paar Stufen führten. John schlug vor hineinzugehen, da es in der Sonne schon recht heiß war. Eine breite, niedrige, unverglaste Fensteröffnung mit tiefer Fensterbank ging auf den Rushmere Brook hinaus, hier ließen sie sich nieder. Das Hämmern hatte aufgehört, es war jetzt vollkommen still.

»Was hat Martin vor?«, fragte John. »Er tat so geheimnisvoll gestern Abend.«

»Es soll ein Geheimnis sein, John. Er und die Boulles haben etwas geplant.«

»Und du? Machst du da mit?«

»Nein, nicht so richtig. Aber ich habe versprochen, ihnen zu helfen und nichts zu verraten. Schlimm, dass ich dir nichts sagen darf? Es ist nichts Verbotenes, nur so ein romantischer Einfall. Sie wollen heute Abend einen kleinen Festzug veranstalten. Ich habe Tante Emily gefragt, sie hat nichts dagegen.«

»Schade, dass du meinen älteren Bruder, Martins Vater, nicht gekannt hast. Es ist geradezu grotesk, wie sehr Martin ihm gleicht. Es gibt keinen Menschen, den ich lieber gemocht habe als meinen Bruder. Als Kinder haben wir uns natürlich furchtbar gestritten, aber das hatte nie etwas zu bedeuten. Gay war ihm auch treu ergeben. Unsere Familien sind seit langem eng befreundet. Sie war noch ein Kind, als er getötet wurde, aber sie hat ihn bewundert. Man könnte sagen, dass ich mich später in sie verliebt habe, weil wir beide ihn so wahnsinnig gern gehabt haben.«

»Was war Gay für ein Mensch, John? Ich habe Fotos von ihr gesehen, aber wenn ich Tante Agnes nach ihr frage, weicht sie immer aus.«

»Die gute Agnes«, sagte John lachend. »Ich kann mir vorstellen, dass es ihr schwerfällt, überhaupt irgendetwas Spezifisches über jemanden zu sagen. Aber es ist auch nicht so einfach, Gay zu beschreiben. Denk nicht schlecht von mir, wenn ich sage, dass ich anfange, sie zu vergessen.«

Er sah auf den Fluss hinaus und schwieg eine Weile. Es war unfassbar, dass Gay, seine Freundin aus Kindheitstagen, seine junge Liebe, seine angebetete Frau, ihm entglitt. Rief er sich ihr Aussehen in Erinnerung, ihre Stimme, dann hatte er kein Bild mehr vor Augen. Jemand, den er unbeschreiblich geliebt hatte, wurde zu einem Schemen, der sich Monat für Monat, Woche für Woche weiter auflöste. Die Zeit verschlingt alles, und dennoch glaubt jeder Sterbliche, Erinnerung sei unsterblich. Er trägt das geliebte Bild in seinem Herzen, und während er es noch hochhält, welkt der Lorbeer, verblasst das Bild. In einem war sich John sicher: Könnte er Gay noch einmal sehen, ihr gestehen, dass sie aus seinem Gedächtnis verschwand, er sie auch nicht mehr so schmerzhaft vermisste, weil er zwangsläufig vieles erlebte, woran sie keinen Anteil mehr hatte – sie hätte Verständnis, so wie sie immer alles verstanden hatte.

»Ich kann dir nur eins über Gay sagen, was sie dir vielleicht näherbringt«, unterbrach John die Stille. »Sie hat alles verstanden, und sie war absolut unerschrocken.«

Mary hatte darauf keine Antwort.

»Wenn ich ihr sagte«, fuhr John fort, und Bitterkeit kam in seine Stimme, »dass ich sie allmählich vergesse, würde sie das nicht für lieblos halten. Sie würde über mich lachen und mir sagen, ich sollte mir die Trauer nicht als Verdienst anrechnen. Ich denke, dass jeder gerne Kapital aus seiner Trauer schlägt.« Seine Stimme wurde härter, je mehr er sich geißelte. »Jedenfalls ist der untröstliche Witwer nach sieben Jahren keine romantische Gestalt mehr, oder?«

»Wie kannst du es wagen!«, brach es leidenschaftlich aus Mary hervor.

»Was denn? Über mich zu lachen? Habe ich dazu kein Recht?«

»Nein! Solange du dich überhaupt an Gay erinnerst, hast du kein Recht, so lieblos über Gays Mann zu lachen. Und selbst wenn du sie vergessen hättest, ist es unfair, so wahrheitswidrig und schrecklich über dich zu sprechen, wo du doch ganz und gar so liebenswürdig bist.«

»Ich und liebenswürdig?«

»Ja. Du warst liebenswürdig zu mir, als ich mich in deinem Büro so danebenbenommen habe und als ich dir sagen wollte, wie leid mir der Fauxpas mit Milton tut. Und du hast mich nicht gedrängt, dir nochmal was vorzusingen, weil du wusstest, dass ich Angst davor hatte. Und du hast Martin in seinem Wunsch bestärkt hierzubleiben, weil er nicht ins Ausland will. Warum machst du dich so schlecht?«

»Ich glaube, ich wollte einfach nur ein bisschen prahlen. Das soll sogar in meinem Alter vorkommen«, sagte John, der gerührter war, als er zugeben wollte.

»Sei still«, rief Mary außer sich und schüttelte seinen Arm mit beiden Händen. »Wenn jeder Mensch so liebenswürdig wäre wie du, wären alle glücklicher. Und ich blamiere mich nicht nochmal vor dir, und wenn doch, dann ist es deine Schuld.«

Ihre tränenfeuchten Augen zeigten, dass sie die Wahrheit sagte.

»Würdest du dir bitte sofort die Augen trocknen«, sagte John mit ruhiger Stimme. »Ich könnte es nicht ertragen, wenn du jetzt anfängst zu weinen, und ich würde bestimmt Dinge sagen, die ich nicht sagen sollte.«

»Wenn du fluchen willst«, sagte Mary hoffnungsvoll, »nur zu, das kann ich auch gut. Daddy konnte schrecklich fluchen, über Essen oder über Schuhe zum Beispiel.«

»Nein, nicht fluchen, mein liebes Gänschen. Ganz andere Dinge. Aber wenn du es dir nicht denken kannst, dann sage ich es dir nicht. Du behältst Martins Geheimnis für dich, und ich behalte meins für mich. Und jetzt komm nach draußen. Man erwartet mich beim Cricket.«

Zu Gunsten der Cricketmuffel unter den Lesern wollen wir auf eine Beschreibung des Spiels verzichten. Nur so viel: Die Heimmannschaft verlor, was, wie Martin vergnügt konzedierte, bedeutete, dass sie immerhin Zweiter geworden war. Martin machte ein gutes Spiel und erzielte die meisten Punkte für seine Mannschaft. David vollführte einige raffinierte Schläge und zeigte einen spektakulären Fang, und John flog gleich in der ersten Runde raus. Vor dem Lunch kam Lady Emily in den Pavillon und hatte ihre helle Freude, unterbrach willkürlich Gespräche und verscheuchte rücksichtslos einige Leute von ihren bequemen Stühlen und wies ihnen andere Plätze zu, die ihnen weniger zusagten, neben anderen Gästen, die sie nicht kennenlernen wollten. Nachher erzählte David, er habe gesehen, wie seine Mutter zwischen den Würfen zum Schiedsrichter gehumpelt sei und ihm eine Mackintosh-Matte zum Hinstellen angeboten habe. John und Agnes, vielleicht die Einzigen, die erkannten, wie sehr dieser Jahrestag ihre Eltern berührte und wie sehr die Freude über Martin mit dem Kummer um Martins Vater durchsetzt war, bewunderten deren Mut und Bereitschaft, über ihren Schatten zu springen.

Zum Mittagessen gab es kalte Platte, und die Gäste kamen und gingen, je nach Lust und Laune. Mary war heiter gestimmt, aus keinem besonderen Grund, und sie bot Miss Stevenson, die ihr über den Weg lief, als sie allein umherirrte, die Freundschaft an und lud sie zu Hühnchen und Cider ins Rushwater House ein.

»Ja, gerne«, sagte Miss Stevenson, offensichtlich dankbar für das Angebot. »Die Boulles sind nicht so cricketbegeistert, deswegen kommen sie erst heute Nachmittag.«

»Vertragen Sie sich mit ihnen?«

»Ja. Ich arbeite jeden Morgen mit dem Professor, ein ausgezeichneter Lehrer. Nur die Konversation kommt zu kurz. Hätte ich gewusst, wie gut die ganze Familie Englisch spricht, wäre ich vielleicht nicht hergekommen. Madame Boulle allerdings springt immer sofort auf jeden kleinsten Fehler an. Ich habe ihr gesagt, sie möchte keine falsche Rücksicht nehmen. Es ist sehr gut, bei jedem Schnitzer gleich verbessert zu werden. Ich habe wirklich das Gefühl, etwas zu erreichen. Ursule ist ja auch ein interessantes Mädchen.«

»Finden Sie sie nicht ein bisschen gefräßig?«, fragte Mary. »Martin sagt, sie würde immer nur über Essen reden.«

»Auch das ist interessant. Offenkundig findet da bei ihr eine Verdrängung statt. Aber mich interessiert viel mehr ihre Haltung als Zwischenwesen, einerseits modern, andererseits sehr häuslich. Ich würde sie gerne für ein paar Tage zu mir nach London einladen, bevor sie zurück nach Frankreich fährt. Was halten Sie eigentlich von David?«

Mary fuhr bei dieser absolut unerwarteten Frage vor Schreck zusammen.

»Er ist sehr nett«, sagte sie unverbindlich. »Vielleicht ein bisschen oberflächlich.«

»Ich finde ihn außerordentlich interessant. Typ männliches Raubtier, durch die Zivilisation verweichlicht. Offen gesagt, das wirkt sehr attraktiv auf Frauen. Sind Sie verliebt in ihn?«

»Und Sie?«, antwortete Mary geistesgegenwärtig.

Miss Stevenson fand diese Frage scheinbar völlig normal.

»Noch nicht«, antwortete sie, »aber ich rechne damit. Ich werde leiden, keine Frage. Bei Männern seines Typs leidet man immer. Schöne Tyrannen, engelhafte Teufel. Eigentlich nicht mein Fall. Ich würde Sie gerne mit einem Freund von mir bekannt machen, Lionel Harvest.

Er ist auch wahnsinnig attraktiv. Er hat versucht, mich vom Rundfunk abzubringen, aber jetzt, da er damit gescheitert ist, ist er für mich umso verlockender geworden. Ich bin der mütterliche Typ.«

Zu ihrer eigenen Verwunderung stellte Mary fest, dass sie nicht mehr rasend eifersüchtig auf Miss Stevenson war. Sie beneidete sie um ihre distanzierte Art, ihre Andeutungen, sich im Leben und mit Männern auszukennen, aber sie wollte nicht mehr auf sie eindreschen oder sie gar töten.

»Im Moment bin ich etwas in Sorge«, sagte Miss Stevenson. »Ich organisiere gerade ein paar Lyriklesungen, es soll über das Thema Garten gehen. Ich brauche jemanden, der die einleitenden Worte spricht. Leidenschaftliche Hobbygärtner kenne ich zuhauf, auch Autoren, die eine wunderbare Prosa schreiben, aber ich brauche jemanden, der die einschlägige Literatur kennt und gleichzeitig praktizierender Gärtner ist.«

»Und wenn der Gesuchte ein langweiliger Mensch wäre?«

»Würde mich auch interessieren. Ich sammle Langweiler. Sie sind fast immer das Resultat einer Repression in der frühen Kindheit, und als mütterlicher Typ verstehe ich sie. Warum fragen Sie? Wüssten Sie jemanden?«

»Vielleicht. Heute Abend kommt ein gewisser Mr Holt zu Besuch, ein schrecklicher Langeweiler, aber er weiß alles über Kräuter und Stauden und solche Sachen.«

»Stellen Sie ihn mir vor«, sagte Miss Stevenson. »Tanzt er?«

»Ich glaube nicht. Er ist ziemlich alt und dick.«

»Herrlich. Ich tanze auch nicht. Wahrscheinlich eine exhibitionistische Pose, um die Tatsache zu verschleiern, dass ich nicht gut im Tanzen bin. Ich habe bestimmt Verwendung für ihn. Vielen Dank für das Mittagessen, Miss Preston.«

Für das gemeine Fußvolk wurde der Tee im Racquet Court serviert, alle anderen, die Gudgeon für würdig erachtete, führte er ins Haus, wo Agnes den Tee ausschenkte. Pierre Boulle hatte sich ihr angeschlossen und reichte den Gästen eilfertig die Tassen, die er ihr zum Auffüllen hinhielt. Manchmal berührten sich dabei ihre Hände, und Pierre erblasste vor Erregung.

»Lady Dorothy Bingham, Miss Rose Bingham, Miss Hermione Bingham«, kündigte Gudgeon die neu ankommenden Gäste an.

»Liebste Dodo, ich bin entzückt«, sagte Agnes. »Liebe Rose, liebe Hermione, wie reizend, dass ihr kommen konntet. Möchtet ihr Tee? Monsieur Boulle, kümmern Sie sich doch bitte um meine Kusinen.«

Lady Dorothy war eine Kusine von Lady Emily, jene besagte Dodo Bingham, deren Brief, in dem sie über den jungen Mann berichtete, der nicht nach München reisen durfte, im Garten verloren gegangen war. Sie und ihre beiden hübschen Zwillingstöchter blieben über Nacht, waren aber nur eingeladen worden, um die Tischgesellschaft vollzumachen. Die beiden Mädchen amüsierten sich köstlich und waren ein voller Erfolg, und da alle früh am Tag darauf mit dem Auto wieder abfuhren, brauchen wir uns nicht weiter mit ihnen zu beschäftigen.

Als Nächster traf Mr Holt ein, schlecht gelaunt, weil er über die Nebenstrecke nach Rushwater hatte anreisen und mit dem Ford abgeholt werden müssen. Die Wirkung seiner Ankunft verpuffte vollkommen, als er sich in einem großen Raum voller Menschen wiederfand, die sich laut unterhielten und zu denen selbst Gudgeons schmetterndes Organ nicht durchzudringen vermochte. Wutschnaubend stand er eine Zeitlang da, bis Mary sich seiner erbarmte.

»Guten Tag, Mr Holt«, sagte sie. »Ich bin Mary Preston. Ich war bei Ihrem letzten Besuch auch hier.«

»Wohl wahr, wohl wahr«, sagte Mr Holt und hielt ihr seine schlaffe Hand hin. »Man kommt sich bei so vielen Menschen wie ein Eindringling vor.«

»Ach, nicht doch«, sagte Mary. »Lady Emily empfängt ihre Gäste heute nicht persönlich, weil die Hitze sie so ermüdet hat. Sie finden sie auf ihrer Liege neben dem Fenster. Kommen Sie, ich bringe Ihnen Tee.«

Sie lotste Mr Holt zum Tisch mit den Tee-Utensilien und gab sich alle Mühe, ihn zu besänftigen. Sie erzählte von Miss Stevenson, deren Stellung beim Rundfunk sie maßlos übertrieb, und von deren dringendem Wunsch, ihn kennenzulernen. Ihr Trick zeigte Erfolg, und nach kurzer Zeit war Mr Holt wieder ganz der Alte, Egoist durch und durch.

»Aber jetzt«, sagte er, »darf ich meiner Gastgeberein meine Aufwartung nicht länger verweigern. Würden Sie mich zu ihr bringen, Miss Preston? Ah, da ist sie ja, auf ihrer Liege. Liebe Lady Emily, ich bin Ihnen ja so dankbar, dass Sie mich wieder mal in Ihr herrliches Haus eingeladen haben. Noch dazu aus so einem schönen Anlass, dem Geburtstag unseres jungen Freundes Martin. Ehe Sie mir nun Ihren Garten zeigen, von dem ich das letzte Mal leider kaum etwas gesehen habe – darf ich Ihnen eine bescheidene Bitte zu Füßen legen? Ich möchte anschließend wieder zu meiner lieben Freundin Lady Norton, die mich aber leider erst übermorgen empfangen kann. Würden Sie mir wohl daher die Güte erweisen, mich noch für einen weiteren Tag als den von Ihnen mir freundlicherweise bereits gewährten zu beherbergen? Auch möchte ich gerne Ihren Chauffeur um den Gefallen bitten, mich dort hinzubringen.«

Lady Emily, die während des zweiten Teils seiner Ansprache die Augen geschlossen hatte, sah nun Mary mit höchst verzweifelter Miene an.

»Aber selbstverständlich dürfen Sie bleiben, Mr Holt«, sagte sie. »Und Weston wird Sie ganz bestimmt hinbringen, wenn er frei ist. Ich muss aber meinen Mann vorher fragen. Erzählen Sie mir von Lady Capes. Ich habe seit Ihrem letzten Besuch bei uns nichts mehr von ihr gehört. Oder wollen Sie sich doch lieber den Garten ansehen? Dodo, Darling«, rief sie Lady Dodo Bingham herbei, »ich weiß, du verabscheust Cricket. Sei so lieb und zeig Mr Holt den Garten, ja? Er ist eine wahre Autorität auf dem Gebiet.«

»Aber gerne«, sagte Lady Dorothy mit ihrer tiefen Stimme. »Ein bisschen sportliche Betätigung nach der langen Autofahrt wird mir guttun.« Sie griff sich Mr Holt und entführte ihn. Da sie selbst viel von Gartenarbeit verstand, große Stücke auf ihren grünen Daumen hielt und eine energische Fußgängerin war, fand Mr Holt wenig Vergnügen an dem Ausflug. Statt des angenehmen Bummels mit einer ihn bewundernden Gastgeberin, den er sich versprochen hatte, sah er sich jetzt einem forschen Gang mit einer Frau ausgesetzt, die ihm ständig widersprach und ihn einschüchterte und ihm in jeder Hinsicht, abgesehen von ihrer gräflichen Abstammung, zuwider war. Seine miese Laune, die Mary durch ihre Schmeichelei zunächst zerstreut hatte, brach sich erneut mit aller Macht Bahn. Dass er in einem seiner Ansicht nach minderwertigen Schlafzimmer untergebracht war und lange auf sein abendliches Bad warten musste, weil David es dauerhaft okkupierte, tat ein Übriges.

So fand er sich, ohne rechte Freude, zum Abendessen ein, platziert zwischen Lady Dorothy, vor der er Angst hatte, und Mary, die er nicht der Beachtung für wert fand. David saß Mary gegenüber und hatte sich noch nie charmanter und amüsanter gezeigt.

»Du siehst himmlisch aus in diesem Kleid«, sagte er nach dem Fischgang. »Nicht so schön wie Agnes, aber dennoch.«

Agnes erstrahlte in ihrem ganzen Liebreiz. Ihr weißer Hals, ihre weißen Arme, ihr exquisiter Teint, ihr dunkles Haar, ihre dunklen Augen – wie aus einem viktorianischen Roman. Ihr weißes Spitzenkleid, ihr Diamantcollier, ihre Ohrringe, alles trug zum Bild der blendenden Schönheit bei.

»Ich hoffe, du gewährst mir viele Tänze«, fuhr David fort. »Mindestens die halbe Tanzkarte. Wo ist deine Abendtasche? Gefällt sie dir?«

Mary zeigte ihm die Tasche, die er ihr geschenkt hatte und die auf ihrem Schoß lag.

»Ich habe Joan genau die gleiche Tasche gekauft«, sagte David. »Hübsches Ding, nicht?«

Wieder einmal wäre Mary beinahe vor Wut geplatzt. Sie fühlte sich gekränkt. Die Tasche, die doch Davids besonderes Geschenk an sie ganz persönlich sein sollte – nur ein Abklatsch von Miss Stevensons Tasche. Wahrscheinlich hatte er sechs Stück auf einmal gekauft, hundert Stück, und schenkte sie jedem Mädchen, das er im Laufe seines Lebens kennenlernte. Miss Stevenson hatte recht, wenn sie ihn einen engelhaften Teufel nannte. Noch bevor ihr eine bissige Bemerkung eingefallen war, hatte David schon seine Kusine Hermione Bingham in ein Gespräch verwickelt. Mary wandte sich Mr Holt zu, doch der war ganz mit Lady Dorothy beschäftigt, so dass ihr nichts anderes übrig blieb, als sich auf das Essen zu konzentrieren und gute Miene zum bösen Spiel zu machen. Offensichtlich bestand wenig Aussicht, in eine Unterhaltung mit Mr Holt zu treten, was, obwohl sie ihn nicht besonders mochte, immer noch besser gewesen wäre, als gänzlich ausgeschlossen zu sein. Mr Leslie, der neben Lady Dorothy saß, flirtete heftig mit Rose Bingham, deren impertinente Munterkeit ihre Wirkung auf ältere Herren nie verfehlte. Und John, ein Platz weiter, unterhielt sich mit Agnes.

»Sieht Mary in dem Kleid, das ich für sie ausgesucht habe, nicht wundervoll aus?«, fragte Agnes, deren Mittel einfach und direkt waren.

»Ja, reizend.«

»Ich möchte, dass du heute besonders nett zu ihr bist«, fuhr seine Schwester fort. »Sie soll einen unbeschwerten Abend erleben.«

»Es gibt jede Menge jüngerer Männer hier«, sagte John halb im Scherz.

»Aber keiner ist so nett wie du, lieber John. Es war ein Ball, auf dem ich mich mit Robert verlobt habe. Er führte mich zum Nachtmahl, und ein Kellner verschüttete Kaffee auf sein Hemd, und ich sagte: ›Oh, Colonel Graham, das gibt Flecken.‹ Er hat mich gefragt, ob er mich zum überübernächsten Tanz wieder auffordern dürfte. Danach ist er auf sein Zimmer gerannt, hat sich ein frisches Hemd angezogen, kam zurück und hat mir einen Heiratsantrag gemacht.«

»Danke für den Hinweis, Agnes, Darling. Was hat Robert denn gesagt? Das würde mir helfen.«

Dankbar sah sie ihn an.

»Genau weiß ich es nicht mehr«, sagte sie, »aber es ging um Mutter, und ich sagte, das sei sehr freundlich, und so haben wir uns verlobt.«

Alles andere als hilfreich, dachte John. Außerdem war er sich gar nicht so sicher, ob er den Mut aufbringen würde, an eine neue Ehe überhaupt nur zu denken. In dem Sommerhaus unten am Bach, in der Hitze und der morgendlichen Stille war Gay, der sanfte Geist, ihm entglitten, hatte ihn allein gelassen, ihn freigegeben. Seine Gedanken, die all die Jahre im Schatten der Liebe verharrt hatten, beflügelten ihn nun, eroberten sein Herz, und er war bereit für neue Abenteuer. Seit er Mary im Salon bei Kerzenschein hatte singen hören, wusste er, dass diese Gedanken bei ihr Zuflucht finden könnten, doch ein Gefühl der Treue Gay gegenüber und die Furcht, Marys Mitleid auszunutzen, hatten ihn bislang gehemmt. Jetzt hatte Gay sich von allein zurückgezogen ins Reich des Vergessens. Aber empfand Mary überhaupt etwas für ihn, abgesehen von Barmherzigkeit? Liebenswürdig, hatte sie ihn genannt, doch Dankbarkeit für Liebenswürdigkeit war noch keine Liebe. Aufgewühlt und verwirrt wie er war, konnte er nur abwarten, welche Früchte ihm der Abend bescheren würde. Waren es bittere Früchte, konnte er sie ohne Scheu kosten. Er sah Mary an, ihm gegenüber und noch immer vernachlässigt von ihren Sitznachbarn, und war betroffen von dem Lächeln, das sie ihm schenkte. Bei der offenen und ehrlichen Zuneigung, die er in ihrem Blick las, fürchtete er fast, ihren heiteren Gleichmut zu stören.

Bevor er Agnes antworten konnte, hatte Macpherson sich ihrer bemächtigt, um in einem Streit zwischen Lady Emily und Martin zu vermitteln. Lady Emily hatte Gudgeon befohlen, nach dem Essen die Dienerschaft hereinzubitten, um auf Martins Gesundheit anzustoßen, doch Martin, der bis jetzt der Last der Geburtstagsehren standgehalten hatte, fand das zu viel des Guten.

»Oh, Gran, bitte«, protestierte er. »Ich komme mir blöd vor, wenn ich Gudgeon und Conque auf mein Wohl anstoßen sehe.«

»Sie wären schwer enttäuscht, Martin«, sagte seine Großmutter. »Conque hat mir heute Morgen noch gesagt, dass sich alle darauf freuen. Bei der goldenen Hochzeit von Papa und Mamma hat Papa das ganze Personal in den Salon gebeten, und alle haben geweint.«

»Oh, Gran. Wir wollen Conque doch nicht zum Weinen bringen«, sagte Martin.

»Wirklich schade, dass Nannie und Ivy nicht beide dabei sein können«, sagte Agnes, »aber einer muss ja die Kinder hüten. Ivy war bei dem Konzert, deswegen ist heute Abend Nannie dran. Sie kann den Kindern morgen beim Frühstück davon erzählen.«

»Ich fürchte, Sie kommen nicht darum herum, Martin«, stellte Macpherson klar. »Man erwartet es von Ihnen, mehr gibt es dazu nicht zu sagen.«

Martin war nur ein bisschen eingeschnappt, schließlich feierte er seinen siebzehnten Geburtstag, und außer dem allgemeinen Wunsch, seiner Großmutter einen Gefallen zu tun, kam ihm noch ein anderer Gedanke.

»Na gut, Gran«, sagte er großzügig. »Sollen sie von mir aus kommen. Ich stoße mit ihnen zusammen an.«

Lady Emily war entzückt und legte anerkennend eine Hand auf Martins Arm. Gudgeon, der bereits etliche Gläser mit einem für das Personal seiner Einschätzung nach angemessenen Portwein gefüllt hatte, führte die Angestellten der Hauswirtschaft und die Dienerschaft gemeinsam in den Raum. Macpherson hielt eine kurze Rede auf das Geburtstagskind, und alle tranken auf Martins Wohl.

Martin wurde rot und verlegen, was ihn noch attraktiver machte, und er stand auf, um ein paar Worte zu sagen.

»Tausend Dank euch allen«, fing er an. »Großvater und Großmutter, ihr seid so gut, aber auch Onkel John und Tante Agnes und David. Ich wünschte, mein Vater könnte diese Rede halten, aber da kann man nichts machen, so ist es nun mal. Wirklich anständig von euch, von Ihnen Gudgeon und Siddy und Conque und allen anderen. Ich bin sehr dankbar. Und jetzt sollen nochmal die Gläser erklingen. Gudgeon, schenken Sie noch von dem würzigen Port aus. Ich bitte euch alle, auf das Wohl des Königs und der königlichen Familie anzustoßen.«

Alle erhoben sich von den Plätzen. Martin blickte Mary geradewegs an, leerte sein Glas und warf es trotzig auf den Boden. Mary verstand. Andere mochten auf King George trinken, dem Martin alles nur erdenklich Gute wünschte, doch nur Mary wusste, dass ihm dabei nicht das bärtige Antlitz des englischen Königs vor Augen stand, sondern das leicht verschlagene Gesicht des gegenwärtigen Duc de Guise.

»Genau richtig«, sagte Mr Leslie zu Lady Dorothy. »Auf das Wohl des Königs zu trinken. Ich dachte schon, der Junge würde auf Emily und meine Wenigkeit einen Toast ausbringen, und ich weiß nicht, ob ich das durchgestanden hätte. Ein guter Junge. Hat das Herz auf dem rechten Fleck. Nichts mit Bolschewismus im Sinn.«

»Mir kommen immer die Tränen, wenn auf das Wohl des Königs angestoßen wird«, sagte Lady Emily. »Du warst prächtig, Martin. Genau richtig. Ich weiß noch, dein Vater … Was ist denn, Gudgeon?«

»Entschuldigen Sie, my Lady. Ich wollte Ihnen nur sagen: Martins Glas ist eins von den besonderen Gläsern.

Es ist nicht zerbrochen, nur unter den Tisch gerollt. Ich dachte, das würde Sie vielleicht beruhigen.«

»Vielen Dank, Gudgeon.«

Martin wäre erblasst, falls das von zu viel Champagner oder Portwein möglich gewesen wäre. Standen die Zeichen gegen die Bourbonen? Es war ihm gelungen, auf ihr Wohl anzustoßen und alle Gäste und das Personal dazu zu bringen, es ihm nachzutun. Er hatte das Glas von sich geworfen, damit kein unwürdiger Trinkspruch es entweihte. Jetzt jedoch hatte Gudgeon das Glas aufgehoben, und Walter würde es spülen und für den späteren Gebrauch wieder einräumen. Zum ersten Mal an diesem Tag fühlte sich Martin niedergeschlagen. Doch da ihm klar war, dass er seine Großeltern enttäuschen würde, wenn er nicht mitspielte, gab er sich tapfer Mühe, sich zusammenzureißen, und fühlte sich gleich viel besser.

13
Der Sturz der Lilien

Eine halbe Stunde später empfing Lady Emily, prächtig gekleidet in blauem Samt, Saphiren und Spitze, ihre Gäste im Salon; das private Wohnzimmer der Leslies war geöffnet und der Musikkapelle auf einem Podest ein Platz am anderen Ende zugewiesen worden. Es war heiß und windstill, alle Terrassentüren standen offen.

Zu den ersten Gästen gehörten die Bewohner des Pfarrhauses. Madame Boulle machte gehörigen Eindruck in ihrem dunkelroten Spitzenkleid, und auch Ursule wirkte in einem jungfräulichen Himmelblau sehr einnehmend, klammerte sich aber wie gewohnt an Miss Stevenson, die mit einen gewagten Gewand aus schwarzer Seide einen beachtlichen Erfolg landete.

Madame Boulle ließ sich anerkennend über den Raum, die Lichter, die Garderoben und die Gäste aus. Es erinnere sie an die Bälle, sagte sie unüberhörbar, die ihre Großmutter, die Gräfin, früher gegeben habe, Bälle, auf denen sich die Mitglieder der angesehensten Adelshäuser tummelten. Die Franzosen, fügte sie hinzu, seien auf der ganzen Welt für die Ausgelassenheit und *l'entraînement* ihrer Feste berühmt, dessen ungeachtet herrsche auf englischen Festen eine gewisse solide Behaglichkeit, die man in Frankreich nicht immer vorfände. »*Mais écoute ce que je te dis, Martine*«, sagte sie, »es gibt etwas, das für mich ausgesprochen Englisch ist, nämlich die Sitte, den Geburtstag zu feiern und nicht den Tag des Namenspatrons. In Frankreich wäre der elfte November Ihr Namenstag, an Sankt Martin.«

Bevor sie das Thema weiter ausführen konnte, wurde sie von der übrigen Familie beiseitegeschubst, wobei Jean-Claude, der als Letzter kam, Martin hinter vorgehaltener Hand zuraunte: »Wenn *maman* so weiterredet, stehen wir an *Saint-Martin* immer noch hier.«

Seine Mutter, die diese Bemerkung aufgeschnappt hatte, funkelte ihn an.

»Muss ich dich erst in aller Öffentlichkeit für deine Ungehorsamkeit gegenüber deiner Mutter tadeln?«, fragte sie rhetorisch. »Offenbar hast du auch deinem Freund Martine noch nicht zum Geburtstag gratuliert. Du hast keine Manieren, Jean-Claude. Gratulier auf der Stelle Martine.«

»Herzlichen Glückwunsch zum Geburtstag«, sagte Jean-Claude und sah Martin bedeutungsvoll an. »Ist dir was an mir aufgefallen?«

»Du siehst ein bisschen wie aufgebläht aus«, sagte Martin. »Ist irgendetwas mit dir?«

»Nein. Es ist die Fahne. Ich habe sie mir umgebunden, ich trage sie unter meiner Weste«, sagte Jean-Claude.

»Warum hast du sie nicht in der Garderobe gelassen?«

»Der Fahnenträger lebt und stirbt mit der Fahne«, sagte Jean-Claude mit schlichtem Edelmut.

Martin fand Jean-Claudes Auftritt in der grauen Seidenweste, offenbar ein abgelegtes Kleidungsstück aus Professor Boulles Jugendzeit und durch die Lilien Frankreichs etwas angeschwollen, doch recht seltsam, aber für eine Bemerkung war es zu spät.

Die Tanzkarten füllten sich rasch. David brachte Mary eine Karte, auf der sein Name bereits hinter den Nummern acht bis zwölf eingetragen war. Die restlichen Tänze des Abends teilte sie zwischen Martin, Pierre und diversen Nachbarn auf. John, der sich etwas verspätete, musste feststellen, dass sie schon fast ausgebucht war, und sich mit Nummer sieben und einer möglichen Zugabe am Ende zufriedengeben.

Pierre Boulle, von makelloser Eleganz, mit einer weißen Nelke im Knopfloch, kam mit klopfendem Herzen auf Agnes zu und bat um einen Tanz.

»Aber Sie dürfen nicht nur ein einziges Mal mit mir tanzen«, sagte sie und streifte sich lange weiße Handschuhe über. »Geht es Ihnen denn gut, nachdem Sie bei Emmys Rettung so nass geworden sind? Erstaunlich, dass sich das Kind nicht eine Erkältung eingefangen hat. Aber seit man ihr die Mandeln entfernt hat, muss sie sich nicht mehr so plagen. Früher war sie jedes Jahr im Winter regelmäßig schrecklich erkältet. Ich kann Ihnen die Nummern zehn, elf und zwölf anbieten. Es ist viel schöner, mehrmals hintereinander mit ein und demselben Partner zu tanzen, so kann man sich besser einander anpassen. Ich muss Sie auch noch meinen Kusinen vorstellen, Hermione und Rose Bingham. Ich glaube, Sie haben den beiden eben freundlicherweise Tee eingeschenkt. Sie kennen sich also bereits ein bisschen.«

Sie legte Pierre die Hand auf den Arm und führte ihn zu den Binghams. Pierre durchlief höflich die Prozedur, die Zwillinge um einen Tanz zu bitten, doch sein ganzes Wesen war durch Agnes' Berührung in Aufruhr. Irgendwie musste er bis zum zehnten Tanz überleben, es würde eine Ewigkeit dauern, aber er musste es schaffen. Göttin des Mondlichts, des Perlmutts, des Schnees, weiße Madonna, *tour d'ivoire*, sagte Pierre zu sich selbst.

»Ach, übrigens, Mary«, sagte Jean-Claude, als Mary gerade vorbeiging.

»Ja?«

»Nicht vergessen: Punkt zwölf unterbrichst du die Musikkapelle. Dann spielen wir alle wie vereinbart unsere Rollen. Dir wird nichts passieren«, fügte er noch grimmig hinzu. »Es wäre nicht das erste Mal, dass Pierre und ich mit den *flics* aneinandergerieten.«

»Mit wem?«

»Mit der Polizei.«

»Es ist doch gar keine Polizei hier, Jean-Claude. Mach dir deswegen keine Sorgen. Willst du nicht tanzen?«

»Ich tanze nicht«, sagte Jean-Claude, der dieser sportlichen Betätigung aus dem gleichen Grund wie Miss Stevenson abgeschworen hatte. Doch zu früh gefreut, denn Lady Dorothy Bingham, gnadenlos gegenüber »Tanzmuffeln«, wie sie sie nannte, sah den müßig Herumstehenden, wies John an, ihn ihr vorzustellen, und nahm ihn unter ihre Fittiche. Erst nachdem er zweimal erbärmlich schlecht mit ihr und einmal mit je einem der Zwillinge getanzt hatte, kam er auf die brillante Idee, sie mit seiner Mutter bekannt zu machen. Die Strippenzieherinnen des Abends kamen zusammen, und sie verstanden sich auf Anhieb und unterhielten sich ausführlich darüber, wie man richtig für seine Familie sorgt und sie sich gefügig macht. Lady Dorothy hatte mit drei Söhnen in der Armee zunächst einen Vorsprung, doch Madame Boulle konnte einen noch lebenden Ehemann vorweisen, womit sie schwer punktete, da Mr Bingham schon vor vielen Jahren still und elendig entschlafen war.

»Was ist mit Ihnen, Professor?«, fragte Mr Leslie Professor Boulle. »Auch kein großer Tänzer, was?«

»Nein. Ich schaue lieber zu.«

»Spielen Sie Bridge?«

Die professorale Miene hellte sich augenblicklich auf. Bridge war seine geheime Leidenschaft, von seiner Frau missachtet, die es, da sie selbst es nicht spielte, als Zeitverschwendung betrachtete.

»Kontrakt-Bridge?«, fragte Mr Leslie misstrauisch nach, stand doch durchaus zu vermuten, dass Ausländer über Beggar-my-neighbour oder ähnliche abartige Kartenspielchen, die regelmäßig mit Messerstechereien endeten, nicht hinausgekommen waren.

»Selbstverständlich. Was dachten Sie denn?«

Mr Leslie eilte davon, holte sich Macpherson und einen vierten Mann und entführte die Runde in die Bibliothek.

»Hier sind wir in Sicherheit«, sagte er. »Wenn Sie möchten, lasse ich uns einen Nachtimbiss bringen. Sollen sich die jungen Leute ohne uns amüsieren. Was spielen Sie, Professor? Sie spielen doch auf Englisch Karten, oder?«

»Oh ja. Ich spiele oft mit englischen Freunden.«

»Na, gut. Ich meine, es gibt viele komische Bezeichnungen auf dem Kontinent. Was heißt ›keine Trümpfe‹ auf Französisch, Professor?«

»*Sans atouts.*«

»Ach, ja«, sagte Mr Leslie nachdenklich. »Hört sich irgendwie unnatürlich an.«

Mary hatte Miss Stevenson und Ursule bald ausfindig gemacht und fragte sie, ob sie ihr Mr Holt vorstellen dürfe. Während sie den Salon durchquerten, warf sie einen verstohlenen Blick auf Miss Stevensons Tasche: schwarze Seide mit brillantenbesetzten Initialen.

»Eine hübsche Tasche«, wagte sie einen Vorstoß.

»Ich habe sie passend zum Kleid anfertigen lassen«, sagte Miss Stevenson. »Ihre ist auch schön. David hat mir mal so eine geschenkt, aber sie war nicht mein Stil, deswegen habe ich sie meinem Freund Lionel Harvest gegeben. Er kann begnadet sticken, und er will sie kopieren.«

Mary wusste nicht, ob sie sich ärgern oder ob sie triumphieren sollte. Was für eine Dreistigkeit von Miss Stevenson, Davids Tasche einfach diesem Harvest zu überlassen, andererseits ein wohlverdienter Dämpfer für David. Sie fand Mr Holt am anderen Ende des Raums, und es erfolgte die Vorstellung.

Mr Holt fühlte sich durch den Kontakt mit einer Vertreterin des Rundfunks geschmeichelt und bemühte sich, freundlich zu sein. Miss Stevenson wiederum, die gerade mal über ausreichend oberflächliches gärtnerisches Verständnis verfügte, um sich in der Konversation wacker zu schlagen, gab sich so umgänglich wie möglich. Ursule kicherte begeistert.

Mr Holt machte den Vorschlag, sich ins Unterrichtszimmer zu begeben, wo Lady Emily ihre kostbaren alten Bücher über Gärten und Gartenbau aufbewahrte, und sich dort in Ruhe über das Thema zu unterhalten. Nach der Kränkung, in der Menschenmenge keine persönliche Beachtung erfahren zu haben, war dieses Publikum in Gestalt von zwei Frauen Balsam für seine wunde Seele. Miss Stevenson war offenbar recht klug, und das französische Mädchen war, immerhin, Französin.

»Anschließend«, bestimmte er, »gehen wir früh zum Nachtmahl und sichern uns vor den anderen einen Tisch.«

Der Ball war jetzt in vollem Gang. Lady Emily schaute von ihrem Sofa aus den Tänzern zu und hielt Hof. John machte sich beliebt bei allen Frauen, die alleingelassen oder schüchtern wirkten, und kehrte zwischendurch immer wieder zu seiner Mutter zurück. Als es Zeit wurde, holte er Mary zu dem vereinbarten Tanz ab. Sie sah gespannt und glücklich aus.

»Ein wunderbarer Abend«, sagte sie. »Die Männer tanzen alle so gut. Martin ist phantastisch. Pierre auch, fast so talentiert wie du. Danach tanze ich fünfmal mit David. Ich mag die Leslies gern, John.«

»Ich glaube, die Leslies mögen dich auch.«

»Wirklich? Dein Vater war sehr freundlich zu mir. Und Tante Agnes ist ganz reizend, auch Tante Emily.«

»Hör auf zu plappern«, sagte John, »und tanz.«

Sie tanzten schweigend, in vollkommener Harmonie.

Als die Musik aussetzte, gingen sie hinaus auf die Terrasse, Mondlicht beschien die Nacht.

»Wie wohl das Sommerhaus im Mondlicht aussieht?«, fragte Mary.

»Willst du hingehen und es dir ansehen?«

»Oh ja, komm. Das heißt, wir haben nicht genug Zeit. Mein nächster Tanz gehört David, und den darf ich nicht verpassen.«

John brachte sie zurück in den Salon, und sie warteten am Fenster. Der Tanz fing an, nur David blieb aus. Mary wurde nervös, ihre Rede unzusammenhängend, und ihr Blick schweifte unruhig im Raum umher. John hatte Mitleid mit ihr und forderte sie auf, wenigstens so lange mit ihm zu tanzen, bis David aufkreuzen und ihn ablösen würde, doch Marys Füße wollten ihr nicht gehorchen, und sie schämte sich. John, der sich mittlerweile sehr über David ärgerte, führte Mary in den Raum, wo das Nachtmahl eingenommen wurde, und fragte sie, was er ihr bringen dürfe. Sie verlangte nach Champagner und trank das Glas schnell und in Wut.

»Sollen wir noch ein bisschen bleiben?«, fragte John. »Hier ist es ruhig, und wenn David an der Tür vorbeikommt, sehen wir ihn. Bestimmt ist er mit der Abfolge der Tänze auf seiner Tanzkarte durcheinandergekommen, der Esel.«

»Aber er hat seinen Namen selbst eingetragen«, sagte Mary und zeigte John die Tanzkarte.

»Wenn er nicht auftaucht, streiche ich seinen Namen durch und schreibe stattdessen meinen hin.«

»Nein, bitte noch nicht. Oh, da ist er ja!«

John stand auf und ging in den Ballsaal.

»Hör zu, David«, sagte er zu seinem Bruder. »Mary wartet schon seit dem letzten Tanz auf dich. Man lässt eine Frau nicht warten. Jetzt komm endlich und lass nicht wieder einen Tanz ausfallen. Was hast du so lange gemacht?«

»Jetzt hör du mir mal zu, mein Guter«, erwiderte David, »und spiel dich hier nicht wie der große starke Bruder auf. Ich bin irgendwie bei den Zwillingen hängengeblieben. Man weiß nicht, hat man nun mit Hermione oder mit Rose zu tun. Und ich habe die Reihenfolge der Tänze vergessen. Liebe Mary, es tut mir leid, tausendmal Entschuldigung, tausendmal. Ich bitte untertänigst um Vergebung.«

Er flehte sie auf Knien an.

»Steh auf, David. Sei nicht albern«, sagte John mitleidlos. »Führ Mary zum Tanzen in den Ballsaal und tritt ihr nicht auf die Füße.«

David packte sich Mary und zog sie beschwingt in den Saal, und Mary sah selbstvergessen zu ihm auf. John schaute ihnen beim Tanzen zu. Es gab keine einsamen, von ihren Kavalieren im Stich gelassenen Frauen zum Auffordern mehr, und so schlüpfte John hinaus auf die Terrasse und ging den abschüssigen Garten hinunter bis zu dem Ziegelmäuerchen. Er setzte sich hin, beobachtete das sich im Bach spiegelnde Mondlicht, lauschte den nächtlichen Geräuschen der unruhigen Vögel und versuchte, seinen Zorn auf David, in Wahrheit jämmerliche Eifersucht, wie er sich eingestehen musste, herunterzuschlucken. Eifersucht auf den jüngeren Bruder, dagegen revoltierte schon die Selbstachtung, und man musste sie, koste es, was es wolle, überwinden. Er konnte schlecht erwarten, dass Mary an ihn dachte, wenn David in der Nähe war. Mit ihm, mit John zu tanzen hatte ihr Spaß gemacht, das war zu spüren gewesen. Doch sobald sie anfing, an David zu denken, wurde ihr leichter Schritt schleppend, ihre frohe Miene wich unsicherer Gespanntheit, sie sprach wie abgehackt, und sie nahm ihn kaum noch wahr. Na dann, viel Glück, David, ich wünsche es dir von ganzem Herzen – nur, dass David nicht gut genug für Mary war. David würde immer der charmante, absolut unzuverlässige Mensch bleiben, herrlich egoistisch und ziemlich herzlos. Das musste Mary doch erkennen. Immer wieder hatte er sie enttäuscht: der Lunch, die Erdbeeren, heute Abend die versprochenen Tänze. Alles Kleinigkeiten, sicher, aber nach einem Jahr Ehe wuchsen die Kleinigkeiten ins Unermessliche.

John dachte an die Mary von heute Morgen, im Sommerhaus, als Davids Anwesenheit noch kein Thema gewesen war. Er war drauf und dran gewesen, ihr seine Liebe zu gestehen. Gott sei Dank hatte er es nicht getan. Wenn David ihr so viel bedeutete, na gut, dann sollte es eben so sein. Aber ich muss sie sofort sprechen, sagte er sich, mehr als Nein sagen kann sie nicht. Er blieb im Mondlicht sitzen, sah den Weg zu seinem Glück versperrt, fürchtete um Marys Glück, und in der Ferne schimmerten die Lichter und ertönte Musik.

Als die Gästeschar anfing, sich dem Nachtmahl zu widmen, betraten auch Mr Holt und seine beiden Begleiterinnen den Speiseraum. Mr Holt, Veteran in gesellschaftlichen Dingen, hatte mit einem einzigen Blick den entferntesten und bequemsten Tisch ausgemacht, hielt direkt darauf zu, schubste Lady Dorothy Bingham, die in die gleiche Richtung strebte, zur Seite, entschuldigte sich überschwänglich, postierte sich jedoch gleichzeitig zwischen ihre Person und dem Tisch und ließ sich schließlich mit Miss Stevenson und Ursule nieder.

»Also«, sagte er und nahm die Speisekarte in die Hand. »Was wollen wir essen? Suppe? Hummersalat? Hühnchen?«

»Für mich nur eine kleine Portion Hummersalat«, sagte Miss Stevenson abwesend.

»Für mich bitte alles«, sagte Ursule. »Es ist gutes Essen, und wir sollten alles probieren.«

»Ich begrüße Ihre Entscheidung, Miss Ursule«, sagte Mr Holt. »Ich fange ebenfalls mit der Suppe an und gehe dann zu den anderen Gerichten über.«

»Na gut, dann mache ich das auch«, sagte Miss Stevenson. »Meine Essensverweigerung ist wahrscheinlich nur reiner Exhibitionismus. Den gilt es unter Kontrolle zu halten. Und natürlich trinken wir Champagner zum Essen.«

Ursule kicherte wie gewöhnlich. »Ich will alles essen«, kündigte sie an, »aber Champagner trinke ich lieber nicht. *Maman* würde toben vor Wut.«

»Champagner ist mir auch verboten, leider«, sagte Mr Holt. »Ich gönne mir nur einen kleinen Whisky mit Soda.«

»Also, wenn ich ehrlich sein soll, bekommt mir Champagner eigentlich auch nicht gut«, sagte Miss Stevenson. »Lieber Limonade.«

Das Nachtmahl war ein großer Erfolg. Mr Holt, ganz aus dem Häuschen über sein Publikum, konnte viele seiner einst so erfrischenden Anekdoten über den niederen und höheren Adel anbringen. Ursule ergötzte sich an den Adelsnamen, und sie genoss die üppigen Portionen auf ihrem Teller. Miss Stevenson beobachtete Mr Holt aufmerksam. Er war genau der Richtige für ihre Rundfunksendung, und sie entlockte ihm das bereitwillig gewährte Versprechen, sie in ihrem Büro aufzusuchen.

Plötzlich wurde Lady Dorothy Bingham im Anmarsch gesichtet. Mr Holt befürchtete schon, sie käme in böser Absicht, weil er ihr den Tisch weggeschnappt hatte, doch ganz im Gegenteil.

»Ich setze mich mal zu Ihnen«, sagte sie in ihrer gehetzten Stimme. »Ich wollte Mr Holt sprechen.«

»Sehr gerne«, flötete Mr Holt. »Sie erlauben, Lady Dorothy? Darf ich Ihnen Miss Stevenson und Miss Boulle vorstellen?«

»Ist nicht Lionel Harvest ein Neffe von Ihnen?«, fragte Miss Stevenson. »Er ist mein Untergebener beim Sender.«

»Tatsächlich? Komischer Kauz, dieser Lionel. Meine Mädchen würde ich ihm anvertrauen, aber meine Jungen, na, ich weiß nicht.« An dieser Stelle stieß Lady Dorothy ihr Lachen aus, bei dem jeder Fuchs im County vor Angst zitterte. »Immerhin bringt er es auf viertausend im Jahr, wenn der alte General Harvest mal abtritt.«

Miss Stevenson hielt diese Bemerkung in ihrem gut trainierten Gedächtnis fest.

»Also, Mr Holt«, fuhr Lady Dorothy fort, »ich möchte, dass Sie sich meinen Garten ansehen. Emily will Sie hier nicht aufnehmen. Das hat sie mir verraten. Sie kommen morgen mit mir und den Mädchen zu uns, und wir verbringen die Nachmittagsstunden in meinem Steingarten. Danach bringe ich Sie, wo immer Sie hinwollen. Hier, Gudgeon, sagen Sie jemandem Bescheid, er soll mir Hühnchen und Champagner bringen.«

Mr Holt schwankte zwischen Stolz und Gekränktsein. Es war hochnotpeinlich, vor diesem Publikum gesagt zu bekommen, man sei bei der Gastgeberin nicht erwünscht. Andererseits war Lady Dorothys kräftige Schmeichelei, ihr inbrünstiger Wunsch, Lady Emily diese fette Beute vor der Nase wegzuschnappen, wie ein warmer Gruß aus ferner Zeit. Schon wahr, sie hatte ihn heute Nachmittag ordentlich tyrannisiert und verhielt sich jetzt im Grunde nicht anders, aber es tat gut, wieder gefragt zu sein, das Gefühl zu haben, sein Rat werde gebraucht. Außerdem war Lady Dorothys Vater ein Herzog, Lady Emilys dagegen nur ein Graf.

»Meine liebe Lady Dorothy«, sagte er, »Ihr Wunsch ist mir Befehl. Doch bevor ich mir Ihren Garten ansehe und Ihnen meinen bescheidenen Rat geben kann, soweit das überhaupt in meiner ebenfalls bescheidenen Macht steht, muss ich mich vergewissern, dass ich mir damit meiner Gastgeberin gegenüber keine Unhöflichkeit zu Schulden kommen lasse.«

»Wie kommen Sie denn darauf?«, rief Lady Dorothy, hatte doch ihre Kusine ihr gegenüber geklagt: »Ach, Dodo, dieser Mr Holt hat sich für zwei Tage bei uns einquartiert. Henry bekommt einen Wutanfall, wenn er das erfährt«, worauf sie geantwortet hatte: »Keine Sorge, Emily. Ich nehme ihn dir ab.«

»Wir fahren morgen um Punkt halb zehn. Henrys Champagner ist wirklich exquisit.«

»Das ganze Essen ist ausgezeichnet«, sagte Ursule.

»Wiesen Sie, wie spät es ist, Mr Holt?«, fragte Miss Stevenson.

»Oh je, oh je, schon fast halb eins. Ich hätte vor einer Stunde ins Bett gehen sollen«, sorgte sich Mr Holt.

»Sie können doch jetzt nicht schlafen gehen und mich hier allein lassen«, sagte Lady Dorothy, »denn die Mädchen gelten für mich nicht. Ich kann mir nicht vorstellen, dass sich Rose und Hermione mit einem Mann an einen Tisch setzen, der ihr Großvater sein könnte.«

Miss Stevenson nahm von einer gepfefferten Erwiderung nur Abstand, weil ihr wieder einfiel, dass Lady Dorothy Lionel Harvests Tante war.

»Ich gehe zurück ins Pfarrhaus«, kündigte sie an. »Ich tanze nicht, und ich habe mich sehr angeregt mit Mr Holt unterhalten. Sobald ich wieder in der Stadt bin, werde ich Ihnen schreiben, Mr Holt. Und jetzt komm, Ursule. Du tanzt doch auch nicht, und nach dem vielen Essen wird dir der Spaziergang guttun.«

»Darf man die Süßigkeiten auf dem Tisch mitnehmen?«, fragte Ursule skeptisch.

»Natürlich, mein Kind«, sagte Lady Dorothy. »Nimm, so viel du willst.«

Ursule stopfte sich die Taschen voll und machte sich dann mit Miss Stevenson auf den Weg.

Pierre hatte wie im Rausch eine halbe Stunde mit der wunderbaren Mrs Graham getanzt, die sich so ausnehmend fein bewegte, wie sie redete. Und Agnes hatte es in vollen Zügen genossen, mit einem so vollendeten Kavalier wie Monsieur Boulle zu tanzen, der erst vor wenigen Tagen ihre Tochter Emmy vor dem Ertrinken gerettet hatte. Nach dem zweiten Tanz sagte sie, sie würde gerne kurz auf der Terrasse verschnaufen.

»Bringen Sie mir bitte zuerst noch meinen Shawl«, bat sie ihn. »Es ist ein weißer bestickter Seidenschal auf Mammas Sofa.«

Pierre brachte ihn ihr. Sie traten auf die Terrasse, wo er ihr mit unendlicher Zärtlichkeit den Shawl um die anmutigen Schultern legte.

»Haben Sie vielen Dank«, sagte Agnes. »Mit einem Schultertuch ist einem gleich viel wärmer. Kommen Sie, setzten wir uns auf den Rasen. Hoffentlich hat Gudgeon die Stühle saubergewischt. Nichts ist so hartnäckig wie Gartendreck an frischen Kleidern.«

Pierre überlegte, ob er seine Jacke ausziehen und auf Agnes' Stuhl legen sollte, doch nicht nur sieht ein Mann in Hemdsärmeln mit einer weißen Weste unromantisch aus, Pierre fand außerdem, dass sein Kleidungsstück ein unwürdiges und vielleicht sogar unbequemes Polster für Agnes war.

»Moment noch«, sagte er. »Ich hole uns ein paar Kissen.«

Augenblicklich lief er die Terrassenstufen hinauf, betrat den Ballsaal, schnappte sich ein paar Kissen und war umgehend wieder bei Agnes.

»Oh, vielen Dank«, sagte sie und sank auf den Stuhl. »Wie schön. Ich tanze für mein Leben gern, aber zu viel des Guten macht mich müde.«

»Meine Schuld«, sagte Pierre. »Ich habe Sie dazu genötigt. Warum haben Sie mich nicht abgehalten?«

»Aber nein, es hat mir Spaß gemacht. Setzen Sie sich doch. Ist da nicht noch ein Stuhl?«

»Darf ich mich zu Ihren Füßen niederlassen?«, fragte Pierre mit belegter Stimme. »Mein Herz liegt bereits da.«

»Wie lieb von Ihnen. Mein Mann hatte mal einen Freund aus Spanien, der einem auch immer solch charmante Dinge sagte. Wie war doch gleich sein Name?«

Umgehend packte Pierre rasende Eifersucht auf alle Spanier.

»Denken Sie nicht an Ihren spanischen Freund, Mrs Graham, denken Sie lieber an mich.«

»Ist der Rasen auch nicht zu feucht?«, fragte Agnes. »Allzu feucht kann er nicht sein, es hat seit einer Woche nicht mehr geregnet, aber Brown hat vielleicht die Sprinkleranlage eingeschaltet. Wenn es feucht ist, bitte, nehmen Sie sich ein Kissen.«

»Nein, es ist nicht feucht. Aber Ihnen ist ja ganz kalt.«

»Nein. Eigentlich nicht. Mir ist sogar richtig warm geworden, nachdem Sie mir den Shawl umgelegt haben. Aber Sie müssen doch frieren. Wissen Sie, ich fürchte, Sie haben sich erkältet, als Sie Emmy aus dem Teich gerettet haben. Sie waren völlig durchnässt. Nehmen Sie sich doch ein Kissen, Monsieur Boulle.«

Pierre schmollte schweigend.

»Ich bin so unglücklich«, klagte Agnes.

Tausend Schwerter richteten sich in seinem Herzen zu ihrer Verteidigung auf.

»Wenn ich Ihnen irgendwie helfen kann, verfügen Sie über mich«, sagte er.

»Ich fürchte, Robert würde sich ganz schön ärgern, wenn er das hörte«, fuhr die schöne Klagende fort.

»Ich habe den größten Respekt vor Colonel Graham, als Ihrem Gatten und als Soldat«, sagte Pierre. »Aber wenn er Ihnen in Worten oder Taten auch nur das Geringste …«

»Ich habe ihm gesagt, dass ich Peter nicht im Haus haben will, aber er hat ihn immer dazu ermuntert, und jetzt weiß ich nicht, was ich machen soll. Wenn er jetzt hereinkäme, ich könnte ihm einfach nicht widerstehen.«

Ha! Hatte also der Dummkopf diesem Peter erlaubt, sie zu besuchen – wahrscheinlich irgend so ein hübscher, reicher, junger Gardist, kein armer junger Professor so wie er –, und Mrs Graham hatte nachgegeben. Sie sagte, sie habe nicht widerstehen können. Wie auch, armer Engel, die reine Sanftmut, die reine Zuneigung. Wenn er Peter töten könnte oder Colonel Graham – ihretwillen würde er mit Freuden die schwerste Strafe erdulden.

»Im Haus hat er natürlich zu viel zu fressen bekommen. Er war überfüttert, und jetzt schreibt mir unser Hausmädchen, er sei tot. Das wird Robert ärgern, und die Kinder werden sehr traurig sein. Sollen wir nicht lieber wieder hineingehen? Ich glaube, es fängt gleich an zu regnen.«

Tatsächlich zog sich der Himmel über dem Garten zusammen, und das Mondlicht wurde zunehmend von Wolken getrübt.

»Bleiben Sie noch ein bisschen«, flehte Pierre sie an. »Dieser Moment mit Ihnen ist so kostbar. Ich bitte Sie nur, Ihre behandschuhte Hand küssen zu dürfen. Vielleicht werde ich nie wieder allein mit Ihnen sein, und nie wieder werde ich einer so schönen Frau wie Ihnen begegnen.«

Da Agnes in Gedanken scheinbar gerade völlig woanders war, nahm Pierre mit größer Andacht ihre behandschuhte Hand, legte sie mit der Handfläche nach oben auf seine Hand und drückte ihr einen leichten Kuss in die kleine Kuhle.

»Wie charmant von Ihnen«, sagte Agnes. »Robert hatte mal einen Freund aus Österreich, der einen immer mit Handkuss begrüßte.«

Sogleich packte Pierre unbändiger Hass auf alle Österreicher.

»Jetzt müssen wir aber wirklich hineingehen«, sagte Agnes. »Geben Sie mir Ihren Arm, Monsieur Boulle. Ich bin halb versunken in diesem Stuhl.«

Pierre sprang auf die Beine und bot ihr seinen Arm an. Als Agnes sich erhob, streifte ihr Haar sein Gesicht.

»Oh, der Duft Ihrer Haare«, murmelte der Unglückliche.

Eine tiefe Glocke tönte durch die Nacht, als sie die Terrasse verließen.

»Die Turmuhr«, sagte Agnes. »Wie spät ist es? Halb zwölf?«

»Nein«, sagte Pierre mit Blick auf seine Armbanduhr. »Halb eins.«

»Ich wusste nicht, dass es schon so spät ist. Clarissa-

Darling schläft tief und fest und Emmy und James auch. Ich hoffe nur, Monsieur Boulle, dass Sie sich nicht erkältet haben, als Sie Emmy aus dem Wasser zogen. Nasse Kleider am Leib sind sehr unangenehm. Bist du bereit für unseren Tanz, Martin? Ich fühle mich ausgeruht, Monsieur Boulle.«

Pierre, der in der Hoffnung, Agnes würde wieder mit ihm tanzen, keine weiteren Tänze gebucht hatte, schickte sich schon an zu gehen, als ihm seine guten Manieren und seine Gastgeberin wieder einfielen. Er ging zu Lady Emilys Sofa, verbeugte sich vor der Dame des Hauses, wünschte eine gute Nacht und dankte für die Einladung.

»Ich glaube, Ihre Mutter und Ihr Bruder sind schon nach Hause gegangen«, sagte Lady Emily. »Miss Stevenson und Ursule auch. Ihr Vater spielt Bridge mit meinem Mann. Wollen Sie wegen ihm nicht noch bleiben?«

Pierre entschuldigte sich und verließ das Haus. Bereitwillig wäre er stundenlang durch die Berge gestapft, um mit seiner Seele und der Natur Zwiesprache zu halten. Tanzschuhe haben jedoch harte Sohlen, und so schlich er zurück zum Pfarrhaus und gelangte, übertönt von der Stimmgewalt seiner Mutter, die im Salon jemanden zusammenstauchte, sicher auf sein Zimmer. Hier wollte er bis morgen früh Wache halten. Doch die Macht der Gewohnheit trieb ihn dazu, sich zu entkleiden, es geschah unbewusst, und dann, fand er, konnte er auch gleich ins Bett gehen.

Es war sinnlos, auf David wütend zu sein. Mary, gekränkt durch seine Missachtung, hatte sich vorgenommen, ihm die kalte Schulter zu zeigen, sein Herz mit Füßen zu treten, ihm mit gleicher Münze heimzuzahlen, was er ihr angetan hatte – doch es war schlechterdings nicht möglich. David brauchte einen nur anzusehen, nur anzusprechen, und schon fiel man wieder in die Rolle des ergebenen Sklaven. Sie tanzten den ersten Tanz miteinander und den nächsten.

»Gehen wir in den Garten«, schlug er vor. »Oder doch lieber zum Nachtmahl? Wir haben noch zwei Tänze miteinander. Ach, weißt du was: Ich hole uns etwas zu essen, und wir picknicken im Garten.«

Er ging ins Esszimmer, belud ein Tablett mit Speisen und nahm noch eine Flasche Champagner.

»Hier, Mary, nimm du das Getränk und die Gläser, ich nehme die Verpflegung. Wir können hier hinausgehen, dann brauchen wir nicht durch den Ballsaal.«

Sie verließen das Esszimmer durch eine Seitentür, und David führte Mary nach draußen, bis hinunter zum Gartenmäuerchen. Das Sommerhaus erschien ihm als ein verlockender Ort für ein Picknick, und er lenkte sie dorthin.

»Mist, diese Gärtner«, sagte er, »sie haben alle Stühle in den Ballsaal geschleppt. Du musst dich auf die Treppenstufen setzen, Mary. Hier, nimm mein Taschentuch zum Unterlegen.«

Er breitete sein Taschentuch auf den Ziegelsteinen aus, und Mary ließ sich nieder. Beide fielen mit gesundem Appetit über das Essen her.

»Natürlich, das musste ja so kommen. Mir ist der Korken abgebrochen«, sagte David, nachdem er sich vergebens abgeplagt hatte. »Mein Taschenmesser hat nur einen Dorn, mit dem man Steine aus Pferdehufen herauspult oder Wildschweine absticht. Ich bin nicht der erste Gentleman, der eine Flasche köpft. Halt die Gläser bereit, damit nichts verloren geht. Ach, dieser verflixte Mond. Warum muss er sich ausgerechnet dann verziehen, wenn ich ein bisschen Licht brauche.«

Mit einigem Geschick köpfte er die Flasche und goss ein.

»Sie bekommen nur ein Glas«, sagte er. »Sie gehören nicht zu den Trinkfestesten.«

Mary wurde schwach bei so viel Fürsorglichkeit. Das Picknick schritt munter voran, da schrie Mary plötzlich auf und fragte David, wie spät es sei.

»Was spielt denn Zeit jetzt für eine Rolle? Meine liebe Mary, wir sind hier auf einem Ball, nicht in irgendeiner Anstalt.«

»Dir ist Zeit natürlich egal, du lässt deine Tanzpartner ja gerne warten«, sagte Mary, forsch nach einem Glas Champagner und mit dem besonderen Talent ihres Geschlechts, unnötig Streit vom Zaun zu brechen.

»Jetzt hör aber auf, Mary. Es hat dir doch nichts ausgemacht, oder? Die Zwillinge sind schuld. Du hast keine Ahnung, wie witzig sie sind.«

»Doch, es hat mir etwas ausgemacht. Und jetzt sag mir endlich, wie spät es ist.«

»Die Domuhr schlägt gleich zwölf, und dorten steht der Mond. Warum drängst du so?«, zitierte er frei.

»Tut mir leid, David, aber ich muss gehen. Ich muss vor zwölf im Ballsaal sein.«

»Komischer Komplex. Bist du Aschenputtel? Was kann denn bloß so wichtig sein?«

»Das kann ich dir nicht sagen, David. Es ist etwas wahnsinnig Wichtiges. Ich habe es Martin versprochen.«

»Martin? Liebes Mädchen, du musst verrückt sein. Entweder gehören die nächsten Tänze mir oder nicht. Wenn du mich bestrafen willst, indem du sie mir nicht gewährst, gut, dann …«, sagte David beleidigt. Er stand auf und beugte sich über das Mäuerchen.

»Nein, David. Das ist nicht der Grund. Aber Martin und Jean-Claude wären sehr enttäuscht.«

»Jean-Claude auch?«, sagte David mit Grabesstimme, ohne sich umzuwenden. »Du vernachlässigst mich wegen eines verpickelten Franzosen?«

»Nein, nein. Überhaupt nicht. Lass mich gehen, David. Ich bin gleich wieder da.«

»Ich kann dich nicht daran hindern«, sagte David.

Die Uhr schlug zwölf.

»Oh je, zu spät«, rief Mary.

»Na, wunderbar. Jetzt kannst du ja bleiben. Aber wenn du trotzdem gehen willst, geh nur. Auf mich kommt es ja nicht an.«

»Doch. Auf dich kommt es mehr an als auf alles andere auf der Welt.«

David drehte sich zu ihr um. »Sag das nochmal. Kommt es wirklich auf mich an? War das nicht nur ein Vorwand, um mich loszuwerden? Weil ich dich langweile oder dir auf die Nerven gehe.«

»Wie kannst du so etwas sagen?«, rief Mary, den Tränen nahe, »wenn du weißt, dass ich …« Sie brach ab.

»Was soll ich wissen?«, fragte David und legte beide Hände auf ihre Schultern. »Was soll ich wissen, hübsches Gänschen?«

Er drückte Mary an sich und legte mit geübter Leichtigkeit ihren Kopf bequem unter sein Kinn. Mary in ihrer Glückseligkeit, Davids Hemdstoff an ihrer Wange zu spüren, sagte nichts. Sie war dankbar, soweit ihre wirren Sinne überhaupt einen klaren Gedanken zuließen, dass sie die wenig mädchenhaften Worte, die ihr auf der Zunge lagen, nicht geäußert hatte.

Die Bühne war bereitet. Hinter den Wolken kam der Mond hervor und schien auf die Liebende. John, der sich auf dem Rasen entlang der Mauer herumtrieb, sah seinen Bruder und seine Geliebte, hörte ihre kristallklare Stimme und kehrte im Schatten der Bäume um.

»Na gut«, sagte David und ließ Mary los. »Und wie schön, Miss Preston. Willst du immer noch wissen, wie spät es ist?«

»Nein. Es ist sowieso zu spät. Oh, David, hast du gesehen, wie ...«

»Ich habe deinen liebreizenden Schädel von oben gesehen. Und jetzt sammeln wir lieber die Reste unseres Picknicks ein, sonst denkt Brown noch, hier hätten Einbrecher gezecht. Komm, Mary.«

Mary, leicht schwindlig, half David, ihre Sachen zusammenzusuchen und sie zurück ins Haus zu tragen.

»Herrliche Tänze waren das«, sagte David. »Hast du jetzt noch viele Partner?« Er sah auf ihre Tanzkarte. »Oh ja, jede Menge. Ich auch. Und nach deiner Standpauke lasse ich jetzt auch keine mehr aus.«

Der Duc de Guise musste sich in der Nacht unruhig auf seiner Liegestatt hin und her gewälzt und ein fahler, über dem Schlafenden schwebender Geist ihm in der Stunde, da Glaube und Hoffnung auf ihrem Tiefststand sind, zugeraunt haben, dass von den ehemals fünf ergebenen jungen Herzen, die geschworen hatten, seine Sache mit dem Schwert zu verteidigen, nur noch zwei Getreue übrig geblieben waren. Die anderen drei hatten sich verführen lassen, zwei von der Liebe, eine vom Essen. Hoffen wir, dass die erhabene französische Nation Nachsicht mit ihnen hat.

Kurz vor Mitternacht trafen sich Martin und Jean-Claude in der Eingangshalle, doch von den anderen aus der Truppe der Verschwörer war niemand am verabredeten Ort.

»Ich kann Pierre nirgendwo finden«, regte sich Jean-Claude auf, »und ich habe überall nach Ursule gesucht. Beinahe hätte mich diese schreckliche *mégère*, deine Tante Bingham erwischt, als ich in das Zimmer kam, wo das Nachtmahl eingenommen wird. Ich bin sofort geflohen. Wo ist Mary?«

»Ich habe sie auch nicht gesehen«, sagte Martin bekümmert. »Ich hätte schwören können, dass sie uns nicht im Stich lässt. Frauen kann man eben nicht trauen. Was sollen wir machen?«

»Wie spät ist es?«, fragte Jean-Claude.

Martin zog seine Uhr aus der Westentasche und löste die Feder für das Schlagwerk aus. In einem hellen Ton bimmelte sie zwölfmal und spielte dann zwei Zeilen aus »*The Last Rose of Summer*«.

»*Ventre saint gris!*«, sagte Jean-Claude, der diesen bourbonischen Fluch gerne gebrauchte, wenn seine Eltern nicht in Hörweite waren. »Lass deine Uhr nochmal schlagen.«

Martin löste die Feder erneut aus.

»Im Ernst, was sollen wir jetzt machen?«, fragte Martin und ließ die Uhr wieder in seiner Westentasche verschwinden.

»Wir marschieren alleine ein«, sagte Jean-Claude. »Wo bleibt dein Schneid? Den wahren Franzosen spornt jede Entmutigung zu noch größerer Anstrengung an. Meine Vorfahren, die de Florels …«

»Genug geprotzt mit deinen alten Ahnen«, sagte Martin. »Hol die Fahne raus.«

»Es macht mehr Eindruck, wenn ich sie im Tanzsaal entrolle«, gab Jean-Claude zu bedenken.

»Na gut. Wie du willst. Der Tanz ist gerade vorbei. Komm. Ich rufe *Vive le roi!*, dann schwenkst du die Fahne und rufst *Vive le dauphin!*.«

Der Tanz war tatsächlich vorbei, und die Tänzer begaben sich bereits zum Nachtmahl oder nach draußen in den Garten, als die beiden Kämpfer für eine verlorene Sache in den Raum einzogen. Vor dem Sofa, auf dem seine Großmutter saß, blieb Martin stehen und rief mit resoluter Stimme: »*Vive le roi!*«

»Wie bitte, Darling?«, fragte seine Großmutter.

»Jetzt sag schon deinen Part«, fauchte er Jean-Claude an.

»*Je ne peux pas*«, sagte Jean Claude. »*Ce maudit drapeau – débarasse-moi de ça*, Martin.«

»Du Vollidiot«, zischte Martin und zog an dem Fahnenzipfel, der unter Jean-Claudes grauer Seidenweste hervorlugte. »Warum hast du die Fahne nicht in der Eingangshalle ausgerollt, wie ich es dir gesagt habe?«

Mit vereinten Kräften befreiten die beiden Jungen die Fahne aus ihrem Versteck.

»*Vive le dauphin*«, sagte Jean-Claude und schwenkte das Tuch eher halbherzig.

»Was habt ihr denn da?«, fragte Lady Emily. »Zeigt mal. Kommt her, setzt euch zu mir. Was für eine hübsche Fahne. Ist das die Überraschung?«

Martin trat Jean-Claude gegen das Schienbein.

»Die Überraschung ist nicht ganz gelungen, Gran«, sagte er, »weil die anderen, die auch mitmachen wollten, nicht gekommen sind. Ursule hat diese Fahne genäht, es ist die königliche Standarte der Franzosen.«

Emily nahm sie genauer in Augenschein. »Wie geschickt sie nähen kann«, sagte sie. »Eine herrliche Arbeit. Darf ich sie wirklich behalten? Ich werde sie Conque zeigen. Sag Ursule, dass ich ihre Nähkünste bewundere. Habt ihr schon etwas gegessen?«

»Nein, noch nicht, Gran.«

»Dann nehmt mich mit und gebt mir ein bisschen was. Danach gehe ich ins Bett.«

Martin half seiner Großmutter beim Aufstehen und geleitete sie am Arm zum Esszimmer. Jean-Claude folgte den beiden mürrisch und verwirrt und machte Martin Vorwürfe.

»Du Esel, du«, wehrte sich Martin flüsternd, als sie die Eingangshalle passierten. »Du bist genauso schuld wie die anderen.« Er schob seine Großmutter ins Esszimmer.

»*Merde!*«, sagte Jean Claude laut und trotzig – ein Fehler, denn im selben Moment kam seine Mutter, gestiefelt und gespornt, aus der Damengarderobe und stürzte sich auf ihn.

»*Mais, voyons, Jean-Claude, c'est infâme ce que tu dis là. Où as-tu donc appris de telles saletés*?«, rief sie aus. »Du kommst auf der Stelle mit nach Hause, und dann ab ins Bett mit dir. Ich schäme mich für dein Benehmen.«

Ohne seine Erklärungsversuche abzuwarten, zerrte sie ihn davon und hielt ihm eine Standpauke, *une verte semonce*, wie sie es nannte, als sie nach Hause kamen.

Regen fiel jetzt in schweren Tropfen herab, und die Tänzer aus dem Garten kehrten ins Haus zurück. Martin nahm ein üppiges Nachtmahl zu sich und tanzte, bis auch der letzte Gast gegangen war.

»Es war ein toller Abend«, verkündete er all den Familienmitgliedern, die bis jetzt durchgehalten hatten. »Der schönste Geburtstag, den ich je hatte. Tausend Dank für alles. Du siehst schlimm aus, Onkel John. Also dann, gute Nacht!«

Er wankte schläfrig nach oben ins Bett, und nachdem er sich noch kurz am Anblick einiger Motorräder in einem Katalog geweidet hatte und seine Repetieruhr noch ein paarmal hatte schlagen lassen, fiel er in einen tiefen, glückseligen Schlaf.

Aber, ach, was geschah mit den Lilien von Frankreich! Der Duc de Guise in seinem belgischen Château wälzte sich stöhnend in den Schlaf. Ein unsagbarer Traum, der das königliche Blut gefrieren ließ, stand neben seiner Liegestatt und sagte ihm, alles sei vorbei. Von den beiden galanten jungen Herren, auf denen die letzte Hoffnung für seine Sache an Albions Küste ruhte, hatte der eine die Lilien fallenlassen und sich Motorrädern zugewandt. Der andere, sein Namensvetter gar, war von seiner Mutter in Schande nach Hause gebracht worden. Das Omen des unzerbrochenen Glases hatte sich erfüllt. Noch immer wehte die *tricolore* über dem Elysée.

14
Gudgeons Stunde

Der Regen, der nach Mitternacht eingesetzt hatte, dauerte bis in die Morgenstunden an. Die Bewohner von Rushwater fanden beim Aufwachen eine Welt vor, die in wahren Fluten versank, Sturzbäche ergossen sich über den Rasen, von den Traufen tropfte es schwer. Die Luft hatte sich durch den Regensturm nicht abgekühlt. Die feuchte Wärme schuf eine Atmosphäre der Schwermut und Trägheit. Martin, den grässlichen Moment des Aufstehens so lange wie möglich hinauszögernd, dachte an gestern Abend. Beinahe hätte er sich blamiert, doch alles in allem konnte er von Glück sagen, dass ihre Pläne so kläglich gescheitert waren. Franzosen konnten ja von ihm aus königstreu sein, aber von einem siebzehnjährigen Kerl wie ihm konnte man so etwas schlecht verlangen. Und in dem Katalog war ein Motorrad abgebildet, das aussah wie das Motorrad seiner Träume. Die Anzahlung konnte er sich jetzt spielend leisten, für die monatlichen Ratenzahlungen baute er auf sein Glück. Daraufhin ließ er seine Uhr gleich mehrmals zehn schlagen und stand auf.

Unten im Esszimmer traf er nur John an. Ein benutztes Gedeck am Tisch zeigte ihm, dass Mr Leslie zu seiner üblichen Zeit gefrühstückt und das Haus bereits verlassen hatte. Martin fing an, seinem Onkel von der Pracht und Herrlichkeit eines Motorrads zu erzählen, doch ausnahmsweise hatte Onkel John mal kein Verständnis und bat seinen Neffen, ihn mit seinem Gequassel zu verschonen, er habe Kopfschmerzen. Im selben Moment kam David ins Zimmer geschlendert, mit der Nachricht, die Damen würden alle im Bett frühstücken.

»Wohl das einzig Vernünftige«, sagte er. »Mir sind Tabletts voller Köstlichkeiten auf der Treppe entgegengekommen. Fisch? Mein Gott, nicht an so einem trüben Morgen wie heute.«

Er läutete die Glocke.

»Gibt es noch kalten Schinken, Gudgeon? Bringen Sie bitte welchen und sagen Sie Walter, er möchte meine Sachen packen. Ich fahre vielleicht heute Morgen noch in die Stadt.«

»Oh, David«, sagte Martin. »Doch nicht schon so bald!«

»Tut mir leid, Martin, aber ich verfolge da so eine Idee für meinen Roman. Außerdem möchte ich mich noch mit jemandem treffen, bevor er nach Amerika abreist.«

»Aber muss denn das heute sein?«, sagte John mit solcher Verwunderung in der Stimme, dass David ihn anstarrte.

»Warum nicht? Ich habe einen Haufen Dinge in der Stadt zu erledigen.«

»Du kannst doch nicht einfach so wegrennen«, sagte John, schon fast wütend, als Gudgeon mit dem Schinken hereinkam. »Ach, verdammt, wie soll man sich vernünftig unterhalten, wenn die halbe Welt zuhört. David, ich muss dich unbedingt sprechen, bevor du abreist, also sag Bescheid. Ich bin in der Bibliothek oder im Unterrichtszimmer.«

Er warf seine Serviette auf den Boden und verließ das Zimmer.

»Welche Laus ist denn Onkel John über die Leber gekrochen?«, fragte Martin.

»Ja, er wirkte sehr verärgert«, sagte David ehrlich besorgt. »Ich habe ihn seit Jahren nicht mehr so aufgebracht gesehen. Zum Glück sind Dodo und die Zwillinge schon abgefahren und haben Giftpilz Holt mitgenommen. Gefallen dir die Hemden und die anderen Sachen, David?«

»Ja, sehr, David, sie sind fantastisch.«

»Ich würde gerne Joan nochmal sehen, bevor ich fahre. Gehst du heute noch ins Pfarrhaus?«

»Nein, heute habe ich frei, Gott sei Dank. Aber ich kann sie anrufen, wenn du willst.«

»Nein, nicht nötig. Ich kümmere mich später darum. Vielleicht fahre ich doch erst heute Nachmittag.«

Während ihrer Unterhaltung gingen draußen drei Gestalten in Regenmänteln vorbei und klopften an die Terrassentür. Martin sprang auf und öffnete sie einen Spalt.

»Es würde zu viel Dreck machen, wenn ihr hier hereinkommt«, sagte er gastfreundlich. »Geht lieber durch die Haustür.«

Kurz darauf erschienen Miss Stevenson, Ursule und Jean-Claude im Esszimmer.

»Kommt herein, es gibt Frühstück«, sagte Martin.

»Wir haben schon vor einer Ewigkeit gefrühstückt«, sagte Miss Stevenson und setzte sich.

»Vielen Dank, Martin«, sagte Ursule. »Oh, Schellfisch, wie lecker. Und frische Scones.«

Sie häufte deftige Speisen um sich herum auf und ließ sich mit einem zufriedenen Gesichtsausruck nieder.

»Kann ich dich mal allein sprechen?«, sagte Jean-Claude zu Martin.

»Ja, natürlich, wenn es sein muss«, sagte Martin, der die Aussicht auf neue königstreue Aktionen oder Vorhaltungen wegen des gestrigen *débâcle* nicht verlockend fand. »Komm ins Unterrichtszimmer.«

»Joan«, sagte David, »nett, dass du hier heute Morgen vorbeischaust, ich hätte dich sonst später nochmal im Pfarrhaus aufgesucht. Ich wollte dich unbedingt sprechen.«

»Ach, sieh an, ich dich auch, David.«

»Was ist mit Ursule?«, fragte David mit gedämpfter Stimme.

»Ach, das ist schon in Ordnung«, sagte Miss Stevenson und beobachtete mit gewissem Stolz den Appetit ihres Schützlings. »Außerdem, was ich zu sagen habe, kann jeder hören. Ich halte nichts von Geheimniskrämerei. Ein junges Mädchen sollte die Gelegenheit haben, alles zu erfahren. Ein intelligentes Gespräch über unsere augenblickliche Beziehung könnte für Ursule von großem Wert sein.«

Diese hochtrabende Einleitung versetzte David leicht in Panik. Er fand Joan sehr attraktiv, mehr noch, sie konnte ihm vielleicht auch außerordentlich nützlich sein, doch das Wort »Beziehung« hatte so einen finsteren Beigeschmack.

»Ich wollte mit dir über die Arbeit beim Rundfunk sprechen. Wahrscheinlich werde ich eine Hörspielfassung von meinem Roman schreiben, deswegen möchte ich mit den richtigen Leuten in Kontakt kommen. Und dabei rechne ich fest mit deiner Hilfe. Wir werden im Herbst sicher noch sehr oft miteinander zu tun haben.«

»Wenn du mich als Freund darum bittest, David, ja, ich werde tun, was ich kann. Offiziell sind mir natürlich die Hände gebunden. Bei der Lyriklesung hast du mich enttäuscht, und ich hatte deswegen viel Ärger.«

»Oh, das tut mir wirklich leid, Joan. Das wusste ich nicht«, sagte David und nahm ihre Hand. »Verzeih.«

»Den Honig, bitte«, sagte Ursule. David schob ihn ihr mit der freien Hand hin.

»Seltsam«, sagte Miss Stevenson, »was für eine Freude es machen kann, mit einem Mann Händchen zu halten oder gar seinen Arm zu spüren und gleichzeitig zu spüren, dass man jede weitergehende Intimität, ehrlich gesagt, abstoßend fände.«

Vielleicht zum ersten Mal in seinem Leben war David um Worte verlegen. Miss Stevenson machte keine Anstalten, ihm die Hand zu entziehen. Er konnte sich keinen Reim auf ihre Bemerkung machen; war es eine Aufforderung, ihr den Arm um die Taille zu legen? Ihr seine Hand zu entziehen wäre jedenfalls unhöflich gewesen. Und so blieb er vor lauter Verlegenheit sitzen. Joan sah heute Morgen zweifellos rasend gut aus. Viele Frauen wirkten nach einer durchtanzten Nacht alt und verbraucht, Joan dagegen sah frisch und adrett aus in ihrem Seidenkleidchen, und wenn schon die Rede von Umarmungen war, dann würden sie ihm genauso viel Freude machen wie ihr. Gesagt, getan.

»Danke, David«, sagte Miss Stevenson, erfreut, ansonsten scheinbar ungerührt. »Du bist wirklich der perfekte Freund. Es gab mal eine Zeit, da dachte ich, du könntest mehr sein, aber dann habe ich mich dagegen entschieden. Wir beide eignen uns nicht für eine harmonische Beziehung. Also versuch es erst gar nicht, es ist hoffnungslos.«

»Ich habe dich nie darum gebeten«, protestierte David wie ein trotziges Kind. »Wirklich, Joan, du redest Unsinn.« Er ließ ihre Taille los.

»Ganz und gar nicht. Ob du an eine Ehe gedacht hast oder nicht, das ist mir gleichgültig, aber irgendwann hättest du mich unweigerlich gefragt, ob wir nicht zusammenleben sollen. Ich will dir unnötigen Schmerz ersparen und erkläre dir hier und jetzt, dass das für mich niemals in Frage käme. Es wäre ein großer Fehler. Für uns beide.«

»Liebe Güte, Joan, ich habe überhaupt nicht vor, mit einem anderen Menschen zusammenzuleben.«

»Für dich geht nur das oder eine Ehe«, fuhr Miss Stevenson unbeirrt fort und musterte ihn geradezu wissenschaftlich distanziert. »Wenn du wirklich Interesse am Hörspiel hast, dann wende dich lieber an Lionel.«

»Lionel Harvest?«

»Genau. Lionel ist jetzt in der Abteilung und wird es noch weit bringen. Aber eigentlich wollte ich dir sagen, dass Lionel und ich eine Kameradschaftsehe schließen werden.«

»Darf ich mir einen Pfirsich nehmen?«, fragte Ursule.

»Bedien dich, Ursule. Sie stehen auf der Anrichte«, sagte Miss Stevenson freundlich. »Ich weiß, dass meine Vorstellungen in mancher Hinsicht altmodisch sind, aber ich bin immer noch der Überzeugung, dass eine Kameradschaftsehe die beste Lösung für unser Problem ist. Natürlich eine rechtmäßige Kameradschaftsehe.«

»Rechtmäßig?«, fragte David, für den eine Welt zusammenbrach. »Das verstehe ich nicht.«

»Der Sender hat gewisse Vorurteile, die wir als loyale Angestellte zu respektieren haben. Das heißt, Lionel und ich werden sehr bald standesamtlich heiraten. Du bist eingeladen. Aber die Ehe wird, im Wesentlichen, rein kameradschaftlich sein. Lionel und ich haben den ganzen Sommer lang hin und her überlegt, und dann kam gestern zufällig eine Nachricht, und jetzt ist es endgültig entschieden.«

Miss Stevenson errötete sanft, was ihr gut stand.

»Na, dann«, sagte David, der seine Fassung wiedererlangt hatte, »viel Glück. Das freut mich. Sobald ich wieder in der Stadt bin, suche ich Lionel auf. Aber vielleicht fahre ich nach Südamerika. Ich weiß noch nicht.«

Miss Stevenson ergriff seine Hand. »Auf Wiedersehen, David«, verabschiedete sie sich. »Ich möchte dir aber noch sagen, dass es, rein gefühlsmäßig, sehr viele Männer gibt, mit denen zusammenzuleben ich mir noch weit weniger vorstellen kann als mit dir. Dennoch, bei unsereins ist das unmöglich. Komm, Ursule, wir gehen.«

»Nimm noch Plätzchen mit, falls du unterwegs Hunger bekommst«, sagte David und hielt ihr einen Teller hin.

»Danke schön«, sagte sie und steckte sie in ihre Manteltasche.

David entließ die Damen durch die Terrassentür nach draußen und begab sich auf die Suche nach John. Die ausgezehrte Erscheinung seines Bruders hatte ihn sehr beunruhigt, außerdem wollte er bei ihm Dampf ablassen. Es war besonders demütigend, von einer Frau abgewiesen zu werden, der einen Heiratsantrag zu machen, ob ehrenwert oder nicht, man nie und nimmer auf die Idee gekommen wäre. Nach allem, war er über Joan und ihre Welt wusste, hielt er es für durchaus wahrscheinlich, dass sie nun alles brühwarm ihren Freunden erzählen würde. Und alle würden sich über ihn lustig machen. Besonders abstoßend war die Vorstellung, von Lionel Harvest belächelt zu werden. Er verspürte den Drang, sofort in die Stadt zu fahren und Lionel in den Hintern zu treten, einfach so, ohne ihm einen Grund zu nennen. Aber Joan heiraten, ach je, da könnte er ja genauso gut Mary heiraten, das süße kleine Ding.

Er schaute im Unterrichtsraum nach, fand dort aber nur Martin und Jean-Claude in ein angeregtes Gespräch über Motorräder vertieft. Zu Martins großer Erleichterung war Jean-Claude gekommen, um ihm mitzuteilen, die Königstreuen hätten sich aufgelöst. Professor Boulle hatte Verdacht geschöpft und Pierre und Jean-Claude ins Gewissen geredet, man solle seine Ideale für sich behalten und nicht billig verkaufen. Pierre, der in den Qualen unerwiderter Liebe schwelgte, hatte sich in seine Bücher vergraben, und Ursule interessierte sich einzig für ihr Essen und Miss Stevenson. Jean-Claude, der noch seine Blamage vor Madame Boulle verdauen musste, hatte sich zu Martin geflüchtet und war heilfroh, dass sein Freund so anstandslos wie er den Auftritt am gestrigen Abend zu vergessen bereit war.

»Hast du John gesehen?«, fragte David.

»Nein. Schau doch mal, David, hier, dieses Modell von Rover.«

»Entschuldige, Martin. Ich bin gerade sehr beschäftigt. Ich sehe es mir ein anderes Mal an.«

»Wenn du nächstes Jahr Ostern nach Frankreich kommst, musst du dein Motorrad mitbringen«, sagte Jean-Claude. »Dann machen wir zusammen Ausflüge. Ich sitze hinten, und du lenkst. Die Straßen in Frankreich eignen sich viel besser für schnelles Fahren als die in England. Unsere Straßen gelten sogar als die besten …«

David machte die Tür zu und ging in die Bibliothek. Sein Bruder John kauerte in einem Sessel und starrte in den kalten Kamin.

»Du siehst wirklich schlimm aus«, sagte David. »Was ist los?«

»Nichts. Fahr heute nicht in die Stadt, David. Ich mache mich auch davon.«

»Wie du willst, aber ich weiß nicht, ob ich abreise oder nicht. Ich will erst noch unseren Vater sprechen. Ich glaube, ich werde ihm seinen Wunsch erfüllen und den Job in Buenos Aires antreten.«

»Buenos Aires?«

»Ja, es geht um ein Stück Land, um das ich mich kümmern soll. Könnte doch ganz nett werden, für ein, zwei Jahre.«

»Das kommt alles so plötzlich«, sagte John fassungslos. Warum Südamerika, wenn David vorhatte, Mary zu heiraten? Oder war das als Hochzeitsreise geplant?

»Könnte man so sagen. Ich habe mich gerade eben vor fünf Minuten dazu entschlossen.«

»Aber vorher willst du noch heiraten, oder?«, fragte John, der sich bemühte, mit ruhiger, fester Stimme zu sprechen.

»Heiraten? Warum? Darf man nur als verheirateter Mann nach Argentinien einreisen? Aber davon mal abgesehen, wusste ich gar nicht, wie kurz davor ich war zu heiraten. Du kennst doch Joan Stevenson.«

John blickte überrascht auf.

Im Folgenden berichtete David seinem ungläubigen Bruder, wie Miss Stevenson ihm seelenruhig Leidenschaft unterstellt und dann kühl einen Antrag zurückgewiesen habe, den ihr zu machen ihm nie in den Sinn gekommen wäre. Ganz bestimmt werde sie nun diese Geschichte weitererzählen, und alle Welt werde sich – doppelte Demütigung – wochenlang über ihn das Maul zerfetzen.

»Deswegen möchte ich vorläufig abtauchen«, sagte David. »Auf der Überfahrt kann ich an meinem Roman arbeiten. Für Miss Stevenson hätte ich ein paar deftige Worte übrig, John, aber man ist ja schließlich Gentleman. Diese Frau heiraten? Da könnte ich genauso gut Mary fragen.«

»Ich frage dich nicht zum Spaß, David. Es ist mir ernst damit. Hast du Mary nicht gefragt, ob sie dich heiraten will?«

»Liebe Güte, nein! Sie ist ein liebes Mädchen und gut zu Fuß, aber keine, die ich bitten würde, meine Frau zu werden. Das meine ich ernst.«

»Aber …«, fing John an, stand auf und ging zum Fenster. »Ich war gestern Abend im Garten.«

»Ja? Ich auch. Aber was hat das damit zu tun?«

»Hör zu, David«, sagte John, noch immer mit dem Rücken zu seinem Bruder, »du und Mary, ihr wart gegen Mitternacht unten am Sommerhaus. Ich trieb mich da auch herum, aber als ich euch sah, hab ich mich gleich wieder verdrückt. Ich wollte dir gratulieren.«

»Du alter Esel, du«, sagte David und schlang die Arme um seinen Bruder. »Hast du wirklich gedacht, wir meinten es ernst?«

»Allerdings!«

»Was dagegen?«, sagte David, dem der wahre Sachverhalt allmählich dämmerte.

»Natürlich!«, sagte John, der im Zimmer auf und ab tigerte, »aber ich wollte dir nicht im Weg stehen.«

»Du Riesenrindvieh«, sagte David gütig. »Du willst Mary wohl selbst heiraten?«

»Natürlich!«, wiederholte John.

»Na, dann los. Was hält dich ab? Vater und Macpherson werden sich freuen, und Mutter und Agnes werden weinen. Also alles perfekt. Komm, wir gehen sie suchen.«

»Moment noch, David. Weißt du genau, dass sie sich nichts aus dir macht?«

»Jetzt sei kein Narr, John. Ganz egal, ob sie sich etwas aus mir macht oder nicht, ich werde sie nicht heiraten. Punkt, aus. Und was letzte Nacht angeht, du Unschuldslamm: Das war keine stürmische Umarmung, nur ein kleines Rendezvous im Mondschein, mehr nicht. Jetzt komm schon.«

Voller Freude über diese unerwartete Wendung der Ereignisse zerrte David seinen Bruder aus dem Zimmer.

Mary und Agnes vergnügten sich mit Clarissa und Emmy im Kinderspielzimmer, während Nannie und Ivy im Kinderschlafzimmer beschäftigt waren. Agnes wie immer lieblich und beschaulich anzusehen, obwohl die Nacht nur kurz gewesen war, Mary dagegen ein einziges Wrack. Abwechselnd beschämt, verängstigt, frohlockend und reumütig, hatte sie die ganze Nacht kein Auge zugetan. Davids Umarmung war für sie der Gipfel der Glückseligkeit gewesen, doch welche Folgen würde das haben? Eine Frage, die sie sich nicht zu stellen traute. Vergeblich versuchte sie, Emmy vorzulesen. Die dämlichen Abenteuer von Hobo-Gobo und der Fee Joybell konnten sie nicht fesseln. Die Stimme versagte ihr, und sie fing an zu weinen.

»Mein liebe Mary, was hast du denn?«, fragte Agnes. »Nimm Clarissa auf deinen Schoß und erzähl mir, was los ist.«

Gehorsam hob sie Clarissa vom Boden auf, wo sie gespielt hatte, und setzte sich neben Agnes. Pummelchen Clarissa in ihren Armen spendete etwas Trost, doch die Tränenflut konnte sie nicht aufhalten.

»Was ist denn, Darling?«, fragte Agnes erneut. »Geht es um jemand Bestimmtes?«

Auf diese entscheidende Frage antwortete Mary lediglich mit der Bitte, ihre Tante möge es niemandem weitererzählen, niemals, so furchtbar sei alles.

»Das ist doch selbstverständlich. Wir erzählen es keinem weiter, nicht wahr, Clarissa-Darling?«

Im Folgenden ergoss sich ein wahrer Wortschwall aus Marys Mund, dem Agnes lediglich entnahm, dass David wunderbar sei, aber unfreundlich und John immer freundlich, bei ihm fühle man sich aufgehoben und geborgen. Gestern Abend sei sie mit David im Garten gewesen, er habe sie auf die Stirn geküsst. Ob sie nun verlobt seien? Wenn ja, dann würde sie lieber sterben, denn obwohl sie David bewundere und oft an ihn denke, sogar ein bisschen verschossen in ihn gewesen sei, sei eine Verlobung mit ihm ganz unmöglich. Außerdem würde sie es niemals ertragen, John, der immer so gütig zu ihr sei, könne schlecht von ihr denken.

»Warum sollte er?«

»Weil er mich gestern Abend beobachtet hat. Er kam zwischen den Bäumen hervor und hat uns gesehen, ist aber gleich darauf umgekehrt.«

»Ach, wenn Robert doch nur hier wäre«, sagte Agnes. »Er wüsste, was jetzt zu tun wäre. Wir erzählen lieber alles John. Das wäre das Einfachste.«

»Oh, Tante Agnes! Das kann ich unmöglich!«

»Warum nicht? Es ist immer besser, reinen Tisch zu machen. Und einem Mann fällt immer was ein. Wir gehen nach unten und fragen ihn.«

»Was wird er dazu sagen? Und was wird David dazu sagen? Oh je, oh je. Wenn doch bloß John hier wäre.«

Agnes übergab ihre Sprösslinge Ivy und verzog sich mit Mary ins Schlafzimmer, wo sich ihre Nichte mit teurem Gesichtswasser bespritzen und einen speziellen Gesichtspuder auftragen durfte, was sie sogleich aufmunterte.

»Jetzt gehen wir John suchen, und alles wird gut«, sagte Agnes gelassen.

Als sie die Eingangshalle durchquerten, kamen ihnen David und John entgegen.

»Wir haben nach dir gesucht, John«, sagte Agnes. »Mary ist ganz unglücklich, und wir dachten, dass du vielleicht helfen könntest.«

»Ich wollte gerade zusammen mit John auf die Suche nach Mary gehen«, sagte David. »John hat sich furchtbar aufgeregt, und alles nur wegen nichts.«

Es entstand eine Pause. Da die Hauptpersonen dieser Szene stur schwiegen und sich auch nicht anschickten, von ihren Sekundanten zu weichen, nahm Agnes die Angelegenheit selbst in die Hand.

»Wir setzen uns jetzt zusammen und klären die Sache«, sagte sie. »David, du hast Mary gestern Abend sehr verärgert, und sie ist zutiefst unglücklich. Sie hat gedacht, du wolltest sie heiraten, was sie verständlicherweise aufgewühlt hat, weil sie gar nicht will.«

»Meine liebe Agnes«, sagte David. »Nicht dass ich mich damit brüsten will, aber das ist heute bereits die zweite Frau, die glaubt, ich wolle sie heiraten. Ich könnte niemals heiraten, das würde ich gar nicht aushalten. Sag das deiner Mandantin bitte.«

»Dennoch, du warst sehr gemein und unfreundlich«, sagte Agnes, »und Mary ist zu Recht verärgert.«

Bei diesen Worten der sanften Agnes wurde Mary von Gewissensbissen überwältigt.

»Nicht böse sein, David«, sagte sie. »Ich hatte nur Angst, wir könnten verlobt sein, und das wäre schrecklich. Aber eigentlich warst du sehr lieb zu mir, du hast mir die wunderschöne Tasche geschenkt und den Korb mit wilden Erdbeeren.«

»Wenn es mehr nicht ist«, sagte David. »Dann will ich jetzt wenigstens alles aufklären. Diese wilden Erdbeeren, Mary, waren nicht meine Idee. Es war John, der mir gesagt hat, ich solle sie dir schicken.«

»Oh, David, hast du nicht gesagt, du …«

»Ja, ich weiß. Ich hatte es vergessen. John hat mich an dem Tag, als wir zum Mittagessen verabredet waren, angerufen und mir gesagt, du seist untröstlich, und er hat mir vorgeschlagen, dir welche mitzubringen. Das habe ich dann getan. Die einzige noble Geste in meinem Leben wurde von einem anderen ausgelöst. Jetzt ist es raus.«

Mary sah ihn schweigend an.

»Also, Agnes«, fuhr David fort, »damit habe ich meine Pflicht gegenüber deiner Mandantin erfüllt. Ich werde mich jetzt zurückziehen, und ich glaube, du kommst besser gleich mit, da John momentan unter fortschreitender Lähmung zu leiden scheint.«

Agnes stand auf.

»Denk dran, Mary«, wandte sie sich an ihre Nichte. »Das Beste ist, John alles zu sagen.«

»Du und ich«, sagte David beim Verlassen der Eingangshalle zu seiner Schwester, »wir gehen jetzt nach oben auf die Galerie und schauen hinunter auf die jungen Leute. Ich fahre erst dann nach Südamerika, wenn ich die Sache hier durchgestanden habe.«

»Willst du nach Südamerika, David? Wie schön, dann triffst du ja Robert.«

»Gewiss doch, wenn er nicht vor meiner Ankunft abgereist ist.«

»In dem Fall kannst du ihm ein Telegramm schicken, wenn sich eure Schiffe einander nähern. Ich bin immer aufgeregt, wenn ich während einer Schiffsreise ein Telegramm erhalte. Emmy und Clarissa-Darling werden natürlich die Brautjungfern auf der Hochzeit sein und James ein Page. Und du, David, du musst unbedingt Trauzeuge sein. Vorher darfst du nicht nach Südamerika fahren. Roberts Trauzeuge war ein sehr charmanter Mann aus seinem Regiment, dessen Name mir leider entfallen ist.«

»Das kann genauso gut Martin machen«, sagte David, als sie die Galerie erreicht hatten und sich über die Brüstung beugten.

»Ja, könnte er. Und John braucht das Haus in Chelsea jetzt auch nicht mehr zu vermieten. Es würde für ihn und Mary vollauf genügen, also alles sehr erfreulich. Ich hoffe nur, dass Robert rechtzeitig zur Hochzeit zu Hause ist.«

»Vergiss Robert mal für einen Moment, Agnes, und versuch dich zu konzentrieren. Schau doch nur!«

John und Mary, sich selbst überlassen, wurden Opfer ihrer stummen Verlegenheit. Schließlich fasste sich John ein Herz und fragte Mary, ob sie ihm jemals verzeihen werde.

»Was denn?«

»Das, was ich gestern Abend gedacht habe.«

»Wenn du das meinst, was ich auch meine, dann muss ich sagen, dass es wohl ganz danach ausgesehen hat. Aber ehrlich, John, das war überhaupt kein Kuss. Davids Kinn lag auf meinem Kopf. Ich habe mich so elendig gefühlt, als ich dich sah, ich wäre am liebsten gestorben. Ich wollte alles erklären, aber ich hatte Angst, und ich habe die ganze Nacht vor Elend nicht geschlafen.«

»Mein armes Lämmchen«, sagte John. Er setzte sich zu ihr aufs Sofa und nahm sie auf das Herzlichste in den Arm, was sein Bruder und seine Schwester oben auf der Galerie mit Interesse verfolgten.

In diesem Moment schritt Gudgeon durch die Halle und murmelte, betroffen von dem Anblick, eine Entschuldigung.

John blickte auf.

»Schon in Ordnung, Gudgeon«, sagte er munter. »Machen Sie nur weiter. Miss Preston und ich sind verlobt.«

»Das freut mich aber sehr, Sir. Wohl das Beste, was Rushwater Hall passieren kann, wenn ich das sagen darf, Mr John.«

»Tausend Dank, Gudgeon. Aber jetzt seien Sie so gut und gehen Sie bitte wieder.«

Doch Gudgeon spürte seine Macht. Seine Stunde hatte geschlagen. Er trat vor den Gong, nahm den Schlegel vom Haken, wirbelte ihn ein paarmal wie zur Ouvertüre in der Hand herum und schlug auf seinem Lieblingsinstrument eine Hochzeitsfanfare an, die das ganze Haus zum Beben brachte. Mary, erschrocken, wollte aufstehen, doch John hielt sie fest. David und Agnes lachten von oben herab, und Agnes weinte dazu. Mr Leslie kam aus der Bibliothek.

»Was machen Sie denn da, Gudgeon, um Gottes willen?«, fragte er.

In diesem Moment kam Lady Emily aus dem Frühstückssalon gehumpelt.

»War das der Gong, Gudgeon?«, fragte sie.

»Nein, my Lady«, sagte Gudgeon und wies mit dem Schlegel auf das Sofa. »Es sind Hochzeitsglocken. Aus Vorfreude.«